radio

< < < • > > > *muerte*

radio

< < < • > > >

muerte

Leopoldo Gout

Ilustraciones por
The Fates and Crew
y Leopoldo Gout

Traducción del
inglés por
Santiago Ochoa

Una rama de HarperCollins*Publishers*

RADIO MUERTE. Copyright © 2008 por Leopoldo Gout. Ilustraciones © 2008 por
Leopoldo Gout. Traducción © 2008 por Santiago Ochoa. Todos los derechos
reservados. Impreso en los Estados Unidos de América. Se prohíbe reproducir,
almacenar o transmitir cualquier parte de este libro en manera alguna ni por
ningún medio sin previo permiso escrito, excepto en el caso de citas cortas para
críticas. Para recibir información, diríjase a: HarperCollins Publishers, 10 East
53rd Street, New York, NY 10022.

Los libros de HarperCollins pueden ser adquiridos para uso educacional,
comercial o promocional. Para recibir más información, diríjase a: Special
Markets Department, HarperCollins Publishers, 10 East 53rd Street,
New York, NY 10022.

Diseño del libro por Betty Lew

Este libro fue publicado originalmente en inglés en el año 2008 por
William Morrow, una rama de HarperCollins Publishers.

PRIMERA EDICIÓN RAYO, 2008

Library of Congress ha catalogado la edición en inglés.

ISBN: 978-0-06-169726-5

08 09 10 11 12   DIX/RRD   10 9 8 7 6 5 4 3 2 1

Los fantasmas son huellas del alma.

—*Anónimo, Babilonia, 2500* A.C.

Se movía en la oscuridad, buscando algo táctil. Se orientaba siguiendo sus instintos, pues era lo único que le quedaba de lo que en algún lugar y época había sido su identidad. Poseía las características y la materialidad que lo ataban a un mundo, pero todo eso había desaparecido ahora, pues era poco más que un deseo: un amasijo de necesidades con un leve indicio de forma.

Sin embargo, el vacío a su alrededor estaba aún más desprovisto de formas.

Sabía que en algún lugar de ese vacío estaba lo que buscaba, y continuó moviéndose.

Mientras lo hacía, surgieron algunas de sus características desconocidas. En un pliegue oculto de su ser brotó algo llamado "lenguaje", y con esto, el conocimiento y la conciencia. Su viaje se hizo más profundo.

Atravesó una nube de algo que ahora podía llamar "tristeza" y sollozó. Atravesó la "serenidad" y recobró la calma.

Le picó algo en su interior; lo que buscaba estaba cerca. Se movió hacia eso, avanzando con todas sus fuerzas, y su picazón aumentó como un torrente de alfileres.

Se deleitó con esta sensación, pues decretaba que el final de su viaje estaba cerca. Y cuando este pensamiento surgió, su viaje terminó. Había llegado a su destino. Una nueva palabra surgió mientras celebraba este triunfo: era el nombre que había buscado con tanto ahínco y esfuerzo, y durante tanto tiempo.

La palabra era... *radio*.

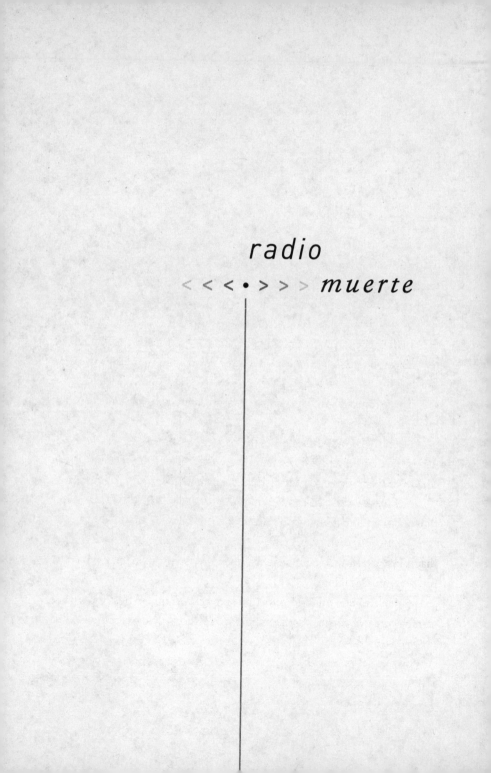

radio

< < < • > > > *muerte*

capítulo 1

LA BANDA MÁGICA

Joaquín movió el dial de su equipo de radioaficionado y tocó los bordes desgastados con sus dedos. Estaba explorando la banda de seis metros: *la banda mágica*. No estaba transmitiendo; simplemente escuchando; buscando una conversación divertida entre radioaficionados que lo distrajera y lo ayudara a olvidarse de sus preocupaciones de la semana entrante.

Se llamaba "la banda mágica" por su capacidad única de transmitir y recibir mensajes muy distantes con antenas cortas y poca energía. Por esta razón, la banda atraía a un amplio espectro de aficionados, que iban desde los estudiantes de secundaria que buscaban sacarle todo el provecho a cualquier cosa, hasta los apasionados por la tecnología que de vez en cuando decían frases como "propagación esporádica en E", o "capa refractaria F2".

Esa noche no parecía mágica, sino más bien prosaica. Las conversaciones eran flojas y sorprendentemente limitadas.

Pero cerca de los 50.42 megahertz, justo después del aviso en código morse sobre avisos de tormentas en la costa de Catalina, escuchó una descarga estática que le llamó la atención.

Años atrás, Gabriel le había revelado la majestuosidad del ruido blanco: los monolitos estructurados ocultos en el caos.

Y esa descarga estaba repleta de estructuras.

Acercó su cabeza hacia el parlante, el cual cobró vida en su mente. Imaginó que estaba suspendido sobre él y que lo veía agitarse como un mar turbulento. El mar agitado se solidificaba y se transformaba en rocas y montañas irregulares. Luego volvió a ser simplemente sonido, aunque con un propósito, avanzando hacia una meta en común: el sonido buscaba personificarse.

Al acercarse al parlante, la habitación parecía retirarse.

Era como si el sonido estuviera bromeando con él: los entramados de su estructura se entretejían brevemente y se desintegraban pocos segundos después. Y la estática resultante en esos momentos fugaces de cohesión le hizo sentir escalofríos en la espalda.

Era una voz.

Evidentemente, era una voz.

Intentó convencerse a sí mismo de que estaba escuchando una interferencia de otra señal, pero no estaba mezclada con la estática. Era una voz que surgía *desde* la estática.

Entendió varios fonemas, y tal vez una consonante o dos, pero no pudo hilvanarlas ni traducirlas a palabras.

Se acercó más y se concentró.

Lentamente, desde las oscilaciones de la entonación, comprendió que escuchaba una misma frase que se repetía una y otra vez. Sin embargo, no podía entender una sola sílaba.

Se acercó aun más, y su oído quedó a poca distancia del parlante.

Frunció el ceño y sus músculos se tensionaron mientras intentaba descifrar el significado. Estaba a un paso de lograrlo, y sintió que rodaba gradualmente hacia él como una bola que se movía con lentitud.

Casi…

No había nada más en el mundo; apenas él y aquellos sonidos.

Casi…

Nada, salvo esta lucha.

Casi…

La primera palabra estuvo cerca de revelársele cuando sintió una presencia en la habitación; algo le rozó el hombro. Se dio vuelta, listo para oponer resistencia, pero vio el rostro sonriente y familiar de su novia Alondra.

"Qué maravilla: el presentador del programa más terrorífico de la radio mexicana se asusta cuando le tocan el hombro".

"Que graciosa", dijo Joaquín, todavía temblando.

"Te pareces un poco a un personaje de una tira cómica cuando te asustas".

"Veo que hoy estás con ánimos de bromear".

"Como un animal peludo; tal vez como un conejo de tiras cómicas".

"¿No has terminado?"

"Ya sé: un ratón animado. De ojos grandes y moviendo los bigotes".

Joaquín soltó una risita ahogada y al recobrar la calma, le esbozó una sonrisa picarona.

"Apuesto a que eras una de esas chicas que se derretían por los animales de las tiras cómicas".

"Tal vez", dijo ella abriendo los ojos, con aspecto de personaje de tiras cómicas.

"Comprobemos la teoría".

Joaquín la atrajo hacia él y miró sus grandes ojos castaños.

"Ya no pareces un animal peludo".

"Eso es lo que nos sucede; de día somos canciones y francachela, pero de noche nos volvemos serios, muy serios".

"Me gustaría comprobar esa teoría", dijo Alondra, llevándolo a la cama.

Una hora y media después, Joaquín estaba acostado, mirando el cuerpo desnudo y esbelto de Alondra a su lado, que resplandecía con la capa delgada de sudor posterior al orgasmo. Ella se acurrucó a su lado y lo miró a los ojos.

"¿Estás preocupado por el viaje?"

"La verdad que, no".

"¿Por llegarle a un público más amplio?"

"Ya sabes que no se trata de eso".

"Lo sé. Todavía ando con ánimos de bromear".

Joaquín sonrió y se la acercó.

"¿Estás pensando en Gabriel?"

Joaquín asintió. No lo había advertido hasta que Alondra le hizo la pregunta. Sin embargo, Gabriel había estado presente en muchos de sus pensamientos recientes. Tal vez se trataba del viaje de regreso a Texas; o acaso se debía a la época del año. Independientemente de la razón, se había sentido especialmente cercano a Gabriel en los últimos días.

"Me lo imaginé. Se te veía en la mirada".

Decidió no preguntarle que quería decir con eso. Creía que por ahí preferiría ni saber.

"¿Quieres hablar del tema?"

Joaquín negó con la cabeza.

Sin embargo, él quería hablar de eso. Quería hablar de Gabriel, de la voz en la radio esa noche, y del sinnúmero de cosas que habían pasado por su mente cuando supo que iría allí. Pero no podía hacerlo ahora, y posiblemente nunca lo haría.

"Sabes que siempre estaré a tu lado; siempre que quieras".

"Preferiría tratar de dormir", dijo Joaquín haciendo énfasis en la palabra "tratar".

Se estiró para apagar la luz con Alondra recostada en su pecho. Joaquín se tendió de nuevo en la cama y ella dejó escapar un suspiro de satisfacción. Pocos minutos después, su respiración se hizo más profunda y él supo que se había dormido.

Pero Joaquín no pudo hacerlo con tanta facilidad, y volvió a pensar en aquella voz. Intentó convencerse de que era algún tipo de ilusión provocada por la ansiedad por lo que podía suceder la próxima semana. Sin embargo, sabía que no era así. Sabía muy bien que era la primera señal de que su viaje le iba a ofrecer la respuesta al misterio que lo había intrigado durante casi dieciocho años.

Sus pensamientos sobre la voz y el viaje se desvanecieron mientras el sueño se apoderaba de él, y recordó un llamado reciente a su programa radial.

capítulo 2

LLAMADA 2344, JUEVES, 12:23 A.M.

Tenía que llamarte esta noche. *Es decir… tenía que llamar a alguien que pudiera entender mi historia. Todos creen que estoy loca, pero juro que no lo estoy, aunque creo que realmente perderé la razón si no encuentro a alguien que me crea.*

Todo comenzó cuando mi matrimonio se fue en bajada.

¿Sabes cuanto más cerca estás de alguien, a veces mas alejado te sientes? Eso fue lo que me sucedió con mi esposo. Cerró una puerta en su interior y arrojó la llave. Todas las conversaciones terminaban en discusiones. Cada pregunta era una acusación. Finalmente, hasta rehuía de cualquier contacto físico conmigo.

Una noche realmente la perdimos. Nos dijimos cosas que nunca se le deben decir a un ser humano; cosas macabras, que penetraban hasta el alma.

Yo sabía que no podía seguir así, y huí de la casa con mis hijos Mateo y Josefina. Los agarré como si fueran muñecos de trapo: gritaron y lloraron, pero yo tenía que seguir hacía adelante mientras sentía el latigazo del viento en mi cara. Puede parecer extraño, pero fue la sensación más agradable que había tenido en varios meses.

Después de recorrer algunas cuadras recobré la lucidez y comprendí mis actos descabellados. ¿Adónde iba? ¿Qué haría?

Antes de responder a estas preguntas, vi a una mujer que nos saludaba desde la distancia. Era Lorenza, una antigua compañera de trabajo que corría ansiosa hacia nosotros.

Intenté explicarle lo que había sucedido, pero no creí que tuviera mucho sentido. Ella asintió compasivamente, me puso su brazo en el hombro y nos llevó a su casa.

Acomodó a Josefina y a Mateo en la habitación de huéspedes, me dio una taza de té y lloré durante un largo rato. Ella sabía qué me estaba sucediendo, pues también había tenido un matrimonio desastroso, y aunque nunca conocí a su esposo, parecía ser muy semejante al mío: la misma distancia, la misma frialdad, en fin... las mismas cosas.

Después de hablar con Lorenza comprendí que no podía regresar a casa. Mi matrimonio había terminado hacía muchos años, pero yo había tardado bastante en comprenderlo. Sin embargo, no tenía adónde ir ni cómo solucionar mis cosas.

Una vez más, Lorenza me ayudó.

Me dijo que sus padres tenían una pequeña casa en las afueras de la ciudad y la alquilaban para tener un ingreso adicional. Yo no tenía empleo, pero Lorenza me dijo que podíamos vivir allí todo el tiempo que quisiéramos.

Añadió que no era una casa cómoda, pero nos brindaría un refugio mientras encontrábamos algo mejor.

Me preguntó si quería tomarla y asentí. Debía irme rápido antes de que mi esposo me encontrara, y subimos a los niños en un coche en medio de la oscuridad.

Viajamos durante varias horas; la casa no estaba en las afueras de la ciudad, sino en un pueblito en el medio del desierto a unas doscientas millas de distancia. Sin embargo, no me importó. El movimiento del auto me relajó, y el olor del aire era delicioso.

A eso de las dos de la mañana, Lorenza salió de la autopista y tomó un camino de gravilla. Avanzamos casi una milla y luego nos estacionamos afuera de una casa. Bajé a los niños y miramos alrededor. La luna estaba casi llena y lo iluminaba todo. Vi un par de cactus y las formas vagas de las montañas lejanas, pero no pude ver la casa.

Me di vuelta para buscar a Lorenza, pero ella y el auto habían desaparecido. Incluso el camino de gravilla por el que llegamos no se veía por ninguna parte.

Y lo peor de todo era que mis hijos tampoco estaban.

Desesperada, los llamé a gritos en medio de esa noche resplandeciente. Pero la única respuesta que escuché fue el viento que silbaba a través del desierto y el lamento lejano de un coyote.

Finalmente, y sin saber qué hacer, empecé a caminar. Anduve interminablemente, y cada paso era más arduo que el anterior.

Llegué a la autopista al amanecer. Varios minutos después me recogió un auto y me dejó en la estación de autobús más cercana. Entré, encontré un teléfono público y llamé a mi esposo.

Me sorprendió que Lorenza me contestara. Le pregunté si Josefina y Mateo estaban bien. Me dijo que sí; pero le pareció curioso que quisiera saber de ellos.

Le dije que yo tenía derecho a saber de mis hijos.

"¿Tus hijos?" dijo Lorenza. "Josefina y Mateo son mis hijos".

No puedo recordar qué le respondí, pero grité, lloré y me comporté como una demente.

Lorenza me comunicó con un hombre a quien llamó "su esposo". Reconocí su voz de inmediato. Era mi marido.

Me habló con calma y sonó tan distante como siempre.

capítulo 3

EL PODER DEL PASADO

"Sube al taxi; vamos a perder el vuelo", dijo Alondra con insistencia.

Joaquín quiso obedecerle. El auto estaba un paso y podría subirse en cuestión de segundos, pero él no podía moverse.

Era el auto: un Ford Taurus 1990, de color verde metálico.

Se preguntó fugazmente por qué una compañía de taxis utilizaría un modelo tan viejo, pero esta idea se vio opacada por un cúmulo de recuerdos en torno a un auto parecido, y a un viaje realizado hacía ya mucho tiempo.

Percibió el olor de la tapicería, pudo ver el cuello de su padre y sentir las sacudidas mientras avanzaba por una carretera llena de huecos. El recuerdo fue tan vívido que casi le dolió. Pudo recordar incluso la sensación del botón del volumen de su destartalado Walkman Sony.

"¡Vamos, Joaquín!"

Respiró profundo y abrió la puerta.

< < < capítulo 4 > > >

EL FORD TAURUS VERDE METÁLICO DE 1990

Joaquín miró a través de la ventana mientras escuchaba un casete en su Walkman. El sol, suspendido en el cielo brillante y sin nubes, se extendía a lo largo de la carretera con una luz dura y cegadora, y Joaquín parpadeó debido al fuerte resplandor.

Escuchó la música a todo volumen.

Otro día soleado, pensó, entrecerrando los ojos al ver los vehículos que pasaban a través del parabrisas convertido en un cementerio de insectos.

El sol había resplandecido con la misma intensidad de siempre y lo seguiría haciendo. Era un día anónimo y fácil de olvidar.

Pero a Joaquín le agradó.

Quería que ese día —y ese viaje— terminaran tan pronto como fuera posible, pues ansiaba regresar a México salvo e ileso. Muchas cosas habían salido bien durante las últimas semanas, y esto nunca le había sucedido. Se trataba de eventos que marcaban una diferencia y que lo hacían feliz.

Rezó para que nada cambiara durante el viaje.

Muchos chicos de quince años elevan plegarias como esa, pero rara vez son escuchadas.

Y ésta tampoco lo sería.

El viaje desde Ciudad de México hasta Houston no había tenido incidentes. Habían ido de un aeropuerto a otro sin retrasos. Habían pasado por la aduana sin el menor inconveniente. Sus equipajes fueron los primeros en aparecer en el carrusel y no hubo filas para el alquiler del auto.

Comieron rápidamente en un asador y luego se dirigieron al centro de Houston, donde estaba el hotel.

Joaquín esperó que las cosas siguieran así, y entonces su padre abrió la boca:

"Joaquín, ¿qué te parece si hacemos un recorrido por la zona de los rascacielos antes de ir al hotel? Quiero que veas la escultura de Dubuffett".

Joaquín se encogió de hombros: su papá y sus clases de arte. ¿Por qué los adultos siempre querían enseñarnos cosas tan aburridas?

"Papá, realmente me siento cansado" dijo, esperando que bastara con eso.

Sin embargo, no fue así.

"Esa escultura de Dubuffett me cambió la vida. Tienes que verla".

Joaquín suspiró, resignado a su suerte.

La idea del viaje se le hacía absurda. A sus quince años, y como nunca antes, las diferencias con sus padres le parecían más grandes e insalvables que los confines vacíos y silenciosos del espacio sideral.

Su padre había tratado de inculcarle el gusto por el arte moderno, pero Joaquín no le prestaba mucha atención, pues tenía sus propias ideas.

Le dio vuelta al casete y apretó "Play". La mezcla efusiva de punk, metal, rock clásico y música electrónica aplastó la realidad, sumergiéndolo en un universo de éxtasis auditivo.

Su padre detuvo el auto frente a la dirección 1100 de la Calle Louisiana cuando empezaba a sonar "Phaedra", de Tangerine Dream. Joaquín levantó la vista y vio el *Monument au Fantôme*.

Bajó del auto sin decir palabra y caminó hacia la escultura. Las líneas extrañas e irregulares con rayas negras y gruesas sugerían formas humanas y animales. El sintetizador Moog de Christopher Franke acariciaba las protuberancias mientras la luz ambarina del atardecer se posaba suavemente sobre los toscos bordes.

Joaquín quedó cautivado por la escultura. Se dirigió al centro de la obra, se sentó en el suelo con las piernas cruzadas y observó como las nubes se desplazaban a través de la escultura.

Sintió una sensación extraña cuando regresó lentamente al auto, como si hubiera espiado un resquicio de un objeto inmenso y oculto, y se estremeció lentamente en señal de reconocimiento. ¿Las lecciones de su padre finalmente habían cumplido su propósito? Si era así, no diría nada... eso jamás.

"¿Qué te pareció la escultura?" le preguntó su padre.

"Me gustó; ya conocía el trabajo de ese escultor", murmuró Joaquín.

Fue lo último que dijo hasta llegar al hotel. Sus padres estaban acostumbrados a sus silencios prolongados, y Joaquín se valía de ellos para expresar su angustia adolescente con mayor contundencia. Sin embargo, ese día no lo hizo, pues estaba pensando en algo muy diferente.

Su nombre era Claudia Guerrero.

Era la chica más linda de la escuela, y había ocupado sus pensamientos durante varios meses, incluso antes de que comenzaran a salir. Habían planeado pasar juntos el fin de semana...sin vigilancia alguna. Era el sueño de todo adolescente: pasar a solas un fin de semana con la chica más deseada de la escuela. Pero este viaje había eliminado esa posibilidad.

Joaquín intentó convencer a sus padres de que le permitieran quedarse en casa, pero ellos no cedieron.

"Tu abuela está muy enferma; quién sabe cuánto tiempo le queda", le dijo su madre.

Sin embargo, Joaquín no sabía cuanto tiempo duraría su relación con Claudia, y perder ese tiempo precioso fue algo devastador, especialmente porque los padres de ella habían comenzado a vigilarla luego de encontrar varias fotos Polaroid en los que aparecía un pene (que, como descubrieron posteriormente, era de Ernesto Meyer) en la boca de su hija. De nada sirvió que ella les dijera que todas sus amigas tenían fotos semejantes.

La resistencia de Joaquín le sirvió de algo; su madre aceptó comprarle una guitarra eléctrica económica. El soborno funcionó y él dejó de oponerse al viaje.

Sin embargo, un momento después se arrepintió: ¿Por qué se contentaba con algo tan insignificante? Debió insistir en una Stratocaster coleccionable del 62, o en una Fender por lo menos.

Llamó a Claudia cuando sus padres salieron de la habitación del hotel. Ella contestó al segundo timbre.

Comenzó a despotricar de inmediato; le dijo que estaba harto, que detestaba el hotel y la comida. No había nada que le disgustara más que los hospitales y tendría que pasar el día siguiente en uno de ellos. Intentó hablarle de la escultura de Dubuffett, pero no encontró palabras adecuadas y terminó cambiando de tema. Se sentía muy avergonzado como para decirle que la amaba o la extrañaba, o que quería tocarle los senos, y se despidió de ella con un frío *chao*.

"¡Chao!: vaya estrategia", se dijo, sintiéndose frustrado por la conversación.

Se acostó en la cama y vio televisión por un rato, pero no le agradó. No pudo creer en la caravana de imbéciles que desfilaban por la pantalla, recurriendo a los trucos más ridículos que uno pudiera imaginar. Se sintió amodorrado y entumecido mientras contemplaba el panorama putrefacto de la televisión de medianoche.

Al día siguiente, luego de un desayuno soso de hotel, subieron al Ford alquilado y se dirigieron al hospital. Joaquín encendió su Walkman para oír a los Dead Kennedys:

> *La eficiencia y el progreso son nuestros una vez más*
> *Ahora que tenemos la bomba de neutrones.*
> *Es agradable, rápida y limpia, y cumple con el objetivo.*

Sus padres escuchaban un programa de entrevistas en la radio. Entre tanto, y a pesar del rugido del cantante Jello Biafra, oyó una voz que decía: *Realmente deberías escuchar.* Retrocedió el casete: la frase no pertenecía a la canción. Es extraño, pensó; debe tratarse de mi imaginación. Y en lo más recóndito de su cerebro surgió un temor sobrenatural, alojado en su sistema límbico.

El peligro estaba cerca.

capítulo 5

VOLVO NEGRO 1990, MODELO 740

Gabriel se tendió en el asiento de atrás, tocando la tapicería de cuero con sus zapatillas.

"Quítate las zapatillas".

Gabriel movió ligeramente sus piernas, y sus pies quedaron fuera del asiento.

"Estoy hablando en serio, Gabriel".

"Papá, no estoy tocando el cuero".

"Gabriel".

Él refunfuñó y se sentó.

Su papá y sus asientos inmaculados de cuero: al diablo con él. *¿Cuál era su fijación con ese auto?*, pensó Gabriel mientras miraba por la ventana. Todo sería muy aburrido: otro día con sus padres, a bordo de la "fantástica máquina sueca". Era el tedio total.

Habría sido mucho mejor tocar con su grupo o escuchar discos y fumar un poco de hierba en su cuarto. Pero una vez más, fue obligado a padecer el ritual insoportable de un paseo en auto.

Era apenas un pretexto para dar una vuelta en el Volvo Turbo de su padre. Al diablo con él y con el cuero inmaculado, y también con el motor sueco.

Gabriel estaba harto de escuchar tantas sandeces.

Lo único que le gustaba del auto de su padre era el sonido del motor. Le agradaba y pensó en grabarlo de varias formas diferentes. Se preguntó cómo sonaría si le echaba dos libras de azúcar al tanque de gas, si explotaba o emitía un ácido poderoso. Gabriel se imaginó amplificando el sonido y escuchándolo en revoluciones lentas, mientras el gorgoteo de la gasolina hacía combustión en los pistones. No le gustaban los autos. La música y el sonido eran su pasión... su obsesión; si de algo sabía era de eso.

Su deseo de experimentar con sonidos se manifestó cuando descubrió a Hans Heusser y a Albert Savinio, los músicos dadaístas de comienzos del siglo XX; a bandas industriales de los años 80 como Throbbing Gristle y Coil, y a grupos *synth-pop* como Art of Noise y OMD. Después de sumergirse en todo el espectro musical de los grupos de avanzada, tuvo una idea clara de lo que debería ser su música. Una de sus primeras composiciones se basó en una canción de Diana Ross interpretada al revés.

Los sonidos le fascinaban, desde el crujido de la electricidad estática, hasta las cualidades brutales, sórdidas, macabras y crudas de Einstürzende Neubauten. También le fascinaban las composiciones juguetonas, los elegantes *collages* de sonidos, y las paráfrasis inteligentes de grupos como Pixies, Bad Brains e incluso The Carpenters. Su gusto era ecléctico; disfrutaba de Stravinsky y del folclor jarocho de Veracruz. Le gustaba escuchar pop, le encantaban las interpretaciones demenciales y virtuosas, y podía entrar en trance cuando escuchaba el sonido fuerte y feroz del metal progresivo. No tenía un género musical favorito. Creía que los estilos debían mezclarse y fusionarse para producir algo más vital. Sabía que eso era lo que quería hacer y que estaba destinado a ser músico, y no había abandonado la escuela simplemente porque era el mejor sitio para conocer chicas. En términos generales, sus padres apoyaban sus aventuras musicales. El respaldo que le ofrecían no era asunto de poca monta, pues sus arreglos acústicos eran cacofonías incoherentes de sonidos incongruentes que enloquecerían a cualquiera, lo cual sucedía con frecuencia. Respaldaron su deseo de ser músico, siempre y cuando terminara sus estudios de secundaria y entrara a un conservatorio musical. Asimismo, si seguía con la fotografía, debería tomarla en serio y entrar quizá a un instituto de artes. Le decían que esto le daría tiempo para pensar con detenimiento en su futuro y no tomar una decisión de la que se arrepintiera posteriormente.

"Imagina lo que sucedería si a los cuarenta años comprendieras que elegiste la profesión equivocada. Piensa lo difícil que sería darle un rumbo nuevo a tu vida", le decía siempre su padre.

Gabriel sabía que él tenía razón. La vida de un músico podía ser difícil; la mayoría terminaban haciendo trabajos insignificantes simplemente para llevar comida a la mesa. Gabriel le respondió a su padre en una ocasión: "No pienso llegar a esa edad".

Tan desatinado comentario hizo que sus padres lo enviaran al Dr. Krauss, un psicólogo. Parecía de película: calvo, con barba, una boca con una expresión severa y ojos suaves y considerados. Gabriel lo engañó en la segunda sesión y le hizo creer que tenía alucinaciones religiosas, deseos homosexuales, instintos parricidas —luego de mejorar su desempeño histriónico—, así como bulimia y síndrome de hiperactividad.

Leyó libros de psiquiatría para hacer más creíbles sus condiciones imaginarias. Estudió a Freud y citó de memoria varios casos clínicos, dejando confundido y frustrado al Dr. Krauss, quien al cabo de seis meses desistió del tratamiento, arguyendo que Gabriel era inmune a sus métodos y técnicas.

La música de Gabriel tenía un sonido caótico, y era una maraña auditiva para oídos sin ningún entrenamiento musical. Sin embargo, Gabriel tenía una aptitud natural para la composición y creaba cánones y fugas extrañamente elaboradas; interpretaciones y versiones excepcionales de varios géneros musicales, tanto clásicos como populares. Obviamente, pocas personas entendían lo que intentaba hacer. Como no había recibido educación formal, sólo podía escribir música rudimentaria que muchas veces no alcanzaba a expresar del todo lo que quería decir.

Pero eso no importaba: él sentía la música; era su lenguaje. Con las notas, los tiempos y los tonos podía decir aquello que no era capaz de expresar con palabras.

Mientras Gabriel oía el ruido del motor, su padre manipulaba los numerosos comandos del auto, apretando botones, girando perillas y cambiando las emisoras de la radio. Pasó rápidamente de la música clásica a una entrevista con un astrónomo que hablaba sobre telescopios radiales y luego a "Simpatía por el diablo", de los Rolling Stones. Luego miró a Gabriel:

"¿Quieres escuchar a los verdaderos maestros?"

"Déjate de payasadas y concéntrate en conducir. No me gusta como está conduciendo la camioneta ahí en frente nuestro", le dijo su madre, que había estado muy callada hasta ese momento.

"No es que me encanten precisamente los Stones", dijo Gabriel.

"¿Cómo así? Los Stones comenzaron todo".

"Sí", respondió Gabriel sin el menor interés.

"Pues te lo pierdes", dijo su padre y cambió nuevamente de emisora.

Gabriel vio la furgoneta gris a la que se había referido su madre, zigzagueando casi sin control por la carretera.

Una voz fuerte se escuchó en la radio: *Realmente deberías escuchar…*

capítulo 6

12:34 P.M.

La camioneta se descontroló... las ruedas se levantaron del pavimento... y se volcó.

Joaquín vio en su interior a una mujer que se estremecía frenéticamente con los ojos desorbitados de terror. Le pareció oler incluso las chispas de la fricción del techo del vehículo sobre el pavimento. Luego oyó un chirrido y vio que un Volvo venía hacia ellos.

Esta noche matan, matan, matan, matan, matan, a los pobres, rugía Biafra a través de sus audífonos.

Su voz creaba el efecto de un ralentí, como si todo estuviera sucediendo en cámara lenta. Una extraña apatía se apoderó de él, y se vio analizando el rostro del conductor del Volvo que se dirigía hacia ellos. Su rostro era agradable, aunque levemente alterado por el rictus del miedo. Le pareció familiar; *¿De dónde conocía a esa persona?*, se preguntó. *No*, respondió para sus adentros, *debe tratarse de algún tipo de "recuerdo futuro"*, aunque no sabía qué quería decir con eso.

Alcanzó a pensar en muchas cosas extrañas durante la prolongación de ese momento. Comprendió que el accidente significaba que no llegarían a tiempo al hospital para visitar a su abuela, pues se retrasarían varias horas. Pensó en contarle esa historia a Claudia, a quien le aterrorizaban los accidentes automovilísticos. Ella se sentiría horrorizada, y luego la consolaría... con sexo. Sabía que eso funcionaba de manera infalible.

Ah, pensó él, *voy a accidentarme*, pero la idea se le hizo remota y distante. Podía quedar desfigurado: *¿Me seguiría queriendo Claudia? ¿Me deseará si tuviera la cara llena de cicatrices?*

¿Sería ella tan superficial? Probablemente. Joaquín no sabía cómo reaccionaría Claudia. ¿Qué pasaría si se lastimaba las manos o los dedos? ¿Cuánto tiempo transcurriría antes de poder acariciar el cuerpo de una mujer o de tocar la guitarra? ¿Qué tal si no podía volver a hacerlo nunca? Esperó que el accidente no interrumpiera la promesa de su madre de comprarle la guitarra, así fuera la más barata. Había visto en la revista *Guitar Player* un aviso de una tienda en los suburbios de Houston donde vendían Fenders usadas a precios increíbles; anotó la dirección en un pedazo de papel y la guardó en su bolsillo.

Quizá pudiera conseguir una Fender, y no la japonesa de mala calidad que ya casi había aceptado.

Pero no recordaba haber escrito esa dirección: ¿por qué?

Un sonido como de mil cuerdas eléctricas inundó sus oídos en el instante en que pensaba en esto. Le cayeron fragmentos metálicos desde todas partes.

Ah, sí, recordó: *voy a accidentarme.*

¿Qué le ha pasado a la fuerza de la gravedad?, se preguntó.

Todo se hizo negro.

capítulo 7

12:51 P.M.

Gabriel abrió los ojos. A través de una crisálida de fragmentos metálicos vio a una mujer en la distancia que se cubría el rostro y repetía: "¡Cielos, cielos! ¡Me está ardiendo la piel, me arde la piel! ¡Ven rápido, Roger; me arde mucho!"

Se dio vuelta, pues quería saber qué sucedía.

Un dolor desgarrador. Oscuridad.

Catorce minutos después, Gabriel se despertó en una camilla con una máscara de oxígeno en su rostro. Sólo podía ver formas difusas, y escuchó voces distantes y confusas.

"Silla delantera... muerte instantánea... camioneta de la morgue...".

Otra voz se mezcló con la suya, y se quejó:

"¿Te imaginas? ¿Qué harías si tu jefe dijera algo así?"

Escuchó de nuevo la primera voz, con mayor claridad:

"Hiciste lo correcto, pero tienes que pensar de qué forma afectará esto tu retiro. Pásame las tijeras: gracias. No podemos hacer nada más. ¿Cuánto falta para que llegue la camioneta de la morgue?"

Él no podía entender de qué estaban hablando. Era como si se estuvieran refiriendo a otras personas. Por un momento pensó que se trataba de un programa médico, y siguió escuchando.

"Si no podemos detenerle la hemorragia, tendremos que llamar al personal de emergencia para que lo resuciten", dijo otra voz distante.

No me gustan estos programas, pensó Gabriel. *Voy a cambiar de canal.*

"¿Dónde está el control? ¿Alguien podría pasarme el control?"

Escuchó unas risas y una broma sobre un teleadicto, pero no la entendió. Luego se sumergió de nuevo en la oscuridad.

En la cálida y maravillosa oscuridad.

capítulo 8

UNA VOZ A TREINTA MIL PIES

Oscuridad…

Las luces parpadearon varias veces y luego se iluminaron, llenando la cabina del avión de un resplandor cálido.

Joaquín miró a Alondra: estaba dormida. Le retiró el cabello del rostro y ella exhaló un suspiro de paz.

Parecía otra persona mientras dormía: más sosegada y con un alma más centrada. Joaquín deseó fundirse con ella en un solo ser, pero en los aviones era casi imposible. Sacó su libro para leer un poco, pero comenzó a divagar mentalmente y no tardó en distraerse con el sonido de los motores. Lo que había sido simplemente un zumbido de fondo reveló características más concretas y profundas.

Puso el libro a un lado, inclinando la cabeza para escuchar. Se concentró y percibió ritmos orgánicos, casi como el de la respiración, ocultos en el barullo. Miró alrededor de la cabina; los pasajeros se ocupaban en lo suyo: leían, conversaban, bebían y comían, ajenos a la sinfonía de las turbinas.

Joaquín apartó la mirada, atraído por el sonido, el cual lo alejó de las preocupaciones mundanas para conducirlo a un universo donde varias capas de significado yacían en lugares extraños y desconocidos, donde los detalles ignorados de la vida se convierten en un código secreto que representa misterios hasta entonces inimaginables. La sensación cada vez más fuerte de que había una vida dentro del ruido del motor lo hizo internarse más en ese mundo.

Reclinó su cabeza contra la ventana y presionó para acercarse más a las vibraciones. Esperaba que esa cercanía no solo le permitiera escuchar con mayor claridad, sino que lo hiciera entrar en comunión con esa conciencia… y ser parte de ella.

Percibió nuevas capas sonoras con su oído pegado a la ventana. El ritmo vibrante de la combustión del ronroneo dejó de ser simplemente orgánico y se hizo más familiar. Era como la respiración dificultosa de un ser humano: una persona que jadeaba en busca de aire mientras intentaba hablar.

Presionó su oído con mayor fuerza contra la ventana y contuvo su respiración, con la esperanza de escuchar a la máquina.

Una parte de su cerebro le dijo que aquello no era más que una ilusión auditiva. Sin embargo, silenció esa voz y escuchó con más atención.

Todos los sonidos extraños se desvanecieron, y solo permaneció la respiración ardua. Joaquín oyó el sonido de unos labios secos y agrietados, y sintió el rastro húmedo de una lengua deslizándose por el paladar de una boca. Casi pudo verla; estaba llena de sangre, como si fuera la víctima de algún trauma o acto de violencia que le impedía hablar. Contuvo la respiración y trató de pensar en algo tranquilo y relajante, esperando ayudar a ese ser con la boca herida. Quería reconfortar su mente y ayudarlo a hablar.

Inicialmente, su deseo fue una mera sensación, simplemente como una sugerencia amorfa. Pero su deseo de escuchar se transmutó en palabras, no habladas, pero tan reales como si lo hubieran sido. La frase mental comenzó de un modo vago e incoherente:

¡Vamos! ¡Habla por favor! Quiero oír tu voz. ¡Vamos!

Luego simplificó esto a la petición esencial.

¡Vamos, habla!

Y después añadió:

Habla.

Repitió la palabra una y otra vez en su cabeza.

Habla… habla…: habla…

Esperó y escuchó. Oyó el crujido de los labios secos y el jadeo producido por el descomunal esfuerzo para hablar.

Habla… habla… habla…

El jadeo se hizo más fuerte; era un intento desesperado por llenar de aire los pulmones (aunque era imposible que existieran). Aire para que esa vida oculta finalmente le transmitiera su mensaje a Joaquín, quien tenía mucha curiosidad por saber cuál era el mensaje. Apeló entonces a una palabra persuasiva:

"Sí… sí… sí".

El jadeo se detuvo. A Joaquín se le erizó la piel mientras esperaba oír la primera palabra. Trascurrieron algunos segundos.

Tic… tac… tic…

El tiempo se expandió. La nube del "ahora" se posó sobre Joaquín y lo abrazó con sus grandes brazos maternales. Algunos pensamientos sobre el destino y sobre las bromas ocultas de su doloroso pasado emergieron lentamente a la superficie, mientras él esperaba una palabra.

Cerró los ojos, deseando tener una comunión más profunda y adentrarse más en ese nuevo mundo. Las imágenes centellearon en su mente: rostros compungidos de dolor, carne quemada, paredes salpicadas de sangre.

Pero el ser no hablaba aún.

Joaquín sintió su cuerpo completamente tenso, sus párpados pegados, las manos apretadas.

El avión se sacudió y él se golpeó la cabeza contra la ventana. Las luces titilaron. Se acomodó y se tocó la cabeza. Su vínculo con el ser y con esa forma de vida desapareció.

El avión se sacudió de nuevo. Algo se deslizó por el piso y chocó contra su pie. Se inclinó y lo recogió; era un iPod. A través de los audífonos escuchó la letra de una canción conocida:

Maten, maten a los pobres.

capítulo 9

LOS DEAD KENNEDYS EN UNA AMBULANCIA

Gabriel sintió que lo subían a una ambulancia. Con sus ojos lagañosos vio a su lado otra camilla en la que estaba un chico de su edad, maltrecho y golpeado, que abría y cerraba los ojos y parecía luchar para mantenerse consciente.

Los paramédicos subieron, la ambulancia encendió la sirena y se puso en marcha.

Gabriel miró al chico y se preguntó si estaría tan mal como él. Los paramédicos estaban a su lado y le introdujeron una especie de aguja en el brazo, pero todo parecía tan lejano como su propio dolor. Sintió que se había fracturado una pierna, pero era como una información proveniente del exterior, como un telegrama que hubiera recibido de una tierra distante.

El chico comenzó a tararear como si su vida dependiera de ello; era probable que fuera así.

Gabriel escuchó las palabras.

En medio del ruido de la sirena, reconoció la letra de "Maten a los pobres", de Dead Kennedys. Esa canción había sonado últimamente en su cabeza, y pensó que era una extraña coincidencia. También comenzó a tararearla. El otro chico lo oyó, y eso pareció darle energías. Luego cantaron juntos:

Millones de desempleados abatidos
Al menos tenemos más espacio para jugar

Todos los sistemas van a matar esta noche a los pobres.

Van a Matar, matar, matar, matar, Matar a los pobres: Esta noche.

Gabriel sabía que no estaban captando ni el espíritu ni la energía de la canción, pero este himno del punk lo reconfortó. Era como si la canción hubiera sido creada exclusivamente para ese momento. Un vértigo se apoderó de él, una felicidad como nunca antes la había sentido. Claro que esto podía deberse al efecto de los analgésicos que circulaban por sus venas, pero él prefirió ignorar esto y se deleitó con la sensación.

Los paramédicos se rieron ante la extraña escena, pero Gabriel siguió cantando; tal vez entendía de manera inconsciente la oscuridad de este día. Acaso, en algún rincón de su inconsciencia, sabía del dolor que le esperaba.

Pero ahora era únicamente este dúo extraño.

Soñó que se encontraba en algún sórdido club de punk. De pie en el escenario, gritando por el micrófono, viendo el remolino poguear abajo; expresando el dolor y el cinismo de una generación con la juventud perdida. La multitud gritaba y celebraba.

Él estaba en ese club, cantando con el pecho desgarrado, y finalmente perdió la conciencia.

capítulo 10

HOSPITAL ST. MICHAEL

Cuando Joaquín abrió los ojos se dio cuenta de que estaba postrado en la cama de un hospital, y comprendió que el dolor intenso lo había despertado. Había alguien en su habitación y estaba vestida de blanco. Él le preguntó por su padre. La enfermera respondió mientras salía del cuarto sin molestarse siquiera en mirarlo.

"Ha muerto, al igual que su madre. Ambos han muerto".

No le vio el rostro. Intentó llamarla y gritar, pero no pudo emitir ningún sonido. No podía moverse.

Pasó las cinco horas siguientes sufriendo inmóvil, en un silencio profundo, rodeado por paredes desnudas y blancas; sudando, temblando y con todos sus huesos adoloridos. Cuando el médico llegó, Joaquín le contó lo que le había dicho la enfermera. El cirujano abandonó el cuarto visiblemente perturbado, sin decir palabra.

Joaquín oyó voces altas en el corredor. El médico regresó momentos después.

"Quiero disculparme en nombre del hospital. No acostumbramos hacer las cosas así. Lo lamento profundamente", dijo el médico.

"Está bien", dijo Joaquín, sin saber por qué el médico le había pedido disculpas.

"No sufrieron, si eso le sirve de consuelo. En este tipo de accidentes, la muerte es generalmente instantánea".

Joaquín se preguntó por qué debía consolarse con una muerte instantánea e indolora. Eso lo aterrorizó.

"Hijo, te esperan momentos difíciles. Vas a tener que ser muy fuerte".

‹ • ›

Al otro extremo del corredor, Gabriel abrió los ojos en otra habitación blanca. Había gritado casi antes de estar completamente consciente para pedir que viniera alguien, pero nadie lo hizo. Encontró el botón del intercomunicador y lo oprimió. Momentos después entró una enfermera.

"Mis padres están muertos, ¿verdad?"

"No lo sé; no lo sé. Debería preguntarle al doctor".

"¿Están muertos?" preguntó levantando la voz.

La enfermera lo miró. La mezcla de compasión y piedad que Gabriel vio en sus ojos era la respuesta que buscaba.

Se arrellanó en la cama. Sintió que los ojos se le humedecían, pero no derramó una sola lágrima.

Los dos chicos estaban solos, heridos y asustados. Súbitamente, el futuro de ambos se hizo completamente inseguro. La única pariente que Joaquín tenía en Boston era su abuela, quien había sido sometida a una cirugía pocas horas después del accidente. Nadie supo de las muertes hasta que la operación terminó. Estaban esperando que ella estuviera fuera de peligro antes de darle la terrible noticia. Aún no habían encontrado a los familiares de Gabriel.

Transcurrieron varios días antes de que él y Joaquín se conocieran. Ambos estaban en sillas de ruedas. Las enfermeras que los llevaban por el corredor los dejaron solos. Joaquín supo que Gabriel era el otro chico de la ambulancia, sin saber exactamente por qué, pues realmente no se habían visto antes. Le dijo:

"Nos chocaste, ¿verdad?"

"¿Yo qué?"

"Ibas en el Volvo que nos chocó".

"¿Tú ibas en el Ford? Las enfermeras me hablaron de ti".

"¿Te gustan los Dead Kennedys?" le preguntó Joaquín con un poco de ansiedad, queriendo cambiar de tema. Aún no se sentía preparado para hablar del accidente.

"Sí. 'Maten, maten a los pobres' ", cantó Gabriel con voz desafinada.

Joaquín sintió alivio al saber que Gabriel también recordaba lo que había sucedido en la ambulancia; significaba que no había sido una alucinación. Levantó la mano lo mejor que pudo y se la acercó a Gabriel para chocársela, pero Gabriel solo pudo estirar su brazo y rozarle la mano débilmente.

"Sería agradable tener música aquí", dijo Gabriel.

"Hay un televisor en mi cuarto, pero ni siquiera tengo una maldita radio. Amo la música. *Necesito* oír música."

"¿Tocas algún instrumento?"

"Sí. ¿Cómo supiste?"

"Me lo imaginé".

"...Guitarra y sintetizador. Pero no sé si pueda volver a tocar. No siento los dedos", dijo levantando la mano derecha.

"Es probable que algún día lleguemos a tocar juntos".

La enfermera regresó; ambos notaron sus piernas esbeltas y atléticas, visibles debajo de una falda transparente que le llegaba a las rodillas, y los dos tuvieron una erección. Comprendieron que tenían otra cosa en común: su afición por las mujeres de piernas largas y vestidas de uniforme.

"Nos vemos", dijo Gabriel mientras se alejaba.

"Aquí estaré", respondió Joaquín, recordando que no habían hablado de sus heridas ni de sus padres.

Joaquín había temido encontrarse con el sobreviviente de la camioneta y le sorprendió lo que acababa de suceder. No fue capaz de comprender realmente la muerte de sus padres hasta mucho después. Las consabidas fases del dolor: negación, rabia, negociación, depresión y aceptación se apretujaban en su mente confundida. Había odiado al conductor del otro auto en los momentos más oscuros, y se dijo a sí mismo que se vengaría de él. Imaginó que decapitaba a ese desgraciado con un machete y arrojaba el cadáver a los perros vagabundos de Tijuana.

Pero su ira desapareció cuando vio por primera vez el blanco de su odio. No sintió deseos de venganza. Simplemente vio a otro chico triste y herido; a un alma gemela. Deseó hablar de nuevo con él, e incluso tocar juntos algún día. Algo bueno había nacido de la terrible catástrofe.

Intentó ver lo positivo de esos días oscuros y dolorosos que pasó silenciosamente llorando en su cuarto, evitando las miradas de compasión y piedad de sus compañeros de habitación: *Perdió a sus padres; Nunca volverá a caminar; Lo van a enviar a un orfanato*. Joaquín fingió no escuchar y deseó que su música —o cualquier otra cosa— apagara esas voces. Pero su querido Walkman, compañero de tantos años, quedó pulverizado en la autopista; ahora él yacía en la cama de un hospital y su única distracción era la televisión, soportando estoicamente las telenovelas, los programas de entrevistas y de entretenimiento que veían sus compañeros de cuarto.

Los días pasaron y él lentamente se fue recuperando.

< < < capítulo 11 > > >

DESEOS DE HELICÓPTERO

"Odio los hospitales", dijo Joaquín, arrojando su maleta sobre la cama.

"¿Te refieres a los hoteles?"

"¿Por qué? ¿Qué he dicho?"

"Dijiste 'hospitales' ".

"¡Diablos!" dijo Joaquín, moviendo la cabeza.

Alondra se acercó a él, le masajeó los hombros y el cuello.

"Has estado un poco raro desde que aterrizamos. ¿Hay algo que quieras decirme?"

Joaquín fue a un lado, abrió su maleta, sacó un sobre de manila, y observó los papeles que contenía. No pudo encontrar el que necesitaba y arrojó el sobre al suelo en señal de disgusto.

Se acercó a la ventana y abrió las cortinas. La vista panorámica de Dallas se extendió ante él, centelleando en el cielo nocturno. Esta era la imagen que acudía a su mente siempre que pensaba en Norteamérica: rascacielos fulgurantes contra el cielo nocturno. Pero al mirarlos ahora, se sintió como un extranjero. No estaba seguro de querer estar en Norteamérica, ni de poder tolerar la resplandeciente novedad de Dallas.

Esperó que aquello fuera una especie de bienvenida. El hijo pródigo regresaba para demostrar que le había "ido bien" en la vida. Sin embargo, no se sentía como un hijo pródigo en lo más mínimo, sino más bien como un niño: un niño triste y solitario llorando por sus padres en medio de la noche.

Alondra tampoco lo estaba ayudando; creía que él necesitaba hablarle de lo que sentía por Gabriel, el recuerdo de aquellos días dolorosos pero maravillosos, y ahora ya lejanos. Pero hablar de esto no aplacaría sus sentimientos, al contrario, haría que fueran más intensos.

Y además, había otra cosa: ese ser extraño que buscaba una comunión con él. Era algo que había sentido en México, con alguna intensidad y a un nivel trascendental; creía que aquello tenía respuestas a las preguntas más profundas de su vida, pero ahora no estaba tan seguro.

Probablemente se trataba de una fuerza oscura que lo atraía; una araña que colgaba de su red, esperando. Las telarañas eran seductoras; no podía sustraerse a ellas aunque significaran la ruina, o incluso la muerte.

A cierta distancia, un helicóptero sobrevolaba alrededor de un rascacielos. Sus luces titilaban mientras descendía y giraba. Una parte de Joaquín quiso estar en ese helicóptero, atravesando el firmamento de Dallas.

Notó algo extraño mientras veía la aeronave. Sus luces palpitaban en vez de titilar. Era un tipo de palpitación con la que él estaba familiarizado: el código morse.

La tradujo de manera casi inconsciente, creyendo que probablemente era un capricho humorístico del piloto. Pero en medio de la traducción, comprendió que se trataba de algo diferente.

Se retiró de la ventana y se le erizó la piel de los brazos y las piernas.

"¿Estás bien?"

Se dio vuelta y miró a Alondra.

"Esto va a ser intenso".

"¿Qué?"

"Todo".

Alondra le exigió una explicación, pero él no pudo decir ni una frase; otras palabras llenaban sus pensamientos: las palabras de la luz del helicóptero.

Se acercó otra vez a la ventana, casi de puntillas. Buscó el helicóptero, pero ya no estaba allí. Espera, sí, allá estaba. Y las luces seguían palpitando, repitiendo su mensaje siniestro.

Observó con cuidado, asegurándose de que las luces estuvieran diciendo lo que él pensaba que decían, y que no fuera un producto de su imaginación. No estaba equivocado. Lo vio ahí por segunda vez.

"Hablaremos pronto, Joaquín".

La naturaleza fortuita y mundana del mensaje hizo que fuera especialmente aterrante, como un demonio vistiendo una camiseta.

Siguió observando el helicóptero y el mensaje se repitió una y otra vez: Joaquín se estremeció.

Luego la luz dijo, *Me voy*, y Joaquín se armó de valor para recibir otro impacto, pero se encontró con una frase trivial:

Adiós, y los mejores deseos…

El mensaje fue enviado una sola vez. La luz recobró su intensidad normal, y el helicóptero desapareció en medio de una nube.

capítulo 12

UNA FELICIDAD OSCURA

Aquello no solo sintió el temor de Joaquín, sino que también le agradó. Asimismo, le gustaban las nuevas palabras que estaba aprendiendo: avión, motor, iPod, helicóptero y código morse. Le gustaba el sabor de esas palabras; poseían un sabor fuerte y crujiente, como en el primer momento de comunión con Joaquín, algo que lo había cautivado. Aunque no podía ver a Joaquín, lo percibía. Sintió la confusión y el anhelo de su corazón, y esas sensaciones le dieron unas bases y un propósito.

Sus emociones se intensificaron cuando supo que Joaquín había recibido su mensaje. Se tambaleó y se movió feliz en algún lugar extenso. Sabía que había sentido esa alegría en otro tiempo y lugar. Sorprendido por la comunicación, había evolucionado hasta convertirse en otra forma, en otra figura. Sin embargo, desechó esos pensamientos y se sumergió en el momento.

Bebió del miedo de Joaquín al sentir que este recibía de nuevo las palabras. Volvió a girar una y otra vez, maravillándose de su majestad suprema.

El júbilo cesó abruptamente.

Joaquín había desaparecido.

Aquello estaba solo: ¿solo? Ese también era un mundo nuevo, pero tenía un sabor amargo, y aquello se sintió vacío por dentro después de digerir la palabra.

Vacío.

Otra palabra desagradable que lo vació aún más. Se hizo tan hueco por dentro que no pudo moverse, y cayó de nuevo en los oscuros valles de su ubicación imprecisa.

Se sentía disipado y quería rendirse.

Pero una fuerza en su interior se rebeló, llenándolo de energía. No pudo identificar esta nueva energía, pero la acogió y le dio la bienvenida. Recordó el sabor agradable que tenía el miedo de Joaquín al moverse alrededor de su mundo. Sabía que sin importar lo que sucediera, encontraría ese temor y lo devoraría.

capítulo 13

MINIBAR, PROBLEMA MÁXIMO

Alondra salió del ascensor y avanzó por el corredor en busca del cuarto de Watt. Después de varias vueltas lo encontró y tocó la puerta.

Watt abrió; llevaba puesta la bata del hotel. Tenía un cóctel en una mano y una jarra de nueces de macadamia en la otra.

"Hola, Alondra" dijo, conduciéndola a su habitación. "Aquí ando degustando algunas cositas del minibar".

"¿Algunas?" dijo ella sonriendo.

Había varios aparatos electrónicos en la habitación: una grabadora Nagra sobre la cama, un amasijo de micrófonos saliendo de una bolsa plástica negra, baterías y cargadores en el vestidor y un computador portátil estropeado en el piso conectado a varios aparatos con una maraña de cables USB. Aparte de un iPod negro, Alondra prácticamente no pudo identificar nada más.

"¿Te preparo algo de beber?"

"¿Qué estás bebiendo?"

"Red Bull con vodka".

"¡Buá!" exclamó Alondra en señal de disgusto.

"Deberías probarlo; es delicioso".

"No me parece. Pero un vodka es una buena idea. Sírveme uno; Ketel One, si tienes".

Watt abrió el minibar y lo inspeccionó.

"Hmm… Ketel One, Ketel One… ¡Ah, aquí está!", dijo sacando una botella.

"¿Quieres acompañarlo con algo?"

"Con hielo… y agua tónica".

Watt sacó algunos cubos de la hielera, abrió las botellas, sirvió con la destreza de un bartender, y le entregó a Alondra el producto terminado.

Ella tomó la bebida, se sentó a un lado de la cama y bebió un trago. El vodka frío tenía un sabor limpio y fresco, y de pronto le hizo recordar un sauna que había visitado en Finlandia.

"¿Cómo está el hombre?" le preguntó Watt alegremente.

"Por eso vine".

"¿En serio? ¿Sucede algo malo?"

"Estoy preocupada por él".

"¿Qué le pasa? ¿Está nervioso o algo así?"

"No; realmente estoy preocupada".

"Creo que no te entiendo".

Alondra regresó a Finlandia tras beber otro sorbo, y respiró profundamente.

"Bueno" dijo buscando las palabras adecuadas. "Es como si… cielos, es como… mmm… mierda… yo no…"

"Vamos, dilo de una vez. Rayos, creí que supuestamente estaba con alguien que tiene 'habilidades comunicativas' ", dijo, llevándose una nuez a la boca.

"Está bien".

Transcurrieron varios segundos y Alondra permaneció en silencio, mirando los ojos intrigados de Watt. Siempre le habían gustado sus ojos. Eran grandes, de un intenso azul salpicado con puntos verdes, pero pensó que iba a entrecerrarlos en señal de incredulidad después de lo que iba a decirle.

Tenía que desahogarse, y luego de otro viaje veloz a Finlandia, dijo:

"Estoy preocupada por su salud mental".

Tal como lo había vaticinado, Watt entrecerró los ojos y retrocedió.

"Déjate de bromas".

"Estoy hablando en serio".

"Bueno, es obvio que él está loco. Es decir, todos lo estamos. Pero tampoco es que esté rematado".

"Bueno, no sé".

Watt se enfrascó en un discurso delirante sobre todo lo que sabía y percibía de Joaquín mientras caminaba de un lado a otro; sobre su locura y la forma en que se manifestaba, y sobre las razones por las cuales Joaquín no encajaba en los parámetros legales ni patológicos. Y muchas cosas más.

Alondra intentó escuchar, pero las palabras eran como un zumbido en el aire. También le preocupaba aceptar lo que parecía ser una justificación.

Finalmente, Watt se calló.

Alondra miró hacia arriba. Watt debió sentir su desesperación, porque la tomó de los hombros y le dijo mirándola a los ojos: "Él está bien. Realmente lo está. Es una época intensa para él. No le exijas tanto".

Alondra desvió la mirada.

"Está bien, está bien" dijo Watt. "Mira, hagamos esto: mañana en la mañana desayunaré con él. Le prestaré atención y lo escucharé. Mantendré la mente abierta".

Alondra miró el cubrecama. El entramado azul y verde reflejaba perfectamente la mezcla de complejidad y orden que ella buscaba actualmente en su vida. Tal vez Watt tuviera la razón. Probablemente no había ningún problema y ella estaba simplemente proyectando en Joaquín sus propios temores y preocupaciones sobre el programa radial y sobre su vida en pareja. En realidad, no estaba segura.

"Alondra, ¿me escuchaste?"

"No podrá desayunar mañana contigo. Tiene una entrevista con la revista *Newsweek*", dijo con la mirada fija en el cubrecama azul y verde.

capítulo 14

LA ENTREVISTA

Llamé a Alondra antes de entrar al café y me respondió con un "hola" lánguido y prolongado. Sabía que era yo, intentando convencerla de nuevo para que me acompañara a la entrevista.

"Alondra".

"¿Qué pasa ahora?"

"Quiero ser claro: me sentiría mejor si estuvieras en la entrevista conmigo".

"Y te dije que yo también lo estaría si almorzábamos juntos y hablábamos de lo que está pasando".

"No me pasa nada; sólo estoy preocupado por el programa".

"Ni siquiera tú te crees eso".

"¿Irás a la entrevista?"

Alondra le colgó.

Probablemente ella tenía razón. Debí hablar sobre lo que estaba pasando, pero sé que se asusta cuando hablo de esas cosas. Siempre me dice:

"Solo es basura del programa; no lo traigas a la casa".

Ella tenía razón, al menos parcialmente. Uno de los motivos por los cuales creé *Radio Muerte* fue para convencerme del sinsentido de todas las experiencias extrañas que había vivido. Claro que otra parte de mí necesitaba el programa para justificarlas.

Y ahora yo estaba a pocos minutos de comentar estos hechos importantes, promoviendo el programa como un conjunto entretenido "de cosas que salen en la noche". Yo sabía que para Alondra, esta era otra razón para negarse a acompañarme, pues detestaba toda esa basura. No estaba interesada en tener que responder a preguntas tontas como: *¿No te parece difícil trabajar con tu pareja?*

No podía imaginarla revelando semejantes intimidades a un desconocido, empezando porque inicialmente no estaba muy segura si trabajar en *Radio Muerte;* había tenido que convencerla para que aceptara el papel de coentrevistadora, pues alegó que podía afectar su credibilidad como investigadora y profesora.

Pero yo sabía que no era así.

La animé, y le dije que el programa sería como un laboratorio personal para su investigación sobre el folclor urbano. Sin embargo, yo tenía la certeza de que el motivo por el cual ella terminó aceptando no tenía nada que ver con su investigación, sino con algo mucho más profundo. Ella temía que yo me extraviara en el programa y quería rescatarme. Decía ser una escéptica comprometida, pero en el fondo, yo sentía que ella también creía en esas cosas y que la asustaban; por eso se burlaba de todo lo paranormal o sobrenatural. Era una maestra de la lógica circular. ¿De qué otra forma podría conservar un importante trabajo académico mientras seguía editando provocadoras revistas clandestinas?

Ella hacía gala de esa cualidad esquiva en el programa. Tendía a evadir las situaciones intensas o incómodas y hablaba de un modo convincente, aunque vago. Siempre salía del paso con amabilidad, sin tener que huir ni esconderse, evitando llamar la atención. Estoy seguro de que muchos juzgaban esa conducta como "fría" o "distante", pero yo tenía otra definición: "miedo".

Sin importar las razones que ella adujera, yo estaba seguro de que no había asistido a la entrevista porque sentía miedo.

Entré al café inmerso en estos pensamientos. El periodista de *Newsweek* me estaba esperando. No tuve dificultades para reconocerlo: tenía la grabadora sobre la mesa y hablaba por su teléfono móvil mientras tomaba apuntes, leía el correo electrónico en su computadora portátil y escribía un mensaje de texto en su Blackberry simultáneamente. Un montón de revistas y periódicos llenaban la única silla vacía.

"Soy Joaquín", dije, extendiéndole mi mano.

Él me la estrechó con nerviosismo y dijo algo incomprensible que tomé por un *encantado de conocerte*, seguido de un gesto con la mano que quería decir *espera un minuto*. El periodista terminó cada una de sus labores; era como observar una planta de producción de robots en línea. Luego despejó la silla y finalmente me miró a los ojos.

"Lo siento. Estoy escribiendo un artículo sobre Nicole Kidman y su manager estaba muy amigable".

Vi que intentaba establecer un vínculo conmigo al confiarme su pequeño "secreto".

Realmente yo no consideraba la entrevista con *Newsweek* como un triunfo personal. No me seducía la publicidad; al contrario, no confiaba en ella. Pero quería que la gente escuchara mi programa y la entrevista contribuiría a ello. Como consumidor de la cultura popular, concluí que el interés de *Newsweek* significaba que *Radio Muerte* había "dado el salto" para instaurarse en la cultura principal ya establecida.

El periodista dijo que se llamaba Eric Prew, y a continuación hizo un paralelo entre mi programa y la serie televisiva *Betty la fea*, una telenovela colombiana que había captado los mayores niveles de audiencia en la televisión norteamericana con la velocidad de un rayo. Le respondí que me parecía simplista comparar una telenovela con un programa como el mío, únicamente por su origen hispano, y me abstuve de añadir que me parecía absurdo y completamente racista.

¿Debí callarme? Tal vez eso habría funcionado.

Sin embargo, admití el hecho sorprendente de que estos programas habían sido aceptados por un público que no estaba acostumbrado a consumir productos culturales extranjeros. Estuve a un paso de pronunciar la palabra "extraterrestres", pero me detuve a tiempo.

Hablé del origen del programa en México, donde no generó mayores expectativas:

"Sucedió mucho antes de que yo comprendiera lo que pasaba. El programa musical que yo estaba presentando comenzó a girar cada vez más en torno a lecturas relacionadas con la muerte y a comentarios que yo hacía entre las canciones, pero todo despegó cuando comencé a recibir llamadas en vivo. Había muchas personas que querían hablar de temas sobrenaturales, y lo permití. El programa evolucionó, creció y se transformó en algo nuevo y diferente".

(Esto no era completamente cierto, pero yo siempre contaba esa versión).

Le dije a Prew que mi mayor influencia —aunque realmente no era consciente de ella en aquel entonces— era otro programa radial que yo escuchaba de manera compulsiva mientras estaba hospitalizado en Houston después del accidente en el que murieron mis padres.

"Me encantaban las historias de terror, las cuales todavía me fascinan y aterrorizan. Pero lo que más me gustaba era el formato. Fue gracias en gran parte a ese programa que pude empezar a recuperarme de la tragedia que sufrí".

"¿Cuándo fue eso?"

"En el noventa".

Prew asintió con la cabeza y anotó algo en su libreta. Pude leer su escritura aunque la viera al revés: *Investigar: Programa radial sobrenatural, Houston, 1990.*

"Pero dijiste que el formato de tu programa surgió de un modo casi accidental, y esta historia hace que parezca un plan premeditado".

"Se podría pensar que le di un rumbo al programa, pues era el presentador. Pero, realmente fue el programa el que me dio un rumbo a mí. Un año después teníamos un grupo numeroso de seguidores… algunos eran obsesivos… y muy problemáticos".

Prew estuvo de acuerdo en que muchos de mis oyentes parecían ser fanáticos. Los comparó con las grupis y con los seguidores de las religiones marginales. No era la primera vez que alguien decía que mi público se comportaba como los miembros de un culto. Asentí, y esperé su siguiente pregunta en silencio.

"¿Podemos hablar de nuevo sobre el programa original de *Radio Muerte*, el que oías en el hospital?"

"De acuerdo".

"¿Lo escuchabas sólo porque tú querías, o porque a los otros pacientes también les gustaba?"

"Algunas veces lo escuchaba solo y otras con un amigo" dije, tratando de parecer informal y deliberadamente ambiguo.

"¿Te refieres a Gabriel?"

Asentí. ¡Mierda, yo esperaba que la entrevista no tomara este rumbo, pero era claro que el periodista había hecho un buen trabajo de investigación!

"¿Es cierto que Gabriel murió durante la transmisión de un programa de radio pirata?"

Yo quedé estupefacto.

"¿Es necesario hablar de eso?"

"Eres el conductor de un programa sobre muerte y fantasmas, y tuviste una experiencia en la que un amigo cercano murió durante una transmisión radial: parece haber una relación".

Prew tenía razón; la relación existía. Yo se lo debía casi todo a esa catástrofe; todavía tengo las cicatrices... en sentido literal y figurado. Además, perdí a Gabriel. Todavía lo considero mi mejor amigo, aunque ya no esté con nosotros.

Ya no está con nosotros.

¡Qué término tan inapropiado para Gabriel!; nadie podría estar más "con nosotros" (o por lo menos "conmigo") que él. Han pasado dieciocho años desde su muerte y todavía lo siento junto a mí. No se trata de un cliché de pacotilla, ni de una nostalgia lacrimógena y empalagosa, sino de una afirmación pragmática sobre su presencia diaria e ineludible.

"¿No te parece importante?" me preguntó Prew, interrumpiendo mis cavilaciones.

"Simplemente preferiría que no fuera el centro de nuestra entrevista".

"No creo que vaya a ser el centro, pero pienso incluir algunos hechos sobre dicho evento, y me gustaría que fueran tan precisos como sea posible".

"Es un recuerdo doloroso para mí".

Pero Prew no quería desistir.

"Está bien; pero recuerda que si hablamos de esto, me veré obligado a presentar los hechos basado en mi investigación, y no tendrás otra opción. Algunas de las personas que nos contaron tu historia pueden estar parcializadas. Te estoy dando la oportunidad de asegurar que lo que publiquemos refleje con exactitud tu punto de vista".

Miré por la ventana; un vagabundo caminaba gritando por la calle. Pude oír sus palabras a través del cristal y sentí deseos de unirme a él. Sin embargo, me di vuelta y miré fijamente a Prew.

"Creo que ya hemos hablado de esto" le dije.

Prew asintió, revisó sus apuntes con un suspiro, y como todo buen periodista, me hizo una pregunta "liviana":

"¿Cómo explicas el éxito de tu programa?"

"Hablamos de temas que le interesan a muchas personas. Creo que la sociedad moderna está profundamente afectada por el progreso tecnológico. La tecnología no es solo una herramienta que utilizamos todos los días; está presente en la manera como percibimos la realidad y nos vemos a nosotros mismos, o en la que nos relacionamos con nuestros semejantes y con nuestros propios recuerdos. Nuestros temores, aspiraciones y fantasías están filtrados por la tecnología. Considero mi trabajo como una contribución para que los medios ayuden a las personas a reestablecer su vínculo con aquellas cosas que no tienen nada que ver con la ciencia, como por ejemplo, con la mitología y lo inexplicable".

"No sabía que te oponías a la tecnología".

"No me opongo; pero creo que la vida es algo más que Google, Facebook y YouTube. Existen otras formas de comunicación; son profundas, y las personas quieren compartir sus experiencias" dije, sabiendo que mi voz denotaba un tono agresivo, pero no pude dejar de sentir rabia hacia Prew por haber mencionado la muerte de Gabriel.

"Pero básicamente es un programa sobre la muerte, ¿verdad?"

"¿Ha oído alguna vez mi programa, señor Prew?"

"Sus seguidores tienen lo que podría ser considerado como una fijación necrofílica, una obsesión con lo macabro. ¿Qué opina de eso?"

"¿En qué cultura no existe una fascinación por todo lo terrorífico y desconocido? Simplemente estoy canalizando esa realidad y dándole una forma a nuestros temores inconscientes. Pero también les doy esperanzas a los oyentes: les digo que la muerte no es el final de todo, y que hay algo más allá".

"¿No cree que alimentar esas fantasías es una forma de explotación, o incluso una modalidad de chantaje emocional?"

"La humanidad lleva más de veinte mil años contando historias de fantasmas. No estamos tratando de chantajear, sobornar ni presionar a nadie. Buscamos una comunión, una forma de entender lo inexplicable. Yo necesito tanto este programa como ellos; necesito esas conversaciones descabelladas. No presumo de poder desentrañar los misterios de la vida y la muerte, pero creo que podemos conectarnos de una manera más íntima por medio de una sensación tan trascendente como la del terror".

"¿No cree que su interés por la muerte es algo morbosa, escueta y simple?"

"¿Morbosa?" Tuve que contenerme para no responder con un insulto.

No era la primera vez que escuchaba esta acusación, pero no terminaba de acostumbrarme, pues siempre me había parecido arrogante y ofensiva. ¿Qué diablos sabía Prew sobre mi concepción de la muerte?

"A mi modo de ver, el morbo es una necesidad urgente e incontrolable de ver lo prohibido y de adentrarse en lo repugnante. Y lo que tratamos en *Radio Muerte* rara vez lo es. Al contrario, suele ser muy hermoso".

"Pero se trata del mismo material de las películas de terror".

"No explotamos esas emociones del mismo modo. Mi intención no es aterrorizar a la gente. Los oyentes y yo simplemente nos asustamos y tratamos de procesar juntos esa sensación. Cada noche sucede algo nuevo; no se trata de una fórmula de Hollywood que haga que *Radio Muerte* funcione. Solo es comunicación humana… así de simple".

Prew tomó notas mientras yo continuaba:

"No me gusta recurrir a clichés, pero vivimos en una época incierta. Las guerras y las catástrofes que han azotado al planeta durante las últimas décadas amenazan con insensibilizarnos y con restarle importancia a nuestra mortalidad. Pero en la cultura mexicana tenemos una relación diferente con la muerte: jugamos con ella. Le escribimos como si fuera una vieja amiga. La invitamos a entrar como a un borracho que llega sin previo aviso".

Prew parecía satisfecho con la entrevista, pero cuando se inclinó para apagar la grabadora, expresé una última idea:

"Algo tan natural como caminar consiste en desequilibrar nuestro cuerpo de manera repetida. Cada vez que desplazamos el peso de un pie al otro, perdemos el equilibrio por una fracción de segundo. Solo aprendemos a caminar cuando logramos desplazarnos sin caernos, cuando perdemos y recobramos nuestro equilibrio de manera casi simultánea. En este sentido, se podría decir que constantemente equilibramos la vida y la muerte".

"¿Por qué me ha dicho eso?"

Joaquín sonrió.

"Porque usted se dispone a levantarse e irse del café".

Prew soltó una carcajada.

Luego, se conectó de nuevo con sus aparatos de comunicación como si estuviera poseído por un espíritu cibernético. Su rostro se iluminó mientras los encendía, restablecía las conexiones tecnológicas y recuperaba el tiempo perdido conmigo; entrecerró los ojos, y la realidad pareció disolverse a su alrededor.

Recogió sus cosas y salió de allí, perdiendo y recobrando su equilibrio con cada paso.

En cuanto se fue, regresé al punto central: en esta entrevista se contaría la historia de la muerte de Gabriel, una historia que yo quería guardar únicamente para mí. Esto no era bueno… no era nada bueno.

Pero, ¿qué podía hacer yo? No podía impedir que la revista la publicara.

La solución surgió de manera automática: le arrebataría la primicia a *Newsweek;* me les adelantaría. Contaría la historia en el estreno norteamericano de *Radio Muerte.*

capítulo 15

LA CONFESIÓN

Solo faltaban diez minutos para que el programa terminara. Era ahora o nunca; así que respiré profundo y dije:

> *Oyentes: sé que nos conocemos muy bien, pero terminaré esta transmisión con una historia; es muy personal y espero que nos acerque aún más. Espero que entiendan que en* Radio Muerte *no nos burlaremos de ustedes, sin importar qué tan descabelladas sean sus historias, pues yo también tengo historias descabelladas.*

Me gustó estar de nuevo en el estudio. Alondra también parecía disfrutarlo, y en cuanto a Watt… bueno, él estaba en su habitual estado de ensimismamiento. Tal vez todo estaría bien. El programa había salido bien. La mayoría de los oyentes quería hablar de política, pero yo me sentía animado, pues sabía que ésta última historia cambiaría las cosas.

Era agradable sentirme tranquilo después de la incertidumbre de los últimos días, pero yo no había logrado controlar por completo mis emociones y mis pensamientos. Sin embargo, ahora me encontraba en el lugar donde siempre había sentido que tenía el control, y hacía lo que amaba: Decía la verdad al filo de la noche:

> *Cuando yo era niño, mi amigo Gabriel y yo teníamos un grupo llamado Los Deathmuertoz, una banda de fusión de rock latino, punk, experimental y progresivo. Es probable que algunos de us-*

tedes todavía nos recuerden. Teníamos varios seguidores en el área de Houston. Nuestra música era extraña, pero no creo que sea exagerado decir que también era intoxicante. Utilizábamos sonidos "encontrados", provenientes de las fuentes más variadas. Inicialmente solo queríamos tocar y explorar todas las posibilidades que nos ofrecían nuestros equipos e instrumentos de una forma cruda. Pero más allá de estos experimentos, nuestro ámbito musical se vio teñido por la tragedia; eso era perfectamente comprensible. Mis padres —y también los de Gabriel— murieron en el mismo accidente automovilístico. El auto en el que iba yo chocó de frente contra el de la familia de Gabriel. Nosotros dos fuimos los únicos sobrevivientes del accidente. Nuestras vidas se entrelazaron cada vez más después del accidente y del tiempo que estuvimos juntos en el hospital. Me fui a vivir a Houston con mi abuela, a unas pocas cuadras de la casa de la tía de Gabriel, quien lo acogió durante un tiempo. Compartimos ese tiempo en un extraño limbo, en una cuasi-ausencia de autoridad.

Ambos éramos locos, pero Gabriel siempre fue el más atrevido: Nada lo intimidaba. Siempre estaba dispuesto a experimentar con drogas nuevas, a generar situaciones de peligro donde no lo había y a meter en problemas a todos los chicos. En resumen, era un demonio. Desaparecía cada vez que consumíamos alguna sustancia. Generalmente no recordaba dónde había estado ni qué había hecho, y entonces comenzó a registrar sus escapadas con fotos Polaroid.

Las fotos que encontraba al día siguiente en sus bolsillos las guardaba en lo que llamaba su "Diario de los días perdidos". Siempre quise mantenerme al tanto de sus cosas, pero sus aventuras eran tan personales que a veces no me sentía bienvenido. Además, a Gabriel no le importaba dónde pasaba la noche: en la cárcel, en la cama junto a una prostituta anciana, en la piscina

*de una persona adinerada o en la jaula de los monos en el jardín
zoológico: Todo le daba lo mismo. En cambio, yo siempre dormía
en casa.*

*Su tía no podía con él, y Gabriel empezó a llevar una vida de
nómada. Dormía en cualquier lugar: en mi casa, en la de alguno
de sus amigos o de su novia, en la de un desconocido y a veces
incluso en el banco de un parque. Después se volvió un "ocupa"
y vivió en edificios abandonados. No tardé en seguirlo, y compartimos los lugares más extraños.*

Alondra y Watt se desconcertaban e irritaban mientras más hablaba yo; sabía que mi confesión pública les parecía algo ridículo. De
haberles dicho de antemano lo que pensaba hacer, nada habría cambiado:
discutiríamos y al final no me hubieran permitido hacer lo que yo
quería. Aunque no era decisión suya, les pareció insultante que yo lo dijera así, de buenas a primeras. Yo era consciente de esto, lo cual significaba que su opinión me importaba un comino. Justamente como sucedió
en este caso.

*Nos dedicamos a nuestras ambiciones comunes; éramos dos músicos con una misión. Creíamos ser una mezcla de Stravinsky y el
Dr. Frankestein, elaborando creaciones híbridas que combinaban
melodías y ruidos orgánicos como el sonido amplificado de una
araña devorando a una hormiga o una mantis religiosa destrozando la cabeza de su compañero. Grabamos todo lo imaginable y
lo llevamos a otro nivel, mezclando esos sonidos con la estática de
nuestro "radiotelescopio" casero, una antena que habíamos construido con viejos circuitos que recibía y distorsionaba las señales
radiales. Mezclamos estas pistas con un secuenciador sencillo y les
añadimos el sonido de guitarras, percusión, sintetizadores y demás instrumentos, y ni hablar de los otros ruidos; esto era apenas*

una parte de nuestros experimentos. Posteriormente añadimos a nuestro repertorio programas por computador, sámplers de MIDI, y codificadores de voz.

Alondra y Watt parecían estar aún más escépticos. Yo sabía que ellos se preguntaban por qué estaba reconstruyendo el personaje que yo había creado para *Radio Muerte*. *"Él"* había funcionado, y a ellos les gustaba esa creación, que a veces era exclusiva, otras veces contenida y en algunas ocasiones reservada y hermética.

Pero sin importar lo que fuera, lo cierto es que no era un confesor. En la medida de lo posible, evitaba el mundo sensiblero de lo personal. Él no era la estrella del programa, sino los oyentes que llamaban. Él era un conducto, una voz bienvenida; encendía la hoguera y le decía al mundo que se reuniera alrededor.

A mí también me gustaba él.

Pero esa noche tuve que hacerlo a un lado.

No se trataba únicamente del artículo de *Newsweek*, y eso lo he comprendido ahora. Se trataba de la verdad; si yo lanzaba la versión americana de *Radio Muerte* con una información tan atrevida, era probable que el programa se convirtiera en lo que yo quería y quizá me diera las respuestas que buscaba.

Alondra se aplicó vaselina en sus labios carnosos con nerviosismo. Yo sabía que se hubiera ofrecido gustosa a donar un litro de sangre con tal de poder escapar, pero no se atrevía a abandonarme, especialmente después de sus fervientes peticiones para hablar sobre este tema.

Hicimos muchas cosas locas, pero eran genuinas. La gente nos trataba como a personas estrafalarias cuando íbamos a la escuela, pero la percepción que todos tenían de nosotros cambiaba cuando hacíamos música. Fue reconfortante ver la sorpresa, la fascinación o el desconcierto en las caras de quienes generalmente nos ignora-

ban o despreciaban. Perdimos rápidamente nuestra virginidad; pues tuvimos numerosas oportunidades de acostarnos con nuestra creciente tropa de grupis.

Watt esbozó una sonrisa forzada, detrás de los cables, manijas y botones de su equipo de sonido.

La muerte de nuestros padres nos unió. Las relaciones que se desarrollan en situaciones como ésta son tan profundas que es difícil explicarlo. Creamos nuestro propio mundo, y le ofrecimos al público esa visión durante las presentaciones, las cuales eran como un Grand Guignol musical; exhibíamos nuestras fantasías en el escenario, y también las pesadillas. Esto fue antes del concepto de las multitudes instantáneas, que se reúnen y utilizan mensajes de texto para transmitir su ubicación en el tiempo y el espacio, pero nosotros utilizábamos métodos tan poco tecnológicos como los volantes impresos, los parlantes de un camión que vendía helados o llamativos avisos callejeros que invitaban a conciertos y a presentaciones casi improvisadas que se realizaban en lugares únicos.

Bebí una buena cantidad de agua. Alondra me miró con una mezcla de hostilidad y compasión, y Watt parecía resignado mientras se limpiaba las uñas con una navaja.

Tratábamos de darlo todo en cada uno de nuestros conciertos o presentaciones. Escuchábamos con pasión a grandes grupos y bandas industriales, pero pensábamos ingenuamente que nuestra música estaba más allá de lo que habían logrado esas leyendas. Leíamos compulsivamente a William Blake, Aleister Crowley y a Elifaz Lévi. Estábamos obsesionados con todos los tipos de rituales funerarios. Durante una época escribimos canciones en honor a los fallecidos que elegíamos al azar en los obituarios de algunos

periódicos extranjeros, y nuestras letras se inspiraban en sus histo-
rias. Muchas veces veíamos pasajes poéticos en dichos obituarios.

Los teléfonos estaban sonando; no había forma de saber si los oyentes me querían insultar, si tenían un comentario generoso, si deseaban
compartir experiencias similares o si sencillamente querían ridiculizarme.
Yo los ignoré.

En cierta ocasión conectamos nuestras guitarras y equipos a los
parlantes de la escuela y generamos una revuelta de proporciones
legendarias que terminó en un incendio y docenas de arrestos. To-
camos en sitios públicos, en edificios abandonados, en iglesias
antiguas y en cualquier lugar donde pudiéramos crear caos y con-
fusión. Constantemente estábamos metidos en problemas y pasa-
mos mucho tiempo huyendo, escondiéndonos o arrestados, pero
esto solo contribuyó a que el número de nuestros seguidores au-
mentara. Grabamos CDs que nosotros mismos vendimos, y con el
dinero compramos más equipos y ampliamos nuestro sistema de
sonido. Era como ir en un tren a toda velocidad. Cualquiera hu-
biera podido predecir que nos estábamos precipitando hacia el
abismo.

El rostro de Alondra adquirió una expresión extraña, como una madre cuyo hijo juega al fútbol con torpeza: esa expresión de humillación y
empatía que nunca quieres ver en un ser querido. Pero yo no podía dete-
nerme; ya estaba llegando casi al final.

Una noche fuimos a una emisora radial abandonada por una uni-
versidad mexicana, cerca de la frontera. Instalamos un altar im-
provisado en honor a Teoyaomqui, el dios azteca de los guerreros
muertos. Conectamos nuestros equipos al transmisor y logramos
emitir música en vivo. Posteriormente, supe que muchos de nues-

tros seguidores —o incluso todos— nos oían con euforia. Once minutos después —exactamente a las dos de la mañana..., se presentó una sobrecarga en la corriente eléctrica que generó un cortocircuito en nuestro equipo. Esa noche estaba lloviendo y había agua por todas partes. Fuimos más descuidados que nunca y muchas personas del lugar creyeron que nosotros habíamos causado un incendio intencional. A veces me pregunto si Gabriel quería de manera consciente o inconsciente que esto sucediera. Estoy seguro de la hora, porque el reloj digital del estudio, tal vez el artefacto más moderno que había en toda la emisora, estaba titilando y señalando las dos de la mañana. Lo último que vi antes de volar por el aire fue a Gabriel.

Narré la forma en que fui rescatado por los paramédicos con voz deliberadamente exenta de alegría, y cómo Gabriel ya había muerto cuando ingresó en su camilla al hospital. Apagué el micrófono y bebí un sorbo de agua, deseando que fuera tequila; luego me puse de pie y salí del estudio. Alondra y Watt no se movieron.

Momentos después escuché la canción "Shine On You Crazy Diamond" de Pink Floyd en los monitores. Está mal que un DJ diga cosas absurdas al aire, pero en un programa en vivo el espacio muerto es imperdonable.

La puerta del estudio se abrió. Watt entró y se acercó.

"¿Qué demonios acabas de hacer? ¿Qué vas a decir a continuación? ¿Describirás tus fantasías más incriminatorias? ¿Vas a hablar de hemorroides?"

"Tenía que hacerlo".

"¿Por qué?"

Le entregué las llaves de mi auto.

"Dáselas a Alondra. Regresaré caminando al hotel".

Y entonces me fui.

capítulo 16

MI OTRA NOVIA

Caminar me hizo sentir liberado y eufórico. Me moví con bríos mientras abría la puerta para entrar a la habitación del hotel. Alondra estaba sentada en un extremo de la cama. Me recibió con una mirada fría y permaneció un buen tiempo en silencio.

"No te entiendo", me dijo finalmente. "Realmente no te entiendo".

Le hablé de la entrevista de *Newsweek*.

"Eso no explica nada; dijiste que nunca podíamos divulgar esa historia".

"No estás enojada conmigo", le dije.

"¿Que no?" dijo ella, poniéndose de pie y mirándome con el rostro completamente descompuesto.

"No lo estás; solo tienes celos".

"¿Celos? ¡Celos!", gritó, su rostro adquiriendo una inaudita expresión de ferocidad.

"Relájate y piensa un momento en eso. Desde hace varios días quieres que hablemos de Gabriel. Y mira lo que hice: Le hablé de él a mi 'otra novia' ".

"A los oyentes", dijo Alondra, y su ira se desvaneció.

"¿No te parece muy loco sentir celos de un grupo de personas anónimas?"

"No lo sé. Algunos de ellos suenan bastante atractivos", dijo sonriendo.

"Ven aquí".

Alondra dio unos pasos hacia mí. La enlacé entre mis brazos y la acerqué tiernamente a mi pecho.

"¿Sabes qué es lo más loco de todo?" le dije con suavidad. "Que pienses que puedes pasar a un segundo plano en mi vida". Ella se derritió en mis brazos y caímos juntos a la cama.

Los organizadores del programa decidieron emitirlo indefinidamente, incluso antes de recibir los primeros reportes de sintonía. La emisora se mudó a un condominio costoso, aunque impersonal, y la publicidad que anunciaba nuestro programa empezó a aparecer en vallas, revistas y autobuses. Durante una época todo pareció brillante y normal, pero yo sabía que eso no duraría.

Y efectivamente, no duró.

capítulo 17

LLAMADA 1288, 12:22 A.M.
MÚSICA DE SANDY

"¿Soy yo? ¿Estoy al aire?"

"Sí, amiga. Estás al aire".

"Dios mío, estoy tan nerviosa. No sabía que me darían tantos nervios".

"¿Cómo te llamas y dónde vives?"

"Mi nombre es Sandy y vivo en Amarillo".

"De acuerdo, Sandy, ¿a dónde nos llevarás esta noche?"

"Nunca le he dicho esto a nadie, pero creía que la gente pensaba que yo estaba loca. Y al escuchar a los otros oyentes... bueno... pensé que debía decírselo a alguien".

"Para eso estamos aquí".

"Estoy muy nerviosa. ¿Realmente estoy al aire?"

"Respira profundo Sandy, y dinos qué te sucedió".

"Está bien, está bien... sucedió cuando yo estaba en la secundaria. Fuimos a una fiesta; no era nada desaforado, simplemente una fiesta de chicos, pero se había hecho muy tarde. Serían la una o dos de la mañana cuando regresamos.

"Íbamos cuatro en el auto. Tawnie, mi mejor amiga; Carson, su novio; mi novio Jake y yo. La fiesta era en un barrio extraño de la ciudad y ninguno de nosotros lo conocía muy bien. Nos perdimos de regreso a casa.

"Pero no solo eso. Sucedió algo extraño; terminamos en una zona llena de instalaciones industriales; de bodegas o algo así. Y era como si no pudiéramos salir o como si la zona industrial se extendiera interminablemente.

"No importa cuánto condujéramos o por cuál esquina dobláramos, seguíamos avanzando por esas calles desiertas, al lado de las grandes construcciones vacías, que tenían un aspecto enigmático y temible, muy diferente a los demás edificios que he visto. Todos comenzamos a sentir mucho miedo.

"Jake y Carson intentaron hacer bromas, pero pude percibir por sus voces que también estaban asustados. Ya sabes lo que quiero decir, como se siente eso, en especial con chicos de esa edad".

"Por supuesto, Sandy. ¿Qué sucedió después?"

"Creo que Tawnie fue la primera en oírlo, o tal vez yo. No, creo que en realidad fue Tawnie, pues recuerdo claramente que ella dijo: '¿Escuchaste eso, Sandy?'

"Recuerdo esas palabras como si fuera ayer, y el tono en que las dijo".

"¿Y qué dijo?"

"Al principio no lo entendí, pero al oir con atención, lo escuché".

"¿Qué escuchaste, Sandy?"

"Sabes cómo es la música que ponen los camiones que venden helados, ¿verdad? No me refiero a la canción, sino al sonido de la música. No sé cómo se llama, pero supongo que sabes a qué me refiero".

"Ajá".

"Bueno, era así, pero sumamente triste. No creo que haya oído una música más lúgubre en mi vida. Me dieron deseos de llorar y de gritar al mismo tiempo; de correr y correr sin mirar atrás. Tawnie se veía peor que yo; comenzó a gritar que quería salir del auto, que necesitaba salir de él.

"Pero eso era absurdo, pues, ¿adónde iba a ir? Estábamos perdidos; ni siquiera sabíamos dónde estábamos. Permanecimos asustados y en silencio, conduciendo interminablemente, mientras la música sonaba y Tawnie gritaba que quería apearse del auto.

"No sé cuánto tiempo duró esto, pero al amanecer encontramos el camino de regreso a casa. Al llegar, me metí en cama y escuché esa música de nuevo. Solo por unos diez… o veinte segundos. Era como si tratara de alcanzarme por última vez, como si estuviera intentando despedirse de mí".

"Esa es una historia muy interesante, Sandy".

"Aún no he terminado".

"Debemos hacer una pausa. Tienes treinta segundos, Sandy".

"Bueno, durante varios años intenté encontrar esa zona, esas bodegas o lo que fuera, pero no pude. No había nada allí".

"Los parques industriales fantasmas y la música más triste que hayas escuchado… Esta es *Radio Muerte*, en vivo con ustedes hasta las cinco de la mañana. Si quieren participar, les daré nuestros números después de la siguiente pausa".

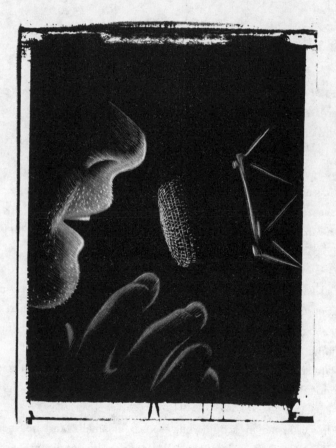

capítulo 18

LA PRISIÓN DE LAS CONVENCIONES

Escribo estas palabras con tinta, sobre los renglones de un cuaderno de redacción. No voy a tachar ni a enmendar nada.

Será un gran vómito de verdad.

Pero, ¿por dónde comenzar?

No me gusta hablar de mí, y menos pensar en mí. Pero algunas veces necesitas escarbar en el jardín de los recuerdos, hurgar en la maleza y en las larvas, mientras buscas la raíz principal.

La raíz de mi vida y de todos mis problemas, brotó cuando mi padre decidió casarse con mi madre.

Él venía de una familia dominada por las apariencias y las convenciones sociales, para la cual era menos importante lo que hacías, que la forma en que lo hacías. Mi padre odiaba esa actitud, que se hizo clara como el agua tan pronto se casó con mi madre, pues fue marginado por su familia y su padre lo excluyó del testamento.

Para su familia, mi madre nunca sería más que una advenediza; una desconocida, una india. Casarse con una mujer como ella era algo que "no se hacía".

Ellos ya le habían escogido una esposa; se llamaba Marlene Koenig y cumplía con todos los requisitos del caso: era culta, inteligente y preparada. Tenía incluso algunos vínculos con la aristocracia británica y a la familia de mi padre le encantaba eso.

Decían que era "la esposa indicada". A la señorita Koenig también le atraía esta posibilidad. Papá se destacaba entre la multitud de pretendientes que visitaban el apartamento que sus padres tenían en la Quinta

Avenida: los "Bradleys" y los "Carlton" le despertaban a la señorita Koenig algo más que el calificativo ocasional de "agradable" o "dulce". Pero papá era diferente: un científico con inclinación a la bohemia. Y estas características despertaron en la señorita Koenig una dosis recatada de lujuria propia de una novata.

Mi padre consideró detenidamente el prospecto. La afición de la señorita Koenig por la conversación le ayudaría a subir por el sendero esquivo de la academia. Ella también contaba con la aprobación de los Spencer, una familia de industriales. Él necesitaría fondos para su trabajo y ellos podrían proveérselos.

¿La amaba? En realidad no, pero él era un científico y pensaba que cuando se trataba de un matrimonio, el pragmatismo era una guía más racional que las emociones.

Y cuando fue a México a dar una conferencia, creyó que regresaría una semana después y le pediría a la señorita Koenig que se casara con él. Sin embargo, tardó diez años en regresar.

Él estaba dirigiendo un panel de Teoría de Cuerdas en la Universidad Autónoma de México y mi madre se encontraba entre el público; había ido por azar… estaba lloviendo y había perdido el autobús. Ya se imaginarán el resto.

A pesar de que ella no era ninguna especialista ni estaba interesada en el tema, les formuló varias preguntas incisivas a los científicos del panel. Al final de la exposición, mi padre se sintió desconcertado e intrigado. ¿Quién era esa chica? Su sentido común había triturado su presentación como si se tratara de los papeles mexicanos que se utilizan en el Día de los muertos. Tomaron juntos el metro esa noche, y mi padre nunca más la abandonó.

Dicen que fue amor a primera vista.

No importa.

La señorita Koenig se casó con un banquero y pasó la mayor parte de los veinte años siguientes en la clínica Betty Ford.

Mis padres sonríen cuando ven su nombre en las noticias.

Y a este mundo de fábula llegué, como una anguila a un estanque de peces exóticos. Yo no fui lo que mis padres esperaban o querían. Me resistí a sus esfuerzos para moldearme como una expresión perfecta y radiante de su amor casi desde el momento en que nací.

Yo era la reina de las pataletas, la princesa del "no" y la dama de la ira.

Mis padres básicamente ignoraron mi conducta. Se concentraron en sí mismos, extraviándose en su romance. Su relación era realmente idílica, impulsada por dosis equitativas de buena voluntad y afecto. Y, supongo, también de pasión.

Es algo desconcertante, pero puedo atestiguarlo porque estuve presente en casi toda esa telenovela.

Mi padre envió su herencia al infierno, pero mi madre también aportó su cuota de sacrificios, como por ejemplo, el abandono de sus estudios de medicina para estar al lado de su irlandés loco. Por su parte, él se quejó de que sus colegas eran incompetentes y poco imaginativos y renunció a su cátedra de Física Cuántica en Harvard. Los dos vivieron con sus modestos salarios de profesores en la colonia Roma, un vecindario de moda en Ciudad de México, hasta que mi padre decidió regresar a los Estados Unidos. Tenía algunas ideas que quería compartir con sus antiguos colegas, y más importante aún, necesitaba apoyo financiero, algo difícil de encontrar en México para un gringo problemático que no sabía besarles el trasero a los cargos directivos de la universidad, y que despreciaba con vehemencia a los políticos y a los oportunistas.

Mi madre intentó convencerlo de que se quedara. A ella le gustaba la ciudad; la vida tenía más sentido allí que en un suburbio anónimo de Norteamérica. Pero esta vez mi padre no la escuchó. Estaba convencido de que ya era hora de regresar, no solo por razones profesionales, le explicó, sino también para encargarse de algunos asuntos familiares y poder expresar su opinión sobre las políticas intervencionistas norteamericanas en una forma que realmente "tuviera impacto".

Vietnam.

"Aquí cualquiera puede hablar en contra de la guerra sin marcar ninguna diferencia. Pero si ocupo una plaza como profesor en los Estados Unidos, no solo cumpliré esa labor, sino que también podré influir directamente en los estamentos académicos norteamericanos y, por ende, en la opinión pública".

Mi madre pensó que todo eso era pura cháchara, otra fantasía más de su esposo idealista. Ya aprendería a vivir con ellas, se decía, aunque la sacaban de sus casillas, pero terminó cediendo y pocos meses después empacamos nuestras pertenencias y abordamos un avión con destino a Boston.

Lo que pasó después carece de importancia: escuela secundaria, universidad, novios con acné, diez millones de tiras cómicas leídas bajo las sábanas, francotiradores psicópatas, ser políticamente correcto, termos llenos de ginebra, parejas con sobrepeso tomadas de la mano, guerras lejanas, condones inseguros, éxtasis, The Cure, el descubrimiento de un voraz apetito sexual que me ofreció momentos placenteros y numerosas metidas de pata, uno o dos arrestos, Dostoievsky y Bukowski. Mi vida trascendió lo mundano cuando finalmente encontré la forma de relacionar mis verdaderos intereses con un pretexto académico y profesional que los justificara. Después de varios años de negación, acepté que mi verdadera pasión eran los libros de tiras cómicas: leerlos, dibujarlos, escribirlos, —y por qué no— investigarlos. Descubrí que podrían considerarse como una expresión del pop y como materializaciones gráficas (gracias a sus bajos costos y gran accesibilidad) de las aspiraciones, los ideales y los temores colectivos.

Pasé mi infancia obsesionada con las tiras cómicas, las cuales me prohibían leer. Cualquier libro que tuviera más de cinco ilustraciones era sospechoso, desde las populares aventuras de Kalimán y Mickey Mouse, hasta Tintín, Superman, Ásterix y Corto Maltés. No había ninguna diferencia; cualquier imagen que contuviera palabras enmarcadas en nubes era condenada o arrojada por la ventana.

"Eso es entretenimiento para imbéciles y analfabetas", decía mi padre.

Sin embargo, gran parte de su encanto residía en este aspecto prohibido. Ingresé a la universidad, me matriculé en la facultad de Comunicación, concentrándome en estudiar y en la tesis para poderme graduar. Aunque las tiras cómicas eran utilizadas para los fines más bajos y mercenarios —como herramientas de propaganda, canales de consumo y entrenamiento religioso, mecanismos para el control de las masas y sistemas de educación sentimental— sostuve que también podían emplearse para romper con el monopolio de la información que tenían los grandes consorcios, con la opresión ideológica del estado y con la pereza mental de quienes eran incapaces de abrir un libro. No es que yo creyera que la humanidad se liberaría de sus cadenas si leía sus divertidas páginas, pero creía firmemente que tenían algo qué decir, así fuera en el más básico de los sentidos. La primera vez que leí algo sobre Marx, Freud o Ho Chi Minh, fue en una tira cómica realizada por el caricaturista mexicano Rius. Es probable que su trabajo no me haya inscrito en el comunismo, pero me abrió la mente a otros canales de aprendizaje.

Está bien, reconozco que mi tesis no era nada extraordinaria. Muchas personas ya habían dicho cosas semejantes con el fin de justificar sus pasiones juveniles. Pero yo quería ir más allá, comencé a estudiar la historia del arte y no tuve que esforzarme mucho para redescubrir a los muralistas mexicanos: Diego Rivera, Siqueiros, Orozco y al artista José Guadalupe Posada. Le añadí un poco de tradición pictográfica precolombina y adquirí un criterio visual que ofrecía un retrato interesante de la cultura mexicana. Regresé a México, utilicé estos conceptos, y contacté a varios grupos que hacían tiras cómicas y revistas marginales. Pasé varios meses documentando e investigando su trabajo. Cuando tenía el material suficiente para hacer una tesis decente, ya estaba colaborando con la revista *Gallito Cómics*. También estaba viviendo con Alberto Mejía, un artista que soñaba con ser un pintor famoso, pero que se ganaba la vida dibujando en un periódico. Alberto y yo no duramos mucho más que el tiempo que nos tomaba a los dos ilustrar unas cuantas páginas. Fue entonces cuando conocí a Joaquín.

No fui a México en busca del amor; no esperaba encontrarme a Joaquín. El día que lo conocí comenzó de una manera muy extraña; me desperté con una visión excepcional, con una serie de letras dispuestas de una forma específica en mi mente. Las escribí en una hoja:

```
        E
        N
        I
T N U J J A
        B
        N
```

Las miré. No tenían un significado que yo pudiera determinar ni relación con nada en lo que pudiera pensar. Sin embargo, parecían muy importantes. Intenté trabajar en una de mis tiras cómicas, pero estaba obsesionada con aquellas letras y miraba de nuevo la hoja al cabo de pocos minutos; era como si esas letras y formas tuvieran un significado casi religioso, un poder trascendente e innegable. Era algo completamente diferente a lo que había experimentado alguna vez.

Las letras parecían ser completamente azarosas; no formaban palabras ni siquiera sugerían sonidos: Eran simplemente letras. Y los patrones no parecían tener ningún significado en concreto. Pero yo sabía que significaban algo.

Tuve la sensación de que esto era lo más importante que había visto en mi vida. Habría hecho lo imposible por entender su significado; habría construido templos, y si las letras pudieran hablar, habría hecho cualquier cosa que me pidieran.

Era extraño, pues nunca había sido fanática ni impresionable. Mi amor por las tiras cómicas era muy fuerte, pero no se comparaba con esto, que era inmenso.

Me di una ducha esperando que desapareciera ésta sensación, pero no hacía otra cosa que pensar en aquellas letras mientras el agua corría por mi piel. Me tenían poseída. Sentí deseos de salir de la ducha, regresar al escritorio, tomar la hoja y arrullarla en mis brazos como a un bebé. Sin embargo, suprimí ese deseo y abrí la llave del agua caliente; tal vez así se evaporarían de mi alma esos deseos acuciantes.

Mi deseo se disipó lentamente, mientras el vapor llenaba mis fosas nasales. Trabajé de nuevo por la tarde en mi tira cómica y en las primeras horas de la noche comenzaron a llegar los invitados de una fiesta que había organizado Alberto. Las letras quedaron en el olvido.

capítulo 19

ALONDRA

Encontrar a Alondra cambió mi vida por completo. La conocí en una fiesta organizada por unos conocidos míos que dibujaban tiras cómicas en revistas marginales. Estaba trasnochado y no me entusiasmó mucho la idea de salir. Además, cada vez que asistía a uno de estos eventos, me hacía la misma pregunta: ¿para qué molestarme en ir? Generalmente regresaba a casa con la misma respuesta: La próxima vez ni te molestes. Sin embargo, fui a la fiesta y me encontré con varios amigos que no había visto en meses que me saludaron desde el fondo de las botellas y lo que quedaba de porro. Vi mujeres deseables en brazos de estúpidos rematados, engañé mi apetito comiendo paquetes de papas fritas y bebiendo licores tan nocivos que sentía la corrosión en mi hígado antes de que llegaran a mi estómago.

Encontré una silla desocupada en el rincón de la cocina y me senté al lado de un artista que escribía y dibujaba una tira cómica sobre un superhéroe zombi. Fingí estar interesado.

"Zombo es como un superhéroe clásico, con defectos, ansiedades y problemas. Ya sabes, todo el moviemiento Stan Lee", me dijo.

"¿Y cuáles son sus superpoderes?" le pregunté.

"Es inmortal porque ya está muerto. Vive en una tumba y solo sale de noche. Defiende la democracia y protege a su chica".

"¿Y por qué a un zombi le interesa la democracia?"

"Porque es un vigilante moderno".

"Ah, claro", dije, conteniendo una sonrisa.

Una mujer vestida de negro de pies a cabeza, con labios carnosos pintados del mismo color se acercó.

"¿Qué hace Zombo por estos días?" preguntó ella sonriendo. Tenía un suave acento que no pude identificar.

"Defiende al mundo de las injusticias".

"¿Y protege la democracia de sus enemigos?" añadió ella, lanzándome una mirada que parecía ser de complicidad.

"¿Conoces a Joaquín? Es un disc jockey".

"¿Un disc jockey?" preguntó ella, mirándome con amabilidad.

No respondí, pues no quería hablar sobre mi trabajo.

"Una vez conocí a un disc jockey. Se suicidó al arrojarse a los rieles de un tren", dijo Alondra.

No supe qué decir ante su comentario. ¿Se trataba de una actitud de hostilidad? ¿Quería ridiculizarme? No estaba seguro.

Le pregunté su nombre a falta de mejores palabras.

"Alondra", me respondió. Su voz contenía un tonito desafiante.

"¿También eres experta en zombis?" le pregunté, esperando parecer un sabihondo.

"Soy experta en muchas cosas, pero los zombis no son mi tema favorito".

El creador de Zombo comprendió la ironía de Alondra e inclinó la cabeza. Yo aproveché la oportunidad.

"Francamente, el problema más grande que tengo con Zombo es que su nombre es realmente estúpido", me atreví a decir.

Él me miró confundido; era evidente que intentaba contener la rabia que amenazaba con delatarlo como lo que realmente era: un caricaturista ridículo que se ofendía fácilmente y que más bien decidió reír.

"Es estúpido a propósito", dijo lánguidamente.

"Su nombre es lo de menos; créeme. He leído casi todas sus aventuras", dijo Alondra acercándose a mí.

"Bueno, es un trabajo en progreso".

"Que se desmorona progresivamente; aunque podría ser un aspecto positivo para tratarse de un zombi".

Alicaído, el artista se puso de pie y se marchó.

Alondra ya me había cautivado: su cara, el vestido negro sujetado con un lazo antiguo, su cabello y manos; su acento que parecía provenir de la banda sonora de una antigua versión cinematográfica de Superman.

"¿Y qué haces tú?" le pregunté.

"Adivina", dijo ella, con un destello juguetón en sus ojos.

"Bien, te vistes como si pertenecieras a un grupo de música gótica, lo que significa que no es así".

"Muy bien".

"Eres muy sarcástica para ser actriz".

"Demasiado".

"Muy independiente para haber venido tomada del brazo de alguien".

"Sí, mis brazos están libres".

"Y como ésta es una fiesta para creadores de tiras cómicas marginales, debes pertenecer a ese gremio".

"Elemental, mi querido Watson".

Le hice una venia.

"La lista de invitados por poco me hace desistir".

Yo asentí.

"¿Qué habrías pensado que era yo de no haber sido por eso?"

"¿Tal vez una asesina en serie?" exclamé.

Ella se rió y adoptó un tono amable.

La conversación dio un giro y cada vez se hizo más fluida y relajada.

Hablamos de libros de tiras cómicas, hip-hop, política y economía, sitios Web y los índices de criminalidad en Ciudad de México. Ella me habló un poco sobre la trayectoria que la había traído al Distrito Federal.

"¿Tienes hambre?" me preguntó.

"Muy poco. Me llené con un paquete rancio de algo que encontré aquí", respondí.

"Comamos algo más sólido".

Y sin decir más se dirigió a la puerta del apartamento; yo la seguí. Cuando estábamos cruzando la puerta, Alberto se acercó.

"¿A dónde vas?" le preguntó a Alondra.

"Voy a cenar con mi amigo Joaquín".

Yo conocía a Alberto desde hacía algún tiempo. De hecho, lo había invitado a mi programa en la época en que seguía el modelo de transmisión convencional. Él estaba molesto, pero intentaba mantener la calma, aunque sin conseguirlo del todo.

La brusquedad de Alondra me pareció refrescante, aunque un poco cruel, y no pude menos que identificarme con el pobre Alberto. Yo había sido "ese tipo de persona" en más de una ocasión. ¡Diablos, todos lo hemos sido!

"¿Quieren que los acompañe?" preguntó lacónicamente.

"Deberías permanecer con tus invitados", le dijo Alondra en un tono que realmente quería decir: *jódete*.

"¿Cuándo regresarán?"

"No lo sé. Tengo que regresar, mis cosas están aquí. Pero no esperes mucho".

Le dije adiós, pero Alberto no me respondió. Salimos en silencio y solo hablamos cuando subimos a mi auto.

"¿Qué fue eso? Me pareció que fuiste algo dura".

"Me comporté de un modo impecable", respondió Alondra. "¿Adónde vamos?"

La llevé a comer tacos al Charco de las Ranas. No fue fácil reanudar la conversación, básicamente por mi culpa, pues estuve a la espera de una explicación.

Fingí interés por un rato; Alondra me habló de los mitos y tradiciones populares de Nueva Guinea pero no pude concentrarme, y finalmente la interrumpí:

"Tal parece que a Alberto le pasó algo. ¿Sabes porque? Estaba celoso, ¿verdad?"

"Supongo que sí".

"¿Tiene motivos para estarlo?"

"Las personas tienen motivos para hacer muchas tonterías", dijo ella.

"Creo que debe ser porque llevas un tiempo con él y con su grupo. Debe sentir cierto apego o afecto por ti. Tal vez lo decepcionó que te fueras en medio de su fiesta", dije, escogiendo cuidadosamente mis palabras para que no sonaran como una acusación.

"Tal vez".

"Parece que no lo crees".

Ella negó con la cabeza.

"¿Qué crees que sea?"

"Hemos hecho el amor unas pocas veces", dijo ella, mordiendo el taco de carne.

Casi me atraganto con mi vaso de horchata.

"¿Qué dices?"

"Creí que lo sabías. Pero no te preocupes, no tiene importancia".

"En mi tierra, hacerle eso a otro hombre puede terminar costándote la vida", dije, aunque realmente dudaba que esa fuera la situación entre Alberto y yo.

"No seas dramático. Así son las cosas. Estoy durmiendo en su apartamento y estaba aburrida; es algo normal".

"Sin embargo…"

"No estoy engañando a nadie, Joaquín. Cómete tus tacos".

No se me ocurrió una respuesta adecuada para esa mujer que a cada momento que pasaba me parecía más atractiva, fascinante y peligrosa.

Alondra cambió de tema. Era claro que no estaba interesada en seguir hablando sobre Alberto, y debo admitir que me sentí agradecido. Terminamos de comer y ella me preguntó a dónde quería ir. Yo mencioné un bar y ella aceptó. Decidí llevarla a un antro que había en la avenida Medellín: un garaje arruinado donde músicos, artistas, pandilleros, políticos y otros vagabundos iban a beber y a bailar hasta el amanecer. El ruido era abrumador pero el ambiente tenía su encanto y Alondra parecía disfrutarlo.

Hacía calor y me quité la chaqueta. Alondra vio mi brazo —tenía un tatuaje extraño que en algunas ocasiones despierta curiosidad, pero no estaba preparado para su reacción.

Me tomó del brazo y me llevó a un rincón donde había más luz. Observó el tatuaje y una expresión de preocupación e incluso de temor se apoderó de su rostro.

"¿No te gusta?" le pregunté tímidamente.

"¿Qué significa?" me dijo con los ojos completamente abiertos y los labios temblorosos.

"¿Me creerías si te digo que no lo sé?"

"¿Cómo así?"

"Solía armar grandes escándalos, y después de una de esas noches me desperté con esto en mi brazo".

Alondra me miró fijamente a los ojos, y después de un momento que se me hizo una eternidad, dijo:

"¿Crees en las premoniciones?"

"No lo sé; tal vez".

"Antes no creía en ellas, pero ahora sí", dijo, y me besó en la mejilla.

¿Lo hizo por mi tatuaje? Me miré el brazo y me pregunté qué significado tendría para ella. Para mí era únicamente un conjunto inusual de letras:

```
            E
            N
            I
   T N U J J A
            B
            N
```

Nos marchamos a eso de las cuatro de la mañana y yo no tenía nada que decir. Subimos al auto y conduje hacia el jardín de esculturas de la Universidad Nacional, donde estuvimos hasta el amanecer, intercambiando nuestros sueños y pesadillas.

La llevé al apartamento de Alberto a las ocho de la mañana. Lo único que hicimos fue hablar; bueno, también me dio aquel beso en la mejilla. No sé si Alberto pudo dormir esa noche.

En los días siguientes vi a Alondra en varias ocasiones. Fuimos a los lugares poco conocidos de la ciudad que le interesaban: templos y ruinas, viejas cantinas y tiendas destartaladas.

La segunda tarde la pasamos juntos en mi cama, pero luego encontramos varios hoteles y moteles baratos donde podíamos quedarnos en diferentes sectores de la ciudad. Los hoteles encajaban bien en la lista de atracciones urbanas que Alondra quería explorar.

Todos los días intentaba convencerla para que abandonara de inmediato el apartamento de Alberto y se viniera a vivir conmigo. Poco después sentí como si ambos hubiéramos cambiado de lugares. Ahora que estaba conmigo, era yo quien me angustiaba y tenía pesadillas de que pudieran estar juntos. Alondra aún dormía en el apartamento de él y, aunque yo creía que no había nada entre ellos, sentía una incertidumbre acuciante. Me dijo que le parecía conveniente vivir con él porque estaban trabajando en un libro de tiras cómicas, pero un día se cansó de las súplicas lacrimógenas de Alberto.

Llegó una mañana a mi casa con dos maletas, después de regresar de un viaje. Nos dimos una ducha breve juntos. Yo no podía creer mi suerte, pero una voz interior me decía siempre, *ten cuidado*. Alondra no me hizo promesas, pero tampoco advertencias. Nuestra relación estaba desprovista de juicios y de compromisos. Creí estar satisfecho, pero realmente quería más. Mi trabajo nocturno era sumamente conveniente para ambos, y ella siguió moviéndose en los círculos de las tiras cómicas marginales, creando, editando y publicando varios libros.

Le describí a grandes rasgos el tipo de trabajo que adelantaba en mi programa, y el rumbo inesperado que había tomado. Le expliqué que mi vocación de locutor profesional se debía en gran parte a los oyentes, quienes todas las noches proponían los temas a discutir. Posteriormente, Alondra me inspiró más confianza y le dije que las historias del programa se reflejaban de una manera extraña en mi vida personal, y que en cierto modo, yo no creía que fuera simple coincidencia que el programa hubiera tomado ese rumbo.

Sé que en un comienzo Alondra pensaba que me faltaba un tornillo, o más probable aún, que yo estaba inventando historias macabras con la esperanza de atraer esa pequeña dosis de necrofilia que todas las mujeres góticas tienen en su interior. Sin embargo, los gustos estéticos de Alondra no se traducían en un interés por las historias de fantasmas ni por los fenómenos sobrenaturales. En cuanto a mí, convencer a alguien de la importancia o veracidad de las historias que escuchaba todos los días no constituía una prioridad. Inicialmente, no me importaba si lo que decían los participantes era cierto o no, pues encontrar explicaciones racionales o analizar sus errores de juicio y percepción era algo que yo consideraba inapropiado. Lo interesante era desentrañar las preocupaciones, temores y ambiciones contenidas en sus historias que a veces tenían una naturaleza exclusivamente socioeconómica, y otras eran completamente edípica. Obviamente, yo había aprendido a detectar a los bromistas, y todas las noches llamaban algunos individuos perturbados que le transmitían su locura al programa: algo entretenido y exasperante al mismo tiempo.

Sin embargo, los verdaderos problemas eran los míos; tuve dificultades para identificarlos, básicamente porque no los entendía lo suficiente como para definir en qué consistían. Puede sonar pretencioso, pero siempre me ha cortejado la muerte.

capítulo 20

TATUADA

Se podría pensar que la coincidencia del tatuaje me había asustado. Nunca he creído en el destino, pero esto parecía corroborarlo. Sin embargo, y por alguna razón, no sentí miedo.

Joaquín parecía inteligente, relajado y poco convencional, una combinación que siempre me ha atraído. También tenía el ascendente del destino, que le confería cierto peligro. Ninguna mujer —a pesar de lo que diga— puede resistirse a eso. Pero a pesar de todo esto, yo no esperaba que nuestra relación durara mucho; quería seguir viajando por México y deseaba hacerlo sola. No tenía intenciones de invitar a nadie y tampoco pensaba modificar mi itinerario. Tenía claro que no quería un compromiso ni nada que me alejara de mis metas. Y cuando le dije que me iba a Oaxaca para conocer Monte Albán, Mitla y Zaachila, entrevistar al artista Francisco Toledo y quién sabe, hasta trabajar tal vez en su estudio, fui cáustica y casi abusiva. Joaquín pareció entender pero su silencio no duró mucho. No sé cómo lo hizo, pero me convenció de que podíamos viajar juntos y respetar nuestros espacios, pues sabía que yo podía decirle adiós en cualquier momento sin darle explicaciones y sin hacer dramas. Finalmente, fuimos mucho más allá de Oaxaca. Seguimos viajando por el país, llegamos a Chiapas, cruzamos la frontera con Guatemala y Belice y luego regresamos a México por el estado de Quintana Roo. Pasamos unos días en Mérida, fuimos a Campeche y finalmente a Veracruz.

Joaquín se había tomado un tiempo libre de su programa radial, con el que había acabado de ganar un premio y estaba alcanzando buenos niveles de sintonía tanto en la Web como en las frecuencias convencionales. No dudé en decir que la premisa se me hacía absurda y anticuada: ¿Todavía existía un público interesado en escuchar historias de fantasmas, especialmente en una época inclinada a lo visual, a los espectáculos y a los efectos especiales? Me parecía extraño que alguien tuviera la paciencia y la ingenuidad para interesarse en ellas.

Pero, ¿quién era yo para decir esto? Las tiras cómicas también eran irremediablemente retrógradas. Sin embargo, tenían un encanto, mientras que la radio era de mal gusto, o por lo menos así me parecía.

Pero yo estaba equivocada con respecto a Joaquín y a su programa. Me agradó su compañía durante el viaje; realicé todas las investigaciones que tenía proyectadas y descubrí muchos aspectos de México que de otra forma nunca habría conocido. A su vez, descubrí que cada vez conocía más a Joaquín; incluso sus hábitos más extraños.

La forma extraña en que tosía cuando estaba nervioso; la vehemencia con la que discutía cuando estaba borracho. Sucumbí incluso a la sensiblería con que me miraba. Lo extrañaba cuando no estaba conmigo. Sí, estaba enamorada hasta la médula, aunque esto también me molestaba.

Cuando regresamos, no dudé un instante en decidir si vivir con él o no. Me lancé a la piscina de cabeza. Permanecer a su lado me pareció completamente natural.

Hablamos mucho sobre el programa durante el viaje; él me dijo cómo había evolucionado y transformado.

"Pero, ¿por qué la gente escucha una y otra vez historias de fantasmas?" le pregunté.

"Tienes unos ojos preciosos", respondió.

"Francamente no entiendo. Todos son iguales".

"Son como los de un tigre…"

"Uno pensaría que terminarían por aburrirse".

"Resplandeciendo en la selva".

"Estoy hablando de tu programa".

"Mi tema es más interesante", dijo arqueando las cejas con coquetería.

Una hora después, con nuestra ropa desparramada por el suelo, logré que hablara del programa.

"Nuestros intereses son semejantes. Lo que buscas en los libros de tiras cómicas no es muy diferente a lo que yo intento hacer con la radio. Ambos son dos ejemplos de tecnología rudimentaria y seductora. Y hablando de seducción, creo que…"

"Vamos, quiero saber lo que piensas".

"Está bien; creo que lo que estoy haciendo es un poco confesional —o si prefieres una metáfora menos religiosa—, como el diván de un psicoanalista. La gente llama para hablar de sus miedos y fobias, de las cosas que creen haberles sucedido o de lo que quieren que les suceda. Todos la disfrutamos si la historia es buena; si no, por lo menos los participantes se desahogan. Y mis oyentes buscan ese elemento de sorpresa, el poder de la espontaneidad, de lo inesperado, las posibilidades ilimitadas que ofrecen los secretos de los demás".

"No quiero decepcionarte, pero parece ser la misma lógica utilizada por Oprah y por el Dr. Phil para justificar la trivialidad de sus programas. ¿Es eso lo que buscas?"

Una parte de mí quería provocarlo, pero otra simplemente sentía curiosidad.

"¿Así que quieres discutir? Te propongo que lo solucionemos con un combate de lucha".

"Joaquín".

"El que propicie las dos mejores caídas gana".

"Respóndeme".

"Claro que el perdedor también gana", dijo mirándome con sensiblería.

"¿Por qué no entablamos un combate verbal?"

"Me gusta más mi propuesta".

Me levanté del suelo y me vestí.

"¿Te estás vistiendo?"

"Deberíamos hablar de ellos".

Joaquín sonrió.

"De acuerdo; responderé a tu pregunta", dijo sonriendo, "pero, ¿cuál era?"

Algunos días y orgasmos después, recibí finalmente una respuesta.

"En términos generales, simplemente dejo que la gente hable; me parece adecuado si eso les ayuda a resolver sus problemas. Pero creo que soy como mi audiencia; me gusta escucharlos".

"Pero me dijiste que algunas veces los participantes se divierten saboteándolo todo: desconfían, se burlan e incluso insultan a los que comparten sus mayores temores e intimidades. ¿Cómo pretendes resolver un conflicto en medio de tanta animosidad?"

"No lo sé; eso es algo que depende de los participantes. La mayoría saben en qué se están metiendo. Yo no puedo hacer otra cosa que pedirles cierta dosis de respeto y hacer todo lo posible para suprimir las llamadas más desagradables. Y si surgen confrontaciones, es parte de la realidad. Dudo que alguien sea tan ingenuo como para contar su historia sin esperar ninguna crítica".

Durante varios días le hice preguntas agresivas a Joaquín en medio de episodios sexuales igualmente agresivos. No pretendía convencerlo de que el programa era inmoral, explotador o banal, ni tampoco cuestioné realmente sus convicciones. Me dejé llevar por la curiosidad, y él me desarmó simplemente con su lógica y sinceridad implacables; y también con su maldita mirada sensiblera. Él sabía muy bien que sus coqueteos con la muerte habían fortalecido su determinación. Aunque muchas veces fuera escéptico a las historias que escuchaba, era obvio que sentía respeto por las personas que llamaban.

"No importa si les creo o no", acostumbraba decir.

Durante nuestras conversaciones, Joaquín nunca desaprovechó la oportunidad de señalar los paralelos entre su trabajo y las tiras cómicas marginales que me obsesionaban. Sostuvo que ambos medios estaban abriendo nuevos canales de expresión, y cada uno tenía su propio lenguaje, un argot que era popular, espontáneo, crudo y vibrante. Cada uno suponía una manera irreverente de asumir un antiguo género que podía ser provocador, y ambos se valían del impacto como una forma de comunicación.

Poco a poco, y casi sin darme cuenta, me establecí en México de manera permanente. Había viajado mucho, pero esta era la primera vez que escogía un hogar por voluntad propia y no porque fuera algo impuesto u obedeciera a razones prácticas. Después de algunas entrevistas, fui contratada por el departamento de Ciencias Políticas de una universidad privada. No era un cargo fenomenal y el sueldo no era muy alto, pero no me importó; yo seguía trabajando con varios artistas que hacían libros de tiras cómicas, incluyendo Alberto, quien creía merecer ciertos privilegios por haber sido mi amante, algo que sacaba de casillas a Joaquín.

Yo odiaba los celos, pues nunca los he entendido. Pero Joaquín hacía de eso algo agradable. Sus ojos encontraron una nueva modalidad de sensiblería: era el amor y su extraña magia.

Sí, estábamos enamorados. Pero, ¿cómo hablar de eso? Esos estereotipos son muy desagradables.

Hablar o escribir sobre el amor es casi indecente, pues hace que éste sentimiento se adultere y pierda valor. Adicionalmente, se trata de una emoción que nadie entiende, incluso cuando creemos que sí.

Si alguien me pregunta en un momento de intimidad si lo amo, me siento tan abrumada y avergonzada como si estuviera debatiendo mis sentimientos más íntimos frente a un auditorio lleno de desconocidos.

No obstante, me prometí a mí misma intentarlo aquí, en este cuaderno de redacción. Sin embargo, todavía no estoy lista para hacerlo, así que me remitiré a los hechos.

Aunque creo que hay una palabra que puede describir lo que siento por Joaquín:

Tatuada.

Me atrajo un tatuaje, y luego fui tatuada por el amor.

Creo que es suficiente; si sigo escribiendo sobre esto, voy a terminar adentrándome en el territorio de los estereotipos. Es mejor ceñirme a los hechos, pues me siento más cómoda hablando de ellos.

Nuestra vida cotidiana era poco ortodoxa. Joaquín regresaba del programa al amanecer y casi siempre me despertaba y estábamos juntos en todos los sentidos de la palabra. Después de una hora o más de aquello, desayunábamos y dormíamos hasta el mediodía. Yo regresaba de la universidad y estábamos juntos casi hasta las 10 P.M., cuando él iba a la emisora. Yo trabajaba en mis proyectos, veía a mis amigos, entre otras cosas de la vida.

Estábamos perfectamente sincronizados, pero un día Joaquín propuso que hiciéramos un cambio: Quería que yo trabajara con él. Me pareció una mala idea. Las cosas estaban bien. ¿Para qué arruinarlas?

"Te necesito aquí", me dijo. "Podrías hacer una contribución enorme al programa. No tiene nada que ver con pasar tiempo juntos. Tu conocimiento y escepticismo, tu perspectiva y humor, seguramente enriquecerán el programa. Ahora están sucediendo cosas increíbles: hay un interés creciente, más patrocinadores y dinero".

"No arruinemos lo que tenemos".

Estaba segura de que nunca me convencería, y le subí el volumen a la canción "Deadship, Darkship", del grupo Sorry About Dresden:

Mis ojos amenazan con abrirse esta noche (por primera vez).
Intento cubrirlos con la almohada.
Crepúsculo artificioso y odiado
Tan resplandeciente como fragmentos de sangre, óxido y luz.

Lo discutimos varias veces y mientras más insistía, más me resistía. Hasta que una noche él se volvió inflexible y yo cruel.

"Simplemente estás celoso de que yo lleve una vida que te excluya".

Y con eso, me marché del apartamento.

Sin embargo, solo se trató de una escena, pues horas antes había decidido decirle que sí. Simplemente quería hacerlo sufrir un poco.

Al comienzo pensé que *Radio Muerte* sería una experiencia interesante que suponía un alejamiento de mi trabajo con los libros de tiras cómicas y no advertí que a Joaquín le seguía sucediendo lo mismo que al comienzo del programa. Para mí, era apenas un trabajo, pero no tardé en descubrir que para él era más. Mucho más.

capítulo 21

LLAMADA 2305, VIERNES, 1:35 A.M.
EL SOLDADO

La voz de la mujer era suave y delicada, pero me gustó. No quise pedirle que alzara la voz, así que le dije a Watt que subiera el volumen con la esperanza de que el bordado dulce de sus vocales se lograra preservar.

Mi Ramón no quería ir a Irak. Siempre lo decía: Esas personas no me han hecho nada, ni a mi familia ni a nadie que yo conozca; no quiero matarlos.

Sin embargo, igual lo enviaron y él no pudo hacer nada al respecto.

La noche del 17 de abril me desperté gritando. Mi esposo estaba dormido y simplemente murmuró:

"No pasa nada, duérmete".

Pero estaba demasiado disgustada. Fui al cuarto de Ramón y él estaba de pie, como si estuviera esperando algo.

"¿Qué haces aquí, hijo?" le pregunté, temiendo lo peor.

"Solo vine a saludarte porque te extraño mucho, mamá".

Su voz era tranquila. Sentí que no quería asustarme.

"Vamos, dime la verdad. ¿Por qué estás aquí?"

"Mamá, ¿no estás contenta de verme?"

"No juegues conmigo", le dije. "Seguramente traes noticias malas. Las personas no aparecen así, de la nada".

"Mamá, me iré si sigues diciendo eso".

"No te vayas; sólo dime la verdad".

"No, mamá. Estás muy desconfiada. Será mejor que me vaya".

Luego oí un ruido muy fuerte que venía de la cocina. Me di vuelta para ver qué sucedía, pero mi hijo ya no estaba allí; se había ido. Me desplomé en su cama y lloré el resto de la noche. Al día siguiente, mi esposo me preguntó qué me sucedía; sabía que yo había pasado toda la noche en el cuarto de Ramón y que tenía los ojos hinchados de tanto llorar. Me dispuse a contarle que lo había visto, y no le había dicho siquiera diez palabras cuando tocaron la puerta. Eran dos oficiales militares vestidos con uniformes de gala y extremadamente serios.

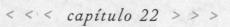

capítulo 22

HÁBITOS Y CAMBIO

"La escena gótica me aburre hasta el cansancio", le dije a él.

No tenía deseos de decirle nada más, pues mi lápiz labial negro añadía la dosis adecuada de ironía.

Crear este *look* fue un triunfo total; pero eso sucedió muchos años atrás. Lo mantuve más por hábito que por otra cosa, y se había convertido en mi uniforme.

A veces pienso que seguiré vistiéndome hasta que sea vieja con mis ropas negras, botas militares y corsés; otras veces amanezco con la idea de arrojarlos a la basura.

El aburrimiento al que me había referido nacía del hecho de que para muchas personas el asunto no es simplemente de ropa, sino de ideología, pues los góticos tienen una actitud de neopaganismo urbano, adoran a Satanás de un modo patético y toda esa basura.

Esta discusión comenzó una tarde cuando Joaquín paró lo que estaba haciendo y me miró pasmado queriendo racionalizar por qué le gustaba tanto mi estilo.

Me habló del significado que encontraba en la herencia victoriana de cada prenda y sus connotaciones sadomasoquistas. Expuso el contraste entre los suaves encajes femeninos y los accesorios militares; la calidez sensual versus la apariencia fría y mortuoria; las minifaldas con pliegues de colegiala católica y los crucifijos invertidos. Me sorprendió su capacidad para percibir los detalles, pues yo también estaba interesada en la historia social del vestuario gótico, pero ya había oído hablar de eso cientos o miles de veces, así que lo interrumpí.

"Te gusta porque me hace lucir sensual".

Me sentí un poco culpable, pero tenía que establecer ciertos límites y decidí hacerlo en ese momento.

Nuestra relación estaba a punto de trascender la intimidad privada, pues nos estábamos convirtiendo en celebridades de los medios, y yo necesitaba establecer unos parámetros estrictos con respecto a la forma en que nos proyectábamos a través del micrófono. Joaquín no tenía problemas con eso: desarrolló un *alter ego* a veces maniático y otras contenido, siendo capaz de escuchar pacientemente, sin asumir su protagonismo en público como una oportunidad para exhibirse. Sin embargo, yo estaba más interesada en asegurarme de que el programa no se convirtiera en una farsa o en un grotesco espectáculo de vodevil en el que figuráramos como una de esas parejas monstruosas que se exhiben con desenfado. No podía deshacerme de la imagen de Jim y Tammy Bakker, y cuando se lo comenté a Joaquín, simplemente se rió y dijo:

"Creo que en el fondo quieres ser Tammy".

Yo sabía que estaba exagerando y siendo un poco histérica, pero cualquier persona que valore su independencia se siente amenazada cuando la involucran en un proyecto ajeno: se trata de un instinto básico de supervivencia.

Acepté participar en *Radio Muerte* porque creía que me daría ciertas bases para trabajar cuando regresara a la universidad; ya había renunciado a mi trabajo en el Departamento de Ciencias Políticas, y adicionalmente, porque sería divertido, aunque sabía también que estaría perdida si bajaba la guardia.

Y en realidad fue divertido. Para mí, las sesiones al aire eran como vivir los capítulos de *Viaje a las estrellas*. Oíamos historias en un aislamiento total; las comentábamos y las discutíamos casi hasta el punto de gritar. La mayoría de ellas narraban episodios de soledad, hablaban de miedos primigenios, de abandono materno, de complejos de Electra, de frustraciones sexuales y de sufrimiento espiritual. No tenías que ser un genio para saber que quienes llamaban realmente sentían miedo. Era irrelevante que los imagináramos como espectros transparentes: chupacabras, momias, monstruos con tentáculos u otra criatura deforme. Básicamente, esos seres eran el reflejo de los miedos y traumas cotidianos. Y descubrir esto (algo obvio para muchas personas), fue toda una revelación.

Joaquín entendía mis orígenes, pero no siempre estaba de acuerdo con ellos.

"A veces un fantasma es simplemente un fantasma", decía.

Era probable que necesitara tener esa actitud para hacer que el programa funcionara, ya que era imposible psicoanalizar a todos los que llaman y realizar al mismo tiempo un programa radial entretenido y Joaquín estaba creando un programa ameno.

Me encantaba observar sus diferentes estados, del entusiasmo a la arrogancia, de la perplejidad a la emoción. Ocasionalmente, también entraba en un estado de trance, lo cual me producía nervios.

Inicialmente creí que era puro teatro, y que él lo hacía para impresionarme, pero pronto comprendí que no se trataba de eso, que realmente entraba en un estado alterado de conciencia, olvidándose de todo cuanto estuviera a su alrededor.

Terminé por acostumbrarme a sus viajes esporádicos al mundo de lo inexplicable; y aunque esto me asustaba un poco, no dejaba de sentir admiración por su forma de atravesar la bruma que cubría la frontera entre lo normal y lo paranormal. Sin embargo, yo había concluido que se trataba simplemente de uno de esos asuntos que era mejor hacer a un lado. Procuraba ignorarlos, pero no siempre podía hacerlo.

Con el paso del tiempo, *Radio Muerte* se convirtió en mi hogar. Era un espacio donde me sentía cómoda y podía expresarme sin temores. Nuestro programa era un túnel, una autopista de voces. A veces me encontraba detrás del volante, y a veces era simplemente una pasajera. Me gané un lugar en el programa; me la llevaba bien con el personal y participaba en la toma de decisiones, lo cual ya era mucho mejor que la relación que acostumbraba tener con mis colegas de la universidad, con quienes era impensable intercambiar algo personal más allá del mero saludo.

Como siempre en mi vida, desde el comienzo asumí que ésta era simplemente una fase transitoria, y que todo cambiaría en cualquier momento. Yo no podía imaginar un resultado diferente, aunque a diferencia de casi todas las etapas anteriores, realmente me sentía satisfecha. No estaba dispuesta a asumir otro cambio con todo lo que trae consigo: llevar mis maletas a otro lugar, despedirme de la gente, y llenar bolsas de basura con lo que no podía cargar.

Una mañana estaba pensando en esto mientras tomaba un café en el apartamento de Joaquín —que ya era también el mío—, cuando miré por la ventana y vi a una pareja discutiendo en el parque. Él trataba de abrazarla pero ella lo empujó cada vez con más fuerza. Él gesticulaba para que permaneciera a su lado, pero la mujer no parecía convencida y se alejó. Él corrió tras ella y la detuvo; intentó abrazarla de nuevo y le habló cada vez más fuerte. Casi pude oír lo que le decía. Sin embargo, yo no quería fisgonear; no quería saber cuáles eran sus argumentos para que no lo abandonara. A él no parecía importarle que los transeúntes los miraran; tratándose de un intento desesperado por tratar de conquistar a esa mujer, su vergüenza y discreción habían desaparecido. Ella se resistió aún más y miró hacia el suelo, no en señal de vergüenza, sino con dureza, para evitar cualquier contacto. Luego levantó las manos para impedir que la tocara. Finalmente se dio vuelta y se fue; él la observó abatido.

Su separación me afectó de tal modo que tuve dificultades para comprender la razón. No podía dejar de pensar en ellos, en la enorme tristeza de él y en el desprendimiento de ella. Caminé por el apartamento y lo valoré más que nunca, con sus ventanas amplias que dejaban pasar la luz del sol, el piso de madera, la cocina y el ambiente acogedor de la alcoba principal. Iba a ser difícil dejar ese lugar; pero aún más difícil iba a ser desprenderme de Joaquín, y cuando regresó al día siguiente, lo primero que me dijo fue:

"¿Qué te parece un cambio geográfico?"

Le habían ofrecido la oportunidad de transmitir *Radio Muerte* desde los Estados Unidos, con la posibilidad de emitirlo a nivel nacional.

El prospecto de regresar a los Estados Unidos no me pareció muy atractivo en ese momento, pero tampoco lo descarté por completo. Imaginé que tarde o temprano tendría que regresar, pero concluí que en ese momento sería como cortar algo vital, sacrificar experiencias importantes y abandonar ideas y proyectos. Especialmente, dejar a México me hizo pensar en mi madre, quien se había ido a Norteamérica con mi padre y nunca había sido feliz. ¿Se estaba repitiendo la historia? ¿Qué estaba en juego aquí: el destino, la genética o la programación emocional?

"Tendrás que irte solo. Yo me quedo", le dije. No hice dramas; no sabía si tenía la razón, pero tenía que asumir esa posición, aunque también debía escuchar sus argumentos.

Pasamos varias semanas discutiendo las ventajas y desventajas de mudarnos. Era una gran oportunidad para Joaquín y me sentí culpable al pensar que yo le haría sacrificar algo tan grande; él estaba en la misma situación: no quería dejarme, pero tampoco quería presionarme para que me fuera con él. Parecía que los dos saldríamos perdiendo sin importar el desenlace. Joaquín mencionó la violencia, los secuestros, la miseria y la contaminación en la Ciudad de México.

"¿Realmente quieres vivir en un país en guerra donde serás parte de una minoría étnica? ¿Quieres que tu programa se concentre en los marginados y en los desposeídos?" repliqué.

"No asumas una posición tan intelectual".

"Sólo estoy mencionando hechos".

"Pero estás evitando el más real de todos".

Lo miré, esperando que la rabia desapareciera de mis ojos.

"¿De qué tienes miedo, Alondra?"

Yo quería desafiarlo, pero sabía que él tenía la razón. Yo tenía miedo: ¿por qué y de qué?

Moví la cabeza y miré hacia el suelo.

No resolvimos nada y las discusiones continuaron. Joaquín adquirió una mayor convicción y yo dudé. Cedí en ciertos puntos mientras él seguía firme en otros. Aún no había ganado, pero una pequeña voz interior me dijo que finalmente lo haría.

Para completar el panorama de los aspectos manifiestos en la posibilidad de viajar a los Estados Unidos, Joaquín contaba conmigo como parte del equipo de *Radio Muerte*. No lo descubrí sino hasta más tarde, pero la corporación que iba a comprar el programa no quería cambios en el formato y mi presencia era fundamental, entre otras cosas porque yo era norteamericana: era el puente entre las dos culturas. Joaquín no se atrevió a decirme que, básicamente, me estaban comprando. Le asustaba —y con razón— que esto supusiera una gran presión. Sin embargo, dijo:

"Quieren a todo el equipo para reproducir con exactitud la fórmula del programa".

"Bien, supongo que tú y Watt tendrán que buscar a alguien".

Le pedí a Joaquín que habláramos del tema durante unos días, pues no quería saber más de mudanzas, cambios, ni transplantes culturales. Necesitaba sopesar las ventajas y las desventajas por mi propia cuenta, y tiempo para pensar en el rumbo que tomaría nuestra relación y mi propia vida.

capítulo 23

EL CONTRATO

Le vendí mi alma al diablo.

El viejo cliché nunca fue más apropiado. Entraré en detalles; cuando se trata de negocios, la letra menuda de los contratos, los vínculos, la seguridad y los beneficios me aburren hasta las lágrimas. A fin de cuentas, todo se reduce a una pregunta: ¿Cuánto?

Sé que puede sonar mercenario, o incluso decididamente egoísta, pero, ¿qué puedo decir? Por primera vez en mi vida, alguien logró despertar mi ambición. Al igual que en muchas situaciones, todo comenzó con un correo electrónico. Estaba firmado por un hombre llamado Dan Foster, y fue enviado desde una dirección perteneciente a InterMedia Enterprises. Le respondí cortésmente, como siempre lo hago. Dan me escribió durante algunas semanas, como cualquier oyente que comentara o expresara su opinión sobre mi labor en el programa. Pero un día vino a México para verme y me lanzó su propuesta sin desperdiciar tiempo.

Me ofreció transmitir el programa a nivel nacional, un salario fabuloso, un apartamento y un auto. Pero Dan Foster, quien resultó ser presidente y CEO de la cadena de medios, presentó todo esto como si se tratara de una misión, como una aventura sin precedentes en algún tipo de revuelta social.

"Vamos a romper barreras en todo el sentido de la palabra; no solo porque podrán escucharte en todos los Estados Unidos a través de la radio, y alrededor del mundo por Internet, sino porque además de indagar en el más allá, también atravesarás barreras lingüísticas y culturales que nadie ha sido capaz de penetrar. ¿Puedes imaginarte lo que significará esto para la comunidad hispana?"

Pude imaginarlo y asentí, aunque me pareció un poco abstracto. Adicionalmente, yo no estaba interesado en ser un pionero en mi campo. Mi vida no era precisamente caótica, al contrario, era muy sustanciosa, o al menos así me parecía. Según decía Foster, este programa me iba a convertir en el "general" de la revolución radial hispana.

"Vas a allanarle el camino a tus compatriotas".

"Para ser honesto, no entré a la radio para cambiar el mundo".

"Serás un héroe".

No estoy diciendo que no tengo ilusiones absurdas, pero convertirme en un héroe no era una de ellas, y menos desde una cabina de transmisión.

"Dan, se trata simplemente de un programa sobre fantasmas e historias de terror; aquí no vamos a firmar ninguna declaración de independencia".

"Lo sé, pero créeme; de todos modos será revolucionario".

No tenía sentido discutir; para él, un programa radial mexicano que fuera exitoso marcaría un hito. A mí no me parecía más importante que el hecho de que hubiera actrices, actores y directores como Salma Hayek, Guillermo del Toro y Alejandro González Iñárruti en Hollywood. Aparentemente, esto no solo era más importante para él, sino también más subversivo.

Después hablamos de dinero.

Yo no entré a la radio por el dinero. Lo que ganaba me permitía vivir bien, pero la oferta de InterMedia era impresionante: una cifra muy elevada.

Él dijo que yo tenía que pasar un período de prueba, aunque sugirió que con su apoyo, esto no sería ningún problema. Pero yo no estaba muy seguro.

En un comienzo, sentí interés por la radio después de aceptar que finalmente había llegado a la edad inevitable en que estaba demasiado viejo para el rock and roll y demasiado joven para morir. Toqué con varios grupos y grabé cientos de pistas después de la disolución de Deathmuertoz, pero nunca me sentí satisfecho con los resultados. Nunca había podido recuperar el sonido que había logrado con Gabriel y nada de lo que hice posteriormente parecía estar al nivel de nuestra música.

Y Gabriel ya no estaba.

Sin él, hacer música era como trabajar en un oficio común y corriente.

Para mí, la radio era un espacio de reflexión. Cuando estaba al aire, me sumergía en la música, en la literatura: la leía junto al público, para mí y para ellos, discutiendo todo tipo de ideas con personas completamente desconocidas. Era el medio perfecto: intenso, cálido, interactivo y altamente volátil. Desde mi primera sesión radial, me sentí como en una cápsula del tiempo, o como en una recámara sin información sensorial; era una burbuja protectora donde nada ni nadie podía tocarme. La semioscuridad y la luz en el panel iluminado formaban un ambiente acogedor y uterino, una especie de soledad cósmica. Yo tenía la sensación de flotar en el espacio, completamente aislado del mundo real. Mi único contacto humano eran las voces incorpóreas de los participantes. Todo me parecía difuso y etéreo —y lo diré ahora— fantasmal. Podía tocar y oír el mundo, pero nadie estaba seguro de mi existencia; yo era simplemente una voz más en el pródigo campo de las ondas hertzianas. Era una tierra de ciegos donde nos orientábamos por medio de voces y sonidos, y el espacio adquiría la forma conferida por nuestras palabras que transformábamos con cada descripción, comentario, insulto o digresión. Era casi como la muerte, un divagar sin rumbo en la noche, escuchando voces espectrales que hablaban de otros espectros, indiferentes a su propia condición.

Un día leí al aire un fragmento de "El corazón delator" de Edgar Allan Poe. Mi audiencia respondió bien y las llamadas fueron numerosas.

Algunos que habían leído el cuento me elogiaron por "aumentar exponencialmente el nivel de esa porquería a la que llamas programa".

Otros, más jóvenes o ignorantes, querían hablar más sobre Poe; ¿daba clases en alguna universidad local o firmaba autógrafos en los centros comerciales? Lo sorprendente era que algunos oyentes, inspirados por mi lectura, llamaron para contar anécdotas e historias misteriosas e inexplicables.

"Hola, mi nombre es Manuel. Trabajo como guardia de seguridad en un edificio que están construyendo en el centro. No pude resistir la tentación de llamar porque realmente me gustó lo que leyó. Ya anoté el nombre del autor y voy a comprar el libro. Pero lo que realmente quería compartir es algo que me sucedió no hace mucho".

Tengo cuarenta y dos años, y desde hace casi veinte trabajo como albañil. Una noche estaba trabajando horas extras con mi tío; yo tenía que llevar carretas llenas de cemento mezclado al tercer piso y depositarlas sobre unas estructuras de madera. Esa noche, mi tío, quien me consiguió el trabajo, sacó una botella de tequila. "¿Quieres un poco, sobrino? Te calentará". Le dije que no, que era una mala idea, que podía meterme en problemas o caerme. Me respondió: "No te preocupes; relájate. No nos vamos a emborrachar, sino a calentarnos".

En esa época yo bebía, pero ya no.

La última vez que lo hice fue hace unos cinco años, y no quiero reincidir. Pero en aquel entonces creí que mi tío tenía la razón. Además, él tenía un cargo casi tan importante como el de capataz, y pensé que no sucedería nada malo. Bebí un trago y comencé a cargar la carreta, luego pasé al lado de mi tío, quien me dijo que bebiera otro trago, y le hice caso. Después del quinto me sentí realmente alegre, cantando y hablando mierda. Y entonces tropecé con la carreta y caí por la estructura de madera: quedé cubierto de concreto líquido. Todo el cuerpo me dolía y pensé que nunca más sería capaz de moverme. Luego oí la risa de mi tío. Sus carcajadas retumbaban en las paredes desnudas de la construcción. Finalmente dejó de reírse y bajó para ver si yo estaba vivo. Me quitó el cemento y me ayudó a levantarme.

"Te has convertido en un imbécil de la chingada, sobrino", decía una y otra vez.

Yo estaba harto y adolorido, y le dije que se callara, pero no me hizo caso, pues creía que semejante caída era lo más divertido del mundo. Se siguió burlando de mí cuando subimos, pero resbaló, se golpeó la cabeza y cayó en el mismo lugar donde había caído yo. Bajé para mirarlo; no se movía. Tenía los ojos abiertos, pero parecía como si no respirara.

"¿Qué te parece, cabrón? ¿Quién se lleva la última carcajada?" le grité al desgraciado. Estaba tan enojado que le arrojé la carreta encima, pero cuando recuperé la sobriedad comprendí que se trataba de algo grave y que yo podía terminar en la cárcel. Traje más cemento y se lo eché encima. Comenzó a moverse cuando arrojé el contenido de la segunda carreta. Corrí asustado por otra carreta y repetí la operación. Luego pulí la superficie con cuidado. Al día siguiente, el cemento estaba seco y el piso lucía bien, aunque tal vez un poco más alto de lo normal. Afortunadamente, se notaba poco. El arquitecto llegó ese día y me preguntó por qué habíamos terminado el piso; me puse nervioso y le dije que mi tío me había dicho que teníamos que hacerlo para construir la escalera. Me miró con curiosidad y me preguntó por él.

"No sé; anoche se fue solo a su casa", respondí.

"Cuando lo veas, por favor dile que venga a verme".

"¿Por qué? ¿El piso no ha quedado bien?" le pregunté.

"Sí, pero necesito apurarme con las escaleras".

Nadie volvió a ver a mi tío. Algunos pensaron que se había escapado con una mujer. Su esposa no entendía, porque él nunca había sido un Don Juan y siempre dormía en su casa. Después de algunos meses, concluyó que se había ido para el Norte o había muerto en una refriega.

Seguí trabajando en la construcción, y una noche me desperté con gusto a sangre y tequila en la boca. Me la lavé varias veces, pero el sabor no se iba; al contrario, cada vez que pasaba por el lugar donde estaba enterrado mi tío, la sensación se hacía más fuerte. Algunas veces creía que iba a atragantarme o a vomitar. Consulté con varios médicos, e incluso con un curandero, pero nadie me encontró nada. Chupaba mentas todo el día y comía cebollas y ajo crudo, pero el sabor de la sangre seguía intacto. Me desesperé y me hice sacar todos los dientes, pensando que eso me curaría, pero mucho después de terminar la construcción sentía la misma sensación. A las personas que viven allí jamás se les ocurriría pensar que pasan por encima del cadáver de mi tío cada vez que suben por las escaleras.

—De hecho, ayer estuve a un paso de ir y gritarle a todo el mundo que mi tío está enterrado debajo del cemento. Los nervios me han traicionado; y cuando escuché su historia, sabía que era una señal y que finalmente me debía confesar".

"Bueno, gracias por compartir su historia al aire, aunque realmente no sé cómo manejar un caso como éste. ¿Va a entregarse a la policía?"

"No, ¿por qué debería hacerlo?"

"Porque usted mató a su tío".

"Yo no maté a nadie. Él cayó accidentalmente".

"Pero usted lo cubrió con cemento".

"No había muerto todavía".

"Lo sé, pero murió a causa del cemento. ¿Cómo hago para saber si usted me está tomando el pelo o no?"

"Eso es problema suyo", dijo el hombre, y me imaginé el sabor a sangre y a tequila en su boca cuando colgó.

Definitivamente, esta no era la clase de respuesta que yo esperaba del público cuando decidí leer a Poe al aire. Nunca creí que mi público sería el "testigo radial" de un crimen.

"Mientras investigamos esto, no dejen de llamar", dije. Las llamadas no pararon. Inicialmente, solo recibíamos unas cuantas por noche, pero después aumentaron rápidamente. Miles de personas querían hablar de sus experiencias o hacer un comentario sobre las historias de otros oyentes; luego no pude atender todas las llamadas que recibía, lo cual despertó el interés de la emisora; primero me asignaron un ingeniero de sonido permanente (hasta ese momento yo trabajaba con quien estuviera de turno) y después comenzaron a utilizar asistentes para recibir las llamadas y encargarse de las crecientes necesidades del programa. Lo mejor de todo fue que me gané el respeto de mis colegas y jefes. Aquel oasis de calma, ese océano azabache de tranquilidad donde yo había flotado sin rumbo, se convirtió de repente en un enjambre frenético de actividad. Aún teníamos horas muertas y días lentos, pero *Radio Muerte* —como empezamos a llamar al programa— registró de manera consistente los mejores niveles de audiencia en su género y horario. Comenzamos a recibir llamadas de todo el país y de otros lugares del mundo; los latinos que vivían en los Estados Unidos me bombardeaban todas las noches con sus historias, y poco después comenzamos a recibir llamadas desde lugares tan lejanos como Australia y Namibia. Mis jefes estaban contentos y yo también. No habría cambiado nada, pero el cambio se dio… como una ola de furiosa venganza.

capítulo 24

UN INTERCAMBIO PECULIAR

Gracias a InterMedia, las condiciones del programa eran ciertamente muy diferentes a las que tenía en la época inicial. La oficina era más bonita, el café mejor y el salario era mucho más alto. Pero había algo que permanecía sin cambiar: los participantes. Era la misma mezcla de seres raros, sinceros y absurdos.

A Joaquín le gustaba esto, y sus temores de vivir en Norteamérica desaparecieron lentamente. Sin embargo, retornaron una noche cuando la llamada de un participante peculiar iluminó la línea dos.

"Tenemos a un participante que no quiere darnos su nombre", dijo Joaquín, presionando el botón de la línea dos. "Vamos, amigo incógnito; estás al aire".

Los segundos transcurrían en un silencio que parecía interminable.

Joaquín solía gritar en este tipo de situaciones: "¿Dónde estás?" y colgaba si el participante no respondía de inmediato. Sin embargo, Joaquín estaba tranquilo; no presionó al participante ni constató que la línea estuviera activa.

"¡Aire muerto!" susurró Watt.

Joaquín no respondió. Alondra abrió la boca para decir algo y él le hizo señas para que esperara.

El silencio continuaba.

Los segundos transcurrieron.

Tic... tac... tic...

Una voz carrasposa retumbó por los parlantes.

"Joaquín, me alegra que volvamos a hablar".

"¿Que volvamos a hablar?"

"Somos viejos amigos".

"Generalmente reconozco a mis amigos".

"Vi a la muerte".

"Dinos qué te sucedió".

"Lo que acabo de decirte: Vi a la muerte. No tuve ninguna clase de accidente, no perdí mis deseos de vivir ni vi ninguna luz al final de un túnel; simplemente le vi la cara a la muerte, su hocico venenoso bramando a poca distancia de mí".

"¿Como en *Alien 3*?"

"No, así no".

"¿Como en la primera versión de la película?" dijo Joaquín conteniendo una sonrisa.

"Tú también la has visto, Joaquín. Ella se acuerda de ti".

Joaquín se sintió intrigado.

"¿Y cómo explicas esa aparición?" le preguntó Alondra.

"Digamos que no la consideraría como una aparición súbita, sino como un evento recurrente".

"¿Quieres decir que ves a la muerte con frecuencia?" le preguntó Joaquín.

"Así es".

Joaquín sintió escalofríos. Esta intervención le estaba causando bastante incomodidad; era una llamada inusual que le exigía concentración. Miró a Watt, quien dejó de comer y permaneció inmóvil, mirando el monitor como un gato que cree percibir el ruido de un ratón.

"Soy diferente a cualquier persona con la que hayas hablado. Soy especial: el comienzo y el fin de *Radio Muerte*, su Alfa y Omega. Un ser transformado y transfigurado que te espera en la noche".

Joaquín sintió que los brazos se le adormecían. Quería estirarse y levantarse, pero casi ni se podía mover. Con el rabillo del ojo observó que la sombra proyectada por la mesa en la pared cambiaba de forma. Era diferente, como si estuviera iluminada por otra fuente de luz. Por un momento pareció transformarse en… ¡una tumba! Él parpadeó y vio la mesa de nuevo, pero sabía que las sombras estaban poniendo a prueba su visión periférica. Observó cómo la materia se transformaba en sombras y las sombras en materia.

Mientras tanto, el participante anónimo continuó hablando.

"Es un privilegio estar en este lugar: entre la vida y la muerte… entre el cielo y el infierno".

"¿En el purgatorio?" le preguntó Alondra.

"No, querida; esa es una historia para arrullar a fanáticos religiosos. Puedo hacer llamadas telefónicas, ver televisión y comer comida basura desde aquí".

"Algunos pensarían que tienes lo mejor de ambos mundos", señaló Alondra.

"Y naturalmente, lo peor", añadió la voz.

Joaquín vio un rostro cadavérico: la piel colgando de los huesos y los músculos expuestos; hizo una mueca de terror y disgusto.

"Trata de imaginar a un animal que te come vivo y mastica tu cabeza. Estás consciente; sientes que entierra sus colmillos en tu cuero cabelludo y que te arranca pedazos de carne. Durante los últimos diez años he tenido esa misma sensación".

Joaquín estaba atónito y las palmas de la mano le sudaban. Miró alrededor, como si esperara ver a alguien observándolo.

"¿Te interesa escucharme, Joaquín?" le preguntó el participante.

"Por supuesto", respondió. "Pero creo que estás mintiendo".

"Solo piensa lo que sentirías al arder por siempre en un mundo de fuego, al cocinarte vivo por toda la eternidad, sufriendo a cada instante como si fuera el primer momento en que sentiste que las llamas tocaban tu piel, sin la menor posibilidad de acostumbrarte al dolor".

La voz seguía hablando y Joaquín vio que las sombras del estudio se transformaban en una ventana con vista a uno de los paisajes del infierno ilustrados por Gustave Doré en la edición de la Divina Comedia, que alimentaban las pesadillas de su infancia. No pudo entender lo que estaba sucediendo. Parpadeó con nerviosismo y miró alrededor para determinar si era la única persona atormentada por esas imágenes. Se sintió abrumado por una sensación de angustia, pues nunca había visto ni sentido algo semejante. Es cierto que tras la muerte de sus padres lo habían acechado pesadillas extremadamente vívidas, produciéndole insomnio durante varios años, pero había superado esa situación desde hacía mucho tiempo. Había decidido dejar de sentir miedo, nunca más permitiría que se apoderara de él, respondiendo con frialdad ante cualquier fenómeno que pudiera provocarlo. Se convenció a sí mismo de que lo peor que podía pasarle ya le había sucedido, y su determinación le permitió deshacerse de su carga emocional.

Sin embargo, y aunque en ese momento lo acompañaban Alondra y Watt, el antiguo miedo regresó.

"¿Escuchaste mi pregunta?" le preguntó Joaquín, intentando recobrar su compostura.

"¿Por qué crees que estoy mintiendo?"

"No creo que puedas ver televisión o comer comida basura; creo que tienes suerte en poder hacer esta llamada".

El participante se mantuvo en silencio, pero esta vez Watt no le advirtió a Joaquín sobre el aire muerto. Finalmente, el participante habló.

"¿Qué te parece este cuento de hadas? Una vez había un joven que recién había atravesado el umbral de la infancia y vivía en un mundo perfecto lleno de privilegios, donde experimentó el despertar sexual al lado de las chicas más bellas, y sólo le bastaba con desear algo para que se hiciera realidad; donde todo indicaba que su talento e inteligencia lo llevarían a la cumbre que eligiera escalar. Pero de pronto, su universo se desintegró; quedó solo y abandonado en un mundo de sombras y peligro, a merced de criminales y depravados. El joven, quien ya no era un niño, se transformó en un cisne, salvándose así de ese mundo cruel".

"¿En un cisne? ¿Como en "Los cisnes salvajes", el cuento de Andersen?" recordó vagamente Joaquín.

"Exactamente".

"¿Por qué no le cuelgas a este cabrón?" le susurró Alondra al oído, cubriendo el micrófono, aunque era obvio que hubiera preferido gritarlo al aire.

Joaquín negó con la cabeza.

"Para los oyentes que no lo sepan, este es otro cuento infantil, y por supuesto, es macabro, sádico y sórdido.

"En este cuento, los once hijos del rey, quienes tenían una conducta intachable, fueron víctimas de los celos de su malvada madrastra, quien obligó al rey a expulsarlos del palacio, y luego fueron transformados en cisnes gracias a una magia extraña", explicó Joaquín.

"Así es; el cisne es un símbolo del estado etéreo de la salvación. Lo que parece ser un castigo horrible, realmente es una redención.

"Los cisnes recobraron su aspecto humano en la noche. Finalmente, su única hermana se esforzó en hacerles pijamas con unas ortigas que recogió en el cementerio. El encanto se rompió y sus hermanos fueron liberados cuando los cisnes quedaron cubiertos con los pijamas. No me importa qué tan simbólico pueda ser esto, lo cierto es que me parece un cuento siniestro, lleno de injusticias y con una moraleja absurda".

Watt y Alondra le hacían señas desesperadas, pasando sus dedos a través del cuello en señal de degollamiento. Alondra le mostró un papel en el que había escrito:

¡Tienes que colgarle ya!, pero Joaquín le hizo señas para que lo dejara en paz.

"Bien, amigo Joaquín. Te dejaré por ahora, pues tu personal está comenzando a inquietarse. Pero antes de despedirme quiero decirte esto: hablaremos pronto. Todo lo mejor".

Y el aire se sumergió en silencio.

Joaquín tembló como lo había hecho unos meses atrás, cuando recibió el mismo mensaje en código morse de un helicóptero. Pero por extraño que parezca, también regresó a otra noche... a una cita a ciegas con el destino.

capítulo 25

UNA NOCHE EN LA ESTACIÓN

En víspera de una gran tormenta eléctrica, el color del cielo pasó del gris al amarillo mostaza y el olor a ozono penetró el aire.

Joaquín sabía que el plan era apresurado y prematuro, pero no podía dar marcha atrás, pues Gabriel no se lo permitiría. Ni siquiera quería hacerlo, porque nunca había visto a Gabriel tan emocionado con uno de sus proyectos. *Deathmuertoʒ en vivo desde Radio México* fue el título improvisado que le dieron al concierto y presentación en los medios. Cruzaron la frontera como inmigrantes ilegales en reversa, es decir, desde los Estados Unidos a México, con la idea de que el viaje en sí era parte del espectáculo, pues todo debía tener un aire de trasgresión. Llevaban pocos instrumentos y unas bolsas con la parafernalia que pensaban utilizar durante sus sesiones improvisadas.

Tres seguidores los esperaban en el lado mexicano: Colett, Feliciano y Martín, quienes el año anterior habían estado al tanto de su música. Originalmente fueron quienes propusieron el concierto y ofrecieron ayudarles con la logística. Gabriel tomó Polaroides durante el viaje: nuevas páginas para su diario visual. Los flashes le recordaron a Joaquín lo que había sucedido la noche pasada: un robo a una tienda de víveres, metiéndose paquetes de Polaroid en su abrigo grande, mientras Gabriel vigilaba.

Cruzar la frontera no fue difícil, salvo por la lluvia intermitente. Se encontraron con Colett, Feliciano y Martín en una estación de gasolina al lado de la carretera según lo acordado. Había dejado de llover, pero el pavimento estaba resbaloso y el agua formaba numerosos charcos.

Martín subió a una vieja camioneta Volkswagen y se sentó en el puesto del conductor. Feliciano se hizo a un lado y Colett se recostó seductoramente contra el capó, con su cabello negro humedecido por la lluvia. Saludaron cálidamente a Joaquín y a Gabriel, pero Joaquín sintió cierta reticencia en Colett: detrás de sus ojos sonrientes había una cautela que le pareció encantadora.

Pocos meses atrás, Colett y sus amigos habían colaborado de manera ilegal en la transmisión de un concierto punk armenio desde una cárcel de Ankara. Martín trabajaba en la emisora universitaria, pero los empleados estaban en huelga desde hacía dos años y el conflicto seguía sin solución. Gabriel y Joaquín habían dado la impresión de saber manejar los equipos de la emisora. Pero en realidad, no tenían la más mínima idea.

Martín los puso al tanto cuando subieron a la camioneta.

"La emisora funciona, pero está abandonada desde hace un tiempo", les explicó, mostrándoles un diagrama con las indicaciones para transmitir una señal de radio. Les mostró gráficas de circuitos eléctricos y aseguró que estaban en capacidad de funcionar. "No deberían tener ningún problema para hacerlo".

Originalmente había dicho que iría, pero como se había presentado un cambio de planes, les dijo que sería mejor observar a los guardias que estaban en la entrada y recoger a los demás cuando terminaran.

Feliciano expresó su preocupación, pues no habían tenido tiempo para prepararse. Transmitir el concierto esa noche iba a ser riesgoso y complicado.

"Sería una lástima si no lo hiciéramos por miedo".

"Llevamos dos semanas trabajando; les hemos informado a todos que la sesión improvisada será esta noche, y debemos hacerlo", dijo Gabriel, quien les tomaba Polaroides a todos. "Además, me parece perfecto tocar en una noche como ésta".

Joaquín habló poco y no dejó de mirar a Colett. Se extravió en sus ojos oscuros y recios y en sus labios carnosos. Ella tenía un acento extraño y él sentía una familiaridad en ella que no podía determinar. Aunque de tanto en tanto le sonreía de una manera provocadora, en términos generales parecía distante.

Decidieron ir a comer tacos y a resolver los asuntos pendientes. Mientras comían, Gabriel explicó que tomarse la emisora sería un gran salto para sus carreras; quemarían los CDs del concierto e incluirían las Polaroides en los folletos.

"Queremos que la gente se apodere de las emisoras en muchas partes; que haya una rebelión a gran escala que les devuelva la radio a las personas, lejos de las corporaciones y su mierda del Top 40".

Joaquín estuvo de acuerdo, pero le sorprendió que Gabriel hablara como un militante, pues sonaba artificial. Luego comprendió que gran parte de su discurso realmente estaba dirigido a Colett.

Después de terminar los tacos, Feliciano, Martín y Colett explicaron su plan: Feliciano los llevaría hasta la emisora y ellos treparían por la reja para entrar. Martín se haría cargo de la seguridad, mientras Colett —que conocía bien la estación— entraría con ellos y haría las veces de ingeniera de sonido.

"¿Sabes cómo utilizar una consola y todo lo demás?" le preguntó Joaquín.

"Sí, aprendí algunas cosas trabajando en una emisora de Boston durante el verano", dijo ella, retirándose el pelo de la cara con el dorso de la mano.

Joaquín juró no marcharse de México hasta conocerla mejor.

"De acuerdo; todo saldrá perfecto", dijo Gabriel, tomándole otra foto.

Joaquín estaba seguro de que ella también le gustaba a Gabriel, y tenía que actuar con rapidez si quería adelantarse a él.

Un borracho se les acercó para venderles flores cuando estaban terminando de comer.

"Para la dama", dijo con sonrisa de borracho.

Gabriel tomó una y le dio un dólar, sin apartar sus ojos de Colett.

"En la sociedad azteca, las flores eran un ofrecimiento reservado exclusivamente para las diosas", le dijo Gabriel entregándole la flor.

Joaquín puso los ojos en blanco.

Colett no quedó impresionada en lo más mínimo y cuestionó la veracidad de lo que acababa de decir Gabriel.

"¿Los aztecas les ofrecían flores a sus diosas? No lo creo".

Se enfrascaron en una discusión. Gabriel era bueno para los debates, pero Colett esquivó todos sus argumentos. Ella conocía su oficio y las razones de Gabriel se diluyeron.

Entre tanto, Joaquín dibujó una rosa en una servilleta. Se concentró en el tallo, transformó la base en un cable eléctrico con una toma de dos patas.

Le dio el dibujo a Colett.

"En la sociedad moderna, las flores dibujadas son ofrecidas por chicos derrotados que tratan de impresionar a chicas súper atractivas", dijo Joaquín, imitando el tono de Gabriel.

"Ese es un hecho —y un cumplido— que puedo rebatir", dijo Colett mientras tomaba el dibujo.

Lo observó detenidamente y frunció el ceño. A Joaquín le pareció que se veía aún más bonita.

"Está muy padre. Sería un buena tatuaje", le dijo, ofreciéndole el mayor de los elogios góticos.

Dobló la servilleta y se la metió en el bolsillo trasero de sus más que adorables y apretados jeans. Salieron del restaurante y la rosa quedó olvidada en la mesa: Joaquín había ganado el primer asalto.

Se distribuyeron tal como lo habían planeado. Había tanta estática en el desierto que el cabello de Joaquín quedó pegado al techo de la camioneta. No vieron a nadie vigilando la emisora. Joaquín fue el primero en saltar la cerca, seguido por Colett, quien saltó con la gracia de una bailarina que en lugar de zapatillas usara botas militares. Gabriel fue el último; entonces escucharon unos ladridos.

"Martín dijo que no había perros", señaló Joaquín.

"No los hay", respondió Colett.

"Algo se acerca y está ladrando", dijo Gabriel.

"Bueno, tal vez *sí* haya perros", dijo Colett.

Y mientras ella hablaba, dos mastines enormes saltaron de la sombra de un rincón, ladrando y con sus fauces amenazantes llenas de saliva. El grupo echó a correr y Joaquín sintió una extraña sensación de alegría. Gabriel se le adelantó; Joaquín escuchó el sonido de las botas militares sobre la gravilla detrás y el ladrido de los perros.

Aquello era como la vida: real, inmediato y potente.

Gabriel tomó una escalera que estaba recostada en una pared y subió con rapidez. Joaquín le cedió el turno a Colett y luego corrió en otra dirección, perseguido por los perros.

Alcanzó a llegar al muro de la parte posterior del edificio y calculó que podía subirlo de un salto. Sin embargo, al saltar su mochila se movió y perdió el equilibrio, se resbaló y se golpeó la cabeza contra el muro. Uno de los perros se abalanzó sobre él, lo mordió cerca de la oreja y se echó hacia atrás. Joaquín levantó la cabeza adolorido y asustado, sin saber adónde estaba. Las fauces del mastín estaban a un palmo de su nariz. El animal emitió un gruñido profundo y grave. Joaquín se paralizó; intentó pensar en alguna manera de escapar, pero cualquier movimiento habría provocado aún más al perro. Esta vez estaba seguro de que su rostro sería el próximo blanco. Se sintió completamente vulnerable; su vida dependía del instinto y del capricho del animal.

Es magnífico estar vivo, pensó con nostalgia.

Luego miró al perro, sus mandíbulas llenas de espuma y sus ojos fríos, y se le ocurrió una idea tan absurda que podía funcionar.

"Vete a casa", le dijo en tono imperativo.

El perro movió la cabeza como si estuviera escuchando, y sus gruñidos se hicieron más leves.

"Vete a casa", repitió con severidad.

El perro retrocedió lentamente, cerró el hocico y se alejó. Joaquín sonrió, se puso de pie y la adrenalina mitigó el dolor de sus heridas. Se dirigió a la escalera, donde todavía estaban Gabriel y Colett.

"¿Qué sucedió?"

"Los perros se han ido", respondió él.

Colett bajó de la escalera y se preocupó al ver las heridas de Joaquín. Le acarició el rostro con suavidad.

"¿Fue el perro?"

"Intentó besarme pero erró el blanco".

Colett se rió y cambió de tema.

"Creo que no nos queda otra opción que desistir del plan. Mira al pobre", le dijo a Gabriel.

"Solo es un arañazo; Joaquín es muy resistente. No te detendrás por un pequeño mordisco, ¿verdad?"

"Me siento bien; entremos".

"¿Cómo te deshiciste de los perros?"

"Tengo facilidad con los animales", dijo Joaquín con tono convincente, aunque sólo se percató de ello en ese instante.

"Nunca hubo perros aquí", dijo Colett.

"Tal vez los huelguistas los trajeron por si alguien intentaba entrar, como nosotros por ejemplo".

Gabriel abrió la puerta con facilidad; romper seguros era uno de sus muchos talentos. Los tres ingresaron al edificio. Todo estaba hecho un lío: las ventanas estaban rotas y agrietadas, había charcos de agua por todas partes, sin contar con los documentos, libros y carpetas desperdigadas por el piso. El sitio llevaba un buen tiempo abandonado.

"Bueno, creo que como perros de vigilancia son un fracaso", dijo Joaquín.

"Ya nos dimos cuenta de lo incompetentes que eran cuando apenas te rasguñaron y te dejaron ir", señaló Gabriel.

Colett los guió en la oscuridad conforme a las instrucciones de Martín y llegaron al transformador. Gabriel miró los cables eléctricos para ver si correspondían con el diagrama que tenía, tomó algunas Polaroides y todos se dirigieron a la cabina de transmisión.

"Martín dijo que no debemos encender las luces del primer piso".

Sintieron un hedor a humedad y podredumbre cuando llegaron a la cabina. Los retretes habían sido removidos, pero nadie se molestó en cerrar el agua. La alfombra estaba húmeda y las paredes cubiertas de moho. Colett encendió el interruptor con nerviosismo y todo se iluminó. Gabriel y Joaquín sacaron los instrumentos de sus mochilas; estaban húmedos pero parecían funcionar. Luego se apresuraron a instalar un altar improvisado con objetos extraños.

Joaquín no le había entendido a Gabriel cuando éste mencionó que era necesario instalarlo. Pero ahora que adquiría una forma, le pareció esencial, como si nada tuviera sentido sin él.

Joaquín lo ayudó a acomodar cuidadosamente los artículos que habían traído: linternas, viejas botellas llenas de un líquido indefinible, soldados de plomo, monedas antiguas, una casa de muñecas, un cuchillo, unos símbolos grabados en madera, unos dibujos y otras cosas más.

"¿Qué están haciendo?"

"¿No lo ves? Les estamos pidiendo a los dioses que nos protejan".

"¡Mierda! Tú y tus ideas trasnochadas sobre los aztecas. Parece un altar azteca diseñado por un retardado mental o por una anciana senil".

"¡Maravilloso! Eso es exactamente lo que pretendemos", respondió Gabriel con una sonrisa. Conectó su guitarra y recibió un correntazo; una carga de electricidad pasó del instrumento a su mano.

"Hija de perra", gritó.

"Esta noche la guitarra se convertirá en un instrumento de tortura", dijo Joaquín.

"Sentiremos el dolor de los guerreros muertos en nuestros dedos".

"Te aseguro que no solo será en nuestros dedos".

"Los guerreros habrían preferido algunas descargas eléctricas a los cuchillos de obsidiana con los que les sacaban el corazón", dijo Colett a través de los parlantes de la cabina de control.

"Es mejor que te saquen el corazón que oler el agua de alcantarilla que invade este maldito estudio", dijo Joaquín.

"En realidad, es el sistema de alcantarillado azteca…"

"De acuerdo; pero olvídate de la lección sobre historia azteca y muéstranos tu experiencia para transmitir", dijo Gabriel, interrumpiéndola.

Colett se acercó animada a la consola y jugó con los controles, mezclando las señales de la guitarra, los casetes, el sintetizador y la batería eléctrica.

Joaquín tuvo una erección al ver la forma en que ella movía los controles e inclinaba su cabeza si algo no sonaba muy bien, y la leve sonrisa que iluminaba su rostro si le agradaban el sonido.

Todo estuvo listo a eso de la 1:30 A.M. Gabriel tomó el micrófono. Los amplificadores retumbaron y las luces se apagaron después de pronunciar la primera palabra. No tardaron en saber cuál fusible había explotado pero no pudieron reemplazarlo. Joaquín permaneció sentado y derrotado en la oscuridad; la cabeza todavía le sangraba. Le ardía el mordisco del perro, y no encontraron nada para limpiarle ni cubrirle la herida. Mientras tanto, Gabriel no se rindió: encontró un cable grueso y lo utilizó en lugar del fusible. La luz volvió y a la 1:49 A.M. estaban al aire.

Una luz roja iluminó el estudio.

"Tal como lo prometimos, somos los Deathmuertoz y estamos liderando la liberación de las ondas radiales en México", dijo Gabriel.

Comenzaron a tocar "Voces no escuchadas", un clásico punk lleno de rabia, montado sobre una intensa pista de percusión, compuesta en su totalidad a partir de sonidos de insectos. Era una apertura perfecta que siempre animaba al público y lo dejaba sediento de música. Joaquín no se sintió satisfecho; el sonido le parecía plano. Le hizo señales a Colett para que ajustara el bajo, sincronizara los monitores y aumentara la reverberación.

Cantaron con voz ronca "La muerte oculta entre los civiles", una fusión de elementos afrocaribeños, con letras agresivas que le hacían un contrapunto gradual a las cuerdas del sintetizador inspiradas en Mahler. Pero Joaquín y Gabriel ya habían entrado en un estado de trance y tocaban como si estuvieran poseídos por los espíritus de los antiguos guerreros.

capítulo 26

EUFORIA

Un grupo de unos cien —o tal vez ciento cincuenta— jóvenes se reunió en una pequeña plaza y conectó el radio de un viejo Mazda a un amplificador. Algunos estaban allí desde la medianoche. Los vecinos no sabían qué se proponían. Había unos diez policías listos para intervenir, pero les habían ordenado que no lo hicieran. Era evidente que los asistentes a esa reunión improvisada estaban consumiendo alcohol y drogas. Los policías podían arrestarlos cuando quisieran.

Alguien se subió al techo del Mazda y gritó:

"¡Están al aire, hijos de puta!"

El caos se desató apenas se escucharon las primeras palabras. Una multitud poseída y delirante comenzó a vibrar con la música que salía por los parlantes; era tan fuerte que los policías se paralizaron del susto y se limitaron a observarlos como si presenciaran el aterrizaje de un ovni. La multitud era como una bestia rítmica y hambrienta que amenazaba con atacar al puñado de transeúntes que miraban atónitos desde los andenes cercanos. Alguien lanzó una botella, y luego siguieron varias más; una piedra rompió la ventana de una tienda. Entonces los policías entraron en acción.

Lo mismo sucedió en otras ciudades; unos dicen que en diez y otros que en más de cien. Era difícil saberlo con exactitud, pero lo cierto es que la energía desatada en los pocos minutos que duró el concierto de Deathmuertoz vía Radio México, dejó una marca indeleble. Los políticos, activistas, padres de familia y analistas condenaron los delirantes brotes de violencia. Pero ninguno de los asistentes pudo negar la euforia total, el tumulto y la liberación que sintieron durante el resto de sus vidas.

capítulo 27

ERROR DE CÁLCULO

Colett estaba lívida.

"Los policías están afuera. ¡Tenemos que irnos ya!"

"Este toque está muy padre. No me iré de aquí por nada del mundo".

"Yo también me quedaré", dijo Joaquín. "Pero tú deberías irte. Coloca dos gabinetes contra la puerta y salta por la ventana del baño".

Joaquín miró a Colett, quien tenía los ojos desorbitados por el miedo y la confusión.

"Vete", le dijo pausadamente, mientras tocaba otra cuerda.

Colett empujó un par de gabinetes contra las puertas dobles.

"¿Será suficiente con esto?" preguntó ella.

Joaquín señaló un estante grande de madera. Colett asintió y lo empujó contra las puertas, produciendo un fuerte chirrido. A Joaquín le gustó el sonido, tenía la esperanza que los micrófonos lo habían capturado.

Colett le dio vuelta al estante, el cual chocó estruendosamente con la puerta. Los micrófonos seguro que registraron ese ruido.

Colett le lanzó otra mirada inquisitiva a Joaquín. Él asintió y la vio correr en dirección al baño, deslizarse por la pequeña ventana y escapar hacia la libertad.

Joaquín y Gabriel quedaron sin compañía y tocaron la canción "Chismes y Deadly Legends", utilizando una colección de ruidos semejante a una procesión funeraria para añadirle textura a la composición de

180 beats por minuto que inducía al vértigo. Su música nunca había sonado tan vital y poderosa.

Una sobrecarga en la corriente eléctrica quemó los equipos a las 2:00 A.M. Joaquín ya había sentido varias descargas eléctricas esa noche, pero esta vez todos sus músculos se hicieron tan rígidos como el nudo de una soga. Vio el humo saliendo de su piel, la llama que emergía de su boca, seguida de un golpe en el abdomen y después se sintió en las nubes. Fue como una explosión silenciosa y… *Zas*… cayó en el suelo mojado y el viento se estremeció. Su visión se nubló lentamente. El mundo se desvaneció y él se sumergió en la oscuridad.

Escuchó a los mastines entrar al estudio y husmearlo. Luego oyó otra cosa… lejana… indefinida. ¿Eran voces? ¿Música? Sintió que su cuerpo se elevaba hacia el techo mientras intentaba identificar el sonido. Miró hacia abajo, y vio a Gabriel tendido en el piso. Los perros le mordieron el pecho, la cara y la entrepierna.

También vio su propio cuerpo… inmóvil.

La policía entró al estudio y llamaron de inmediato a los paramédicos al ver el estado de Joaquín y Gabriel.

Joaquín contempló lo que sucedía con una calma extraña. Su entorno se transformó repentinamente. La estación húmeda se desdibujó y un amplio paisaje ártico apareció en su lugar. Joaquín sintió la nieve bajo sus pies y vislumbró los glaciares puntiagudos erigiéndose en dirección al cielo.

Empezó a caminar hacia el glaciar más cercano sin saber muy bien por qué.

Estaba temblando. Cada paso que daba era más arduo que el anterior. No había caminado veinte yardas cuando la nieve le llegó a los tobillos… a las rodillas, y luego casi hasta la cintura. Se movió sin saber por qué, ni hacia dónde. La nieve le llegaba ya a la altura del pecho, impidiéndole avanzar, y tuvo que apelar a todas sus energías para abrirse paso.

Una grieta profunda se abrió en la pared del glaciar; Joaquín quedó cubierto de nieve y se sintió sepultado bajo centenares de capas heladas. Un miedo asfixiante se apoderó de él mientras intentaba liberarse.

Finalmente lo consiguió.

La nieve que había debajo cedió y él sintió que caía interminablemente. Y entonces escuchó la voz de Gabriel:

"¿Por qué siempre lo arruinas todo, Joaquín? Este no es tu lugar. No deberías estar aquí ni ver esto".

Continuó deslizándose y la música reemplazó a la voz de Gabriel; una música extraña y estridente que le recordó el sonido sordo, sigiloso y metálico de los pistones y motores de vapor.

Luego se estrelló aparatosamente contra el suelo.

Miró hacia arriba y vio a un paramédico inclinado ante él, con desfibriladores en ambas manos. Le susurraron unas palabras de aliento que no logró descifrar y luego perdió el sentido.

A la semana siguiente circuló un rumor entre sus seguidores: los Deathmuertoz no volverían a tocar nunca más.

capítulo 28

LLAMADA 3307, MARTES, 4:02 A.M.

LA NOVIA FANTASMA

"**Mi nombre es Yang,** pero puedes llamarme Joe".

"Hola, Yang-Joe. ¿Qué vas a contarnos esta noche en *Radio Muerte?*"

"Conozco a algunas personas".

"Dinos de quiénes se trata".

"Ya sabes, personas buenas que comercian con la muerte".

"¿Qué quieres decir con eso de que comercian con la muerte?"

"Es decir, que… cubren ciertas necesidades de algunas personas muertas".

"Creo que no entiendo, Yang… o Joe. ¿Cuáles necesidades? ¿De qué estás hablando?"

"En la provincia de Shaanxi, al oeste de China, hay una costumbre muy antigua; cuando un hombre joven muere sin haber contraído matrimonio, debe ser enterrado con una novia; con una novia muerta. ¿Sabías eso?"

"Ahora lo sabemos", dijo Joaquín.

"Así que esas personas suministran mujeres…mmm… cadáveres femeninos para bodas fantasmales".

"Ya veo".

"Cuando una mujer soltera muere por la misma época que un hombre soltero, hablan con su familia, le ofrecen una pequeña suma, y entierran los cuerpos juntos después de una ceremonia".

"¿Y qué sucede si no han muerto mujeres jóvenes?"

"Existen otras opciones: van a las aldeas y compran jóvenes o niñas con el pretexto de organizar un matrimonio por conveniencia".

"¿Y luego qué?"

"Las matan".

"Es una historia macabra, pero parece más un asunto de *Human Rights Watch* que de *Radio Muerte*", comentó Alondra.

"Pues bien, sucede lo siguiente: Un hombre al que yo conozco estaba en ese negocio. Le iba bien, pues suministraba novias en muchos lugares, manteniendo viva la tradición por todos los medios posibles. Compraba una joven por diez o doce mil yuanes, cifra que oscila entre mil trescientos y dos mil dólares, y vendía el cadáver por el doble. En otras ocasiones, él y sus socios secuestraban prostitutas y niñas de otras provincias y las mataban. Cuando la demanda de cadáveres era baja, mataban a algunos jóvenes solteros para ofrecerles los cadáveres de las novias a sus familias.

Yo vivía en San Francisco cuando él me llamó; necesitaba dinero y él me ofreció bastante. Acepté y viajé a China, la tierra de mis ancestros, para ayudarlo en el negocio.

"¿Cómo lo conociste?"

Es mi tío; yo me encargo básicamente del aspecto financiero, y él y sus asociados se encargan de las novias. No obstante, el verano pasado tuvimos mucho trabajo, razón por la cual me pidió que fuera a una granja lejana en el centro de Mongolia, para comprar una niña llamada Li. Me explicó lo que debía hacer, y pronto me vi en una choza, haciéndole una oferta al padre. Le dije que quería casarme con su hija y llegamos a un acuerdo. Pagué once mil yuanes por ella y la traje conmigo. Desde la primera vez que la vi, sentí que tenía un desagradable olor a leche de yak.

Tan pronto emprendimos el largo viaje de regreso, me dijo: "Sé lo que vas a hacer conmigo". Procuré no hacerle caso, tal como me había recomendado mi tío, pero me sentí incómodo. La amarré al llegar a casa y llamé a mi tío para que viniera por ella, pero me dijo que estaba muy ocupado y me ordenó matarla. Me sentí aturdido, pero me armé de valor y la estrangulé. Me pareció mejor así porque entonces su cuerpo quedaría intacto. La puse en una hielera grande y al día siguiente la enterraron con el muerto cuya familia había concertado el trato con mi tío. Generalmente, ahí acababa la historia, pero esa noche oí ruidos extraños en la hielera. Busqué un palo y me acerqué, pensando que había una rata adentro o algo parecido. Pero tan pronto la abrí, Li saltó como una muñeca. Yo retrocedí aterrorizado. Se acercó y me dijo: "Rechazo a ese novio, pues ya he elegido a otro". Luego añadió: "Te elegí a ti". El aliento a leche fermentada que salía de su boca era insoportable. Yo salí gritando de la casa, pero el olor me persiguió. Me perseguía en trenes y autobuses, en Beijing y hasta en el avión que me trajo de regreso a San Francisco. Los pasajeros que iban a mi lado le pidieron a la azafata que les asignara otras sillas debido al hedor, pero en aquel entonces no me importaba lo que pensara la gente. Mi cuerpo se iba pudriendo poco a poco conforme a la descomposición de los músculos, y mis órganos se estaban convirtiendo en una masa blanda. Tengo apenas treinta y dos años, pero parecía de sesenta cuando regresé a los Estados Unidos. Tenía muchas dificultades para ver, y las manos me temblaban de una manera incontrolable. Cada vez que giraba mi cabeza veía a Li por el rabillo del ojo. Fui a mi casa, pero sentía mucho miedo de estar solo, así que alquilé una habitación en un hotel con el dinero que me quedaba. Encendí todas las luces, la televisión y una radio que compré en una farmacia. Me senté en una silla, apoyando el espaldar contra la pared, con la esperanza de poder estar a salvo de Li.

Sin embargo, todo fue en vano, pues allá estaba ella, tendida en la cama con su cuerpo rígido. Me sentí tan aterrado que no

me moví. Lo único que ella dijo fue, "Aquí te esperaré". Yo me
sentía tan miserable y desesperado que permanecí allí mirándola,
sabiendo que finalmente tendría que unirme a ella en un abrazo
mortal.

"¿Y cómo escapaste, Joe?"

"No he podido. Sigo sentado en la silla mirando a Li. Sólo quería contárselo a alguien".

La línea telefónica murió.

capítulo 29

LA OPERACIÓN POLICIAL

Una noche, durante una tormenta eléctrica en los desiertos del norte de México, Joaquín murió y resucitó.

Parecía una escena de alguna película de serie B, o incluso de un típico bestseller de terror. Pero los agentes mexicanos no se dejaron impresionar por las supuestas maravillas, y le esposaron la muñeca derecha a la baranda de la camilla aunque estaba inconsciente, seriamente herido y olía a carne chamuscada cuando lo evacuaron de la emisora.

A pesar de las protestas esporádicas de los médicos, permaneció esposado casi todo el tiempo a la cama o al tubo de oxígeno, desde el momento en que llegó a cuidados intensivos hasta su reclusión en un cuarto privado.

La semana anterior, Irineo Pantoja había asistido a los funerales de dos de sus oficiales; sabía que estaba librando una guerra perdida, pues no tenían los recursos ni las agallas para combatir a los carteles del narcotráfico que utilizaban su ciudad como el centro de distribución de drogas en las ciudades norteamericanas. Pantoja había ascendido a jefe de policía a falta de otros candidatos. Los policías más valientes y competentes, los que no se dejaban sobornar, habían sido asesinados uno a uno. Pantoja, en cambio, logró escapar varios atentados. De hecho, cada mañana acostumbraba despedirse de sí mismo cuando se miraba al espejo.

Saltó de la cama a la 1:40 A.M., apenas fue informado de que alguien había entrado ilegalmente a la emisora de la universidad. *Es una señal,* pensó. Una patrulla lo recogió pocos minutos después y se apresuró a dirigir la operación. El informe que le entregaron decía que la emisora había sido tomada por músicos de rock, "gringos" al parecer, que solo estaban "bromeando". Pantoja no le dio crédito a esa versión, pues tenía una teoría completamente diferente: Era un golpe orquestado por sus enemigos para humillarlo. No se trataba simplemente de haber entrado de manera ilegal, ni de una broma de adolescentes; eran las fuerzas del mal que se apoderaban de la ciudad.

El jefe de la policía concluyó que era una oportunidad —quizá la última— para indicarles a los peces gordos del narcotráfico que no iban a utilizar la ciudad como un campo de juego, y decidió no esperar ni negociar. Sus subalternos se sorprendieron, pero nadie objetó cuando recibieron la orden:

"Disparen a matar; se trata de criminales extremadamente peligrosos. Avísenles a los paramédicos que se preparen".

Nadie le creyó; sin embargo, casi todos los agentes se prepararon para un posible combate. Paradójicamente, no fueron recibidos con balas sino con una explosión, causada por el mismo cortocircuito que había electrocutado a Gabriel y a Joaquín.

Horas después, Pantoja declaró ante la prensa. Sostuvo que el sobreviviente, cuyo nombre e identidad desconocían, era un sicario internacional. Añadió que había sido contratado por el cartel del Pacífico y que la toma de la emisora era parte de una conspiración para apoderarse de los medios. No ofreció ninguna explicación adicional.

La prensa no cuestionó su lógica absurda; era una buena historia, y fue publicada tal cual.

capítulo 30

EL RESCATE

Cuando Joaquín abrió los ojos en el hospital, esperó que Gabriel apareciera en cualquier momento, quemado o herido de gravedad, pero vivo. Lo imaginó sonriendo y haciendo bromas sobre el hecho de "haber escapado sano y salvo una vez más". Claro que Gabriel estaba muerto, y Joaquín lo sabía, pero se negaba a descartar la posibilidad de un reencuentro inminente.

Lo supo desde el instante en que la sobrecarga eléctrica lo levantó del suelo. Sin embargo, no se lo habían informado oficialmente y se aferró a esa posibilidad, esperando en vano que alguien le dijera que Gabriel estaba vivo. Sabía que era una fantasía sin sentido, pero era lo único que lo animaba a superar el período de convalecencia.

Recobró la conciencia y descubrió que estaba mudo. Tenía las manos vendadas y no podía escribir. Esto le produjo un ataque de histeria y varios guardias tuvieron que sujetarlo para administrarle un sedante potente, confirmando así la versión que se había propagado en el hospital de que él era un asesino violento.

Joaquín no sabía en qué estado habían quedado sus manos y se preguntó si podría utilizarlas de nuevo. Sabía de amputaciones debidas a descargas eléctricas y se imaginó lo peor, pues tenía muy presente la historia de alguien que perdió su brazo en esas circunstancias. Para rematar, los médicos hablaban con total libertad, como si él no los entendiera. Uno de ellos había dicho: "Es indudable que sus cuerdas vocales están deterioradas".

Joaquín intentó gritar con todas sus fuerzas, pero sintió una irritación en la garganta que le produjo un fuerte ataque de tos, mientras los médicos insensibles hacían bromas obscenas y las dos enfermeras encargadas de cuidarlo se desternillaban de la risa. Joaquín se sintió tan confundido que se dejó contagiar de la alegría reinante, y concluyó que si alguna vez salía del hospital, Cuerdas Vocales Deterioradas sería un nombre excelente para un grupo musical.

Un día, Pantoja fue a visitar a Joaquín, que había forcejeado con las esposas durante buena parte de la mañana, lastimándose las muñecas. Dos oficiales acompañaban a Pantoja; querían saber cómo se llamaba Joaquín, su domicilio y dónde se escondían sus cómplices. Le exigieron que confesara.

"Es mejor que lo hagas ahora. Mientras más te demores, peor te irá", le dijo uno de los policías con una sonrisa siniestra.

Pantoja guardó silencio y observó a Joaquín, quien se preguntó qué diablos estaría pensando el oficial, pero la mirada fría y vacía de Pantoja le impidió saberlo. El oficial lo traspasó con su mirada, pero él permaneció inmóvil y a la espera, mientras sus subalternos seguían interrogándolo. Finalmente dijo:

"Déjenme a solas con el sospechoso".

Los subalternos salieron y Joaquín advirtió un breve destello de animación en los ojos de Pantoja.

"¿Quién eres?" le preguntó.

Joaquín le devolvió su mirada de hielo.

"Te hice una pregunta", le dijo Pantoja.

Joaquín lo miró imperturbable y se dijo a sí mismo que podían continuar con ese juego mientras lograba inyectarle un poco de hostilidad a su expresión. Sabía que sus ojos no estaban a la altura de las estrategias expresivas de Pantoja, pero esperó compensar esta deficiencia con una insolencia fácil.

Pantoja lo miró fijamente durante varios segundos y luego salió del cuarto.

Joaquín suspiró, celebrando su pequeña victoria. Pero muy pronto, sintió todo el peso de la situación en la que se encontraba. Allí estaba él, lleno de contusiones y completamente adolorido, acusado de pertenecer a un cartel del narcotráfico. Lo único que quería era llorar la pérdida de Gabriel, y aunque las circunstancias no se lo permitían, tenía que entablar una nueva batalla. Tal vez Gabriel estuviera de acuerdo con eso, aunque nunca le habían gustado las exhibiciones de sensiblería. Esta situación bien podría ser una nueva entrada en su diario Polaroid: *Joaquín, el amo del crimen*. Por un instante, esta idea lo llenó de vida, y se sintió acompañado por el alma irreverente y bromista de Gabriel.

Suspiró de nuevo, no de alivio ni de satisfacción, sino por la magnitud de sus emociones.

Deseaba hablar con alguien.

Pero a diferencia de su última estadía en un hospital, esta vez Joaquín no encontró la amistad ni la complicidad en el personal clínico; la mayoría lo evitaba, las enfermeras no le hablaban cuando le llevaban la comida y dejaban la bandeja con escrúpulos, escurriéndose como si temieran que pudiera contagiarlas con alguna enfermedad temible. A veces se hacía el dormido y las oía murmurar que, según los policías, él era un narcotraficante famoso y despiadado, de esos que decapitan a sus víctimas y matan a familias enteras con hachas o martillos. Una enfermera dijo en voz alta que temía que en cualquier momento entrara al hospital un escuadrón de sicarios armados con rifles AK-47, disparando a diestra y siniestra, y que después de derribar las puertas, lanzaran granadas y asesinaran a todos los médicos para liberar a su jefe. Joaquín también escuchó rumores de que los administradores del hospital habían solicitado una mayor seguridad a las autoridades de la ciudad, del estado y del gobierno federal.

Joaquín no sabía qué iba a suceder, pero concluyó que lo más importante era proteger su identidad. Mientras tanto, se referían a Gabriel como a "La Rata", un conocido delincuente local, y celebraron su muerte. Aún no le habían puesto un sobrenombre a Joaquín, aunque era evidente que lo estaban utilizando como un chivo expiatorio, pero él no estaba en condiciones de defenderse. Lo único que podía esperar era una larga estadía en una prisión de alta seguridad, a menos que las cosas cambiaran drásticamente y las autoridades reconocieran que habían cometido un error.

Joaquín volvió a caminar y recuperó la voz dos semanas después. Sin embargo, tuvo cuidado de no mostrar la menor señal de progreso, pues creía que esto le daba una pequeña ventaja, y aunque estaba débil y frágil, concibió planes para escaparse. Había considerado varias opciones: todas eran peligrosas, poco realistas, y por desgracia, más inspiradas en un acto del mago Houdini que en la realidad de los hechos. Creyó que podía disfrazarse de médico y salir por la puerta principal o deslizarse por la ventana utilizando varias sábanas anudadas.

Comenzó por tener en cuenta cuáles eran los momentos del día en que los guardias no lo vigilaban con tanto celo o le quitaban las esposas. Le pareció que la mejor oportunidad era cuando iba al baño, y procuró establecer cuánto tiempo lo dejaban solo. Desafortunadamente, cada vez llegaban más guardias y, últimamente, escuadrones de las fuerzas especiales con chalecos blindados, cascos, ametralladoras, cubiertos con pasamontañas. Una noche escuchó una explosión en el corredor mientras cenaba. Inicialmente pensó que se trataba de una demolición o remodelación, pero se escuchó una explosión más fuerte y cercana a su habitación; posteriormente se oyeron gritos y disparos, seguidos de más explosiones.

Joaquín escuchó gemidos, órdenes y gritos de ayuda, algunos de ellos por medio de los walkie-talkies. Se levantó instintivamente de la cama, pero las esposas se lo impidieron. Se acostó y los sonidos de la confrontación se hicieron más nítidos.

Se oyeron ruidos horribles y sonidos animales primitivos; no eran claros ni definidos como en una película de acción, sino enmarañados, desesperados y horrendos. Joaquín concluyó dos cosas: la primera era que afuera de su habitación había personas que luchaban por salir con vida; y la segunda era que varias personas venían camino a su habitación.

Intentó evaluar la situación mientras se acomodaba en la cama. ¿Quiénes eran esas personas? ¿Por qué estaban disparando? Sin embargo, su mente no le funcionaba; los sonidos del corredor desmantelaron sus pensamientos racionales y en su lugar sintió un deseo acuciante de vivir. Gritó y forcejeó con las esposas, pero fue inútil: él no era Houdini y no tenía escapatoria. Se recostó de nuevo sobre la almohada y cerró los ojos, resignado a su destino.

Permaneció un momento en esa posición y dejó que su mente divagara. Escuchó como la puerta se abrió con estruendo. Se dio vuelta y entreabrió los ojos: vio un hombre con una ametralladora dirigiéndose hacia él.

Joaquín cerró los ojos; escuchó el sonido de las botas que venían en su dirección, y una voz que le dijo:

"Hemos venido por ti".

Creyó reconocer la voz, pero no estaba seguro. Sintió tanto pánico que no se atrevió a mirar al extraño a la cara y mantuvo sus ojos completamente cerrados. Oyó el sonido de las llaves en su mano y momentos después ya no tenía las esposas.

"Abre los ojos, idiota y levántate", le ordenó el asaltante.

Joaquín obedeció sin mirarlo, y procedió a recoger la mochila que le había arrojado a los pies.

"Vístete".

Joaquín estaba tan confundido que escasamente podía mantenerse de pie. A pesar de la sensación de mareo, sacó unos pantalones y una camisa de la bolsa e inmediatamente los reconoció: eran de Gabriel. Tres policías irrumpieron apuntando con sus armas en todas las direcciones cuando estaba a punto de ponerse la camisa con todo el cuidado requerido por los numerosos vendajes. Joaquín se lanzó al suelo y se cubrió la cara con las manos. Los policías gritaron órdenes contradictorias.

"¡Quieto!"

"¡Manos arriba!"

"¡Al suelo! ¡Ya!"

Joaquín miró a través de sus dedos y vio que cada policía cubría un flanco mientras avanzaban paso a paso con los dedos en el gatillo. Luego le apuntaron a él.

"¿Dónde está el tipo que te iba a rescatar?"

Joaquín no sabía dónde estaba ese personaje misterioso, pero seguramente no había ido muy lejos. Poco después entró Pantoja, acompañado de otro miembro de las fuerzas especiales.

Los policías le abrieron paso y el oficial se limitó a decir: "¿Dónde está?"

Joaquín levantó un poco la cabeza para ver al jefe de policía que se acercaba, y de inmediato sintió una patada en las costillas.

"¡No te muevas, cabrón!" le dijo uno de los policías.

Joaquín oyó un disparo; el policía que lo había pateado cayó con un chorro de sangre brotándole del cuello. Los demás agentes trataron de resguardarse detrás de la cama mientras disparaban al azar, y uno de ellos alcanzó a herir accidentalmente a Pantoja. El jefe policial cayó de espaldas con un balazo en el hombro y trató de incorporarse con mucha dificultad. El ruido causado por las balas y los gritos era ensordecedor. Joaquín se arrastró hasta la cama en busca de refugio, y vio a un oficial chocar contra la pared tras recibir un impacto mortal: parecía ahogarse en medio del charco de su propia sangre. Convulsionó brevemente y dejó de moverse. El asaltante reapareció cuando no quedaba nadie de pie.

"Es mejor que salgas de ahí antes de que te agarren los ratones", le dijo.

Pero Joaquín estaba paralizado por el pánico y solo pudo ver las piernas del hombre que se dirigía hacia Pantoja. El oficial jadeó en busca de aire y se llevó la mano al hombro para detener la sangre. Joaquín le vio el rostro con claridad: la expresión de sus ojos cambió rápidamente del dolor al terror.

"Sí, Irineo. No te dolerá por mucho tiempo. Sabías cómo terminaría este día al mirarte al espejo cuando te levantaste, y finalmente acertaste. ¿No es una lástima saber cuándo termina todo?"

Joaquín creyó reconocer la voz de Gabriel, pero estaba demasiado asustado para confiar en sus sentidos. El hombre apuntó a la frente de Pantoja y le disparó tres veces. Joaquín fue incapaz de mirar: cerró los ojos y esperó. Un momento después, una mano lo agarró del hombro.

"Tenemos que irnos ya", le dijo el asesino.

Joaquín abrió los ojos y miró deliberadamente hacia el lado opuesto. Lo hizo en parte para demostrarle a su inesperado libertador que no había visto su cara, por lo cual no podría señalarlo si lo arrestaban de nuevo, pero también porque le asustaba pensar que la voz de un asesino capaz de infligir tanta violencia pudiera ser tan semejante a la de Gabriel. Jamás imaginó que este temor, que por un momento le pareció tan irracional, finalmente habría de convertirse en un sentimiento familiar.

Joaquín repitió las siguientes palabras como un mantra mientras trataba de correr al lado del sicario: "Gabriel no mataba personas. Gabriel no era parte de un cartel. Gabriel está muerto", como si de esta forma pudiera centrar sus pensamientos. La idea de escapar de un hospital con la ayuda de un asesino era suficientemente impactante como para añadirle preocupaciones metafísicas.

El pistolero a sueldo lo empujó por los corredores. Todo era absolutamente caótico; las sirenas se escuchaban en medio del humo y de los gritos. Joaquín no estaba en condiciones de ir a ningún lado, y a cada paso que daba sentía vértigo, dolor y náuseas. La visión se le oscureció: sintió que se desvanecía. No entendía por qué nadie intentaba detenerlos. Poco después sintió la luz del sol; estaban afuera, caminando sobre el pavimento. Su rescatador lo subió a una Chevy Suburban que estaba estacionada a un lado del andén con el motor encendido. El hombre le dijo algo al conductor, cerró la puerta y el vehículo se puso en marcha. Joaquín vio la espalda del asesino alejarse tranquilamente por el espejo retrovisor. Nadie lo seguía.

Estaba exhausto y lo único que pudo decir fue:

"Por favor despiérteme cuando lleguemos".

Pero no tenía la menor idea de hacia dónde se dirigían.

capítulo 31

REGRESO A LA CIUDAD DE LOS PALACIOS

Joaquín durmió varias horas. Lo primero que vio por la ventana del auto al despertar fue un aviso que decía: BIENVENIDOS A CIUDAD DE MÉXICO.

Sin embargo, su aspecto era muy diferente al que recordaba: la capital se había convertido en un adefesio gigantesco e indescriptible, en una masa amorfa gris y ocre. La ciudad de la infancia de Joaquín había desaparecido sepultada bajo una montaña de sedimentos tóxicos. No podía creer lo que vio; era como un paisaje propio de algún sueño febril.

Había soñado con regresar a la capital tras la muerte de sus padres; con volver a su hogar, a la escuela, al Zócalo y a la Zona Rosa. Había imaginado lo que sentiría: nostalgia, temor o deseo. Pero al recorrer de nuevo las calles de su ciudad sólo se sintió cansado y hambriento.

El conductor le dio una botella de agua. Joaquín bebió unos sorbos y lo miró. Tenía el bigote recortado, la piel color canela, los ojos azules y fumaba un cigarrillo tras otro mientras conducía.

Su teléfono móvil sonó varias veces; lo miraba, pero no se molestaba en contestar. Joaquín se negó a hablarle; no sabía cuál era la relación entre este hombre y el asesino que lo había liberado de las garras de la policía, pero supuso que debía ser un subalterno. Sin duda alguna se trataba de otro asesino relegado al cargo inferior de chofer.

Joaquín se había acostumbrado al silencio durante su estadía en el hospital; le parecía agradable y reconfortante. El silencio era su nueva religión, aunque no por ello dejara de divagar de tanto en tanto. No podía evitar preguntas como: ¿Por qué lo habían rescatado? ¿Quiénes eran esas personas? ¿Adónde lo llevaban? Era inútil preguntarle al conductor, pues sentía que su única ventaja descansaba en el hecho de que su identidad era un secreto. Joaquín correría un gran peligro si descubrían que tenían al hombre equivocado, pues seguramente reaccionarían con furia al constatar que habían cometido un error. Además, estaba el agravante de los numerosos policías y civiles asesinados durante el rescate, algo que torturaba a Joaquín, quien pensaba que todo había sido culpa suya.

No obstante, era indudable que el responsable de ese ataque era un hombre sin agüeros; es más: tenía una determinación sin límites. Después de lo sucedido en el hospital, Joaquín sabía muy bien que no se trataba de ningún juego y que lo consideraban un ser valioso. Su único consuelo era el hecho de no haber herido a nadie, y que de algún modo, él también era apenas otra víctima de esos crímenes monstruosos.

Joaquín observó la ciudad llena de cicatrices y edificios lúgubres e impersonales por la ventana de la camioneta SUV. ¿Dónde estaba la famosa ciudad de los palacios, la capital florecida de jardines y de construcciones majestuosas? Probablemente la Ciudad de México de sus recuerdos nunca había existido y era apenas una fantasía infantil que había aumentado con el paso de los años hasta alcanzar proporciones míticas. Esto lo decepcionó y lo dejó devastado, aunque tenía mayores motivos de preocupación.

Del mismo modo en que siempre había sopesado la posibilidad de escapar durante su estadía en el hospital, pensó en ese instante si podía saltar del vehículo en movimiento, o si debía esperar a que llegaran a una congestión de tránsito, bajarse en un semáforo en rojo y perderse entre la multitud. Se preguntó si el conductor se atrevería a disparar en medio de los transeúntes. Luego recordó lo sucedido en el hospital y sus dudas desaparecieron. Esas personas eran capaces de cualquier cosa.

Pasaron por avenidas que le parecieron familiares. Gradualmente, y a pesar del tráfico, de la contaminación increíble y de la proliferación de niños limpiando parabrisas en las esquinas, empezó a sentir que estaba de nuevo en su ciudad. Mientras se aproximaban al sector céntrico, a la

Alameda, al Palacio de Bellas Artes, al de Minería y a las demás atracciones que aparecían en las postales, la megalópolis herida recuperó su mística y encanto. Joaquín sintió una oleada de optimismo; no le sucedería nada malo allí; ni siquiera un cartel de narcotraficantes y asesinos sería capaz de hacerle daño. Era su ciudad y él podía ser un rey allí. Estos pensamientos le dieron valor y le ayudaron a conservar la calma mientras el auto se abría paso por las estrechas calles cercanas a la plaza de Garibaldi.

El conductor se detuvo, apagó el motor y encendió otro cigarrillo.

"Llegamos".

Joaquín lo miró y se contuvo para no revelar su temor de ser descubierto como el hombre equivocado. Asintió como si supiera de que hablaba el hombre.

"Te hospedarás en ese hotel que está allá. Mantén un perfil bajo durante unos días o unas semanas. No llames la atención. Es probable que al cabo de algunos días dejen de buscarte. A fin de cuentas tienes suerte: No saben nada de ti".

"¿Eso es todo?" preguntó Joaquín, incapaz de seguir en silencio.

"No te preocupes", le dijo el conductor en medio del humo del cigarrillo. "Alguien te está cuidando la espalda".

Quiso saber a qué se refería el conductor, pero éste ya había encendido el motor del coche y lo miró de tal forma que Joaquín comprendió que debía marcharse.

"Te están esperando en el hotel".

Joaquín bajó del auto y comprendió que podía ir donde quisiera. Consideró las opciones que tenía. El vehículo se alejó, y pensó en buscar la casa de algún amigo o pariente, pero no pudo recordar a ninguno y se dirigió al hotel. El conductor le gritó:

"Se pondrá en contacto contigo a su debido tiempo".

Subió la ventanilla y se alejó.

Joaquín entró a la recepción del hotel. Un anciano le entregó una llave.

"Tu habitación es la 303. Me han dicho que necesitas descansar".

"Sí, aunque antes me gustaría comer", dijo, pero recordó que no tenía dinero.

El hombre le entregó un sobre grueso, como si hubiera leído sus pensamientos. "Te dejaron esto", le dijo.

Joaquín abrió el sobre con discreción y vio un fajo de billetes nuevos sujetados con una banda elástica. También había una nota que decía: ÚSALO. ME LO PAGAS DESPUÉS.

Aunque la nota no estaba firmada, Joaquín no pudo evitar la sensación extraña e inexplicable de que Gabriel tenía algo que ver en todo aquello. Pero en ese momento se sentía cansado y hambriento, y sin pensar más en ello, guardó el dinero en su bolsillo, tomó la llave y se dirigió al restaurante.

capítulo 32

FLUJO CUÁNTICO

"La realidad no es mi amiga".

"Es una excelente manera de comenzar una conversación telefónica", dijo Joaquín sonriendo.

"Tal vez… pero no es una gran forma de vivir la vida", dijo la persona que llamó, con un asomo de desespero en la voz.

Joaquín reconoció el tono.

"Me reí por pura conmiseración; la realidad tampoco es mi amiga", dijo esperando calmarlo.

"Parece que no puedo adaptarme. La mayoría del tiempo simplemente acepto que estoy loco, y sueño con el día en que mi enajenación se apodere de todo".

"¿Qué es lo que te pasa realmente?"

"Todo comenzó con mis muebles. Siempre que me despertaba creía estar en una situación diferente. Un día tenía un sofá de cuero y al día siguiente era un desvencijado mueble del Goodwill. Las mesas, las sillas, los cuadros de las paredes: todo cambiaba. Un día me quedé sin nada. Tenía apenas un colchón en el piso de mi habitación y algunas lámparas viejas en los demás ambientes. Todos los muebles me parecían familiares, sin importar los que viera al día siguiente; recordaba perfectamente el momento en que los había comprado con un amigo, que los habíamos subido por las escaleras y todo lo demás".

A Joaquín le gustó la voz del participante: era barítono, perfecta para la radio. Deseaba que hubieran mas personas que llamaran con ese estilo de voz, tan ideal para la radio.

"Pero también recuerdo los muebles viejos. Ahora mismo tengo más de seiscientos recuerdos diferentes sobre mi apartamento, y cada uno de ellos pertenece a una semana distinta desde que me mudé".

"¿Qué sucedió después?"

"Mi manía comenzó a extenderse a otros aspectos de mi vida. Primero fue con mis amigos: me despertaba y tenía un círculo completamente distinto de amistades. Otras veces, los que habían muerto un día estaban vivos al siguiente. Algunos días yo era casado y otros soltero. En otras ocasiones era incluso gay, y esos hechos estaban relacionados con recuerdos diferentes… con vidas que yo había vivido… y al mismo tiempo no. Luego, esta sensación se extendió a todas las esferas de mi vida: a mis empleos, a mi familia, incluso a la ciudad a la que consideraba mi hogar. Absolutamente todo cambió. Cada día me encontraba en una vida diferente y me dormía con la certeza de que despertaría en otra distinta a la mañana siguiente. Un día de la semana pasada estuve condenado a muerte".

Ese hombre vivía en un estado total de flujo cuántico. Joaquín no había conocido a una persona igual; nunca antes había llamado un participante como este, y siempre le alegraba encontrar una nueva atracción para sus oyentes. Aunque ese participante hubiera mentido, de todos modos era una gran historia y había contribuido a la realización de un magnífico programa.

"Todo ha empeorado en los últimos días. Anteriormente, la realidad era la misma durante un día, pero esto no representaba ningún consuelo. Eso cambió hace poco, y ahora los cambios ocurren en cualquier momento. Escasamente sé quién soy o dónde estoy. Y sin embargo, una parte de mí lo sabe todo".

Joaquín suspiró; la llamada se estaba volviendo tediosa.

"Jack; nos gusta tu historia, pero no puedes contarla varias veces. Has llamado tres veces este mes para contarnos la misma historia".

"Lo sé; discúlpame. Pero si llamo ahora es porque no lo había hecho; es la primera vez que escucho *Radio Muerte*".

"Eso está bien, Jack, pero no iremos a ninguna parte. Llama cuando te suceda algo nuevo".

"Pero si yo no dije mi nombre".

La llamada se cortó.

Joaquín bebió un sorbo de café y sonrió. Pensó en algunos de los participantes: le gustaban las llamadas de Sam y sus versiones semanales sobre su realidad cambiante, y esperó que llamara de nuevo. Joaquín también pensó que *Radio Muerte* necesitaba más participantes como Bert, y que la próxima vez que Tim llamara, le pasara a su esposa Phyllis al teléfono. Sarah también decía cosas interesantes, aunque no quiso que volviera a llamar.

capítulo 33

LA SEÑORITA WIKIPEDIA Y
LAS LEYENDAS URBANAS

Había noches en las que me costaba concentrarme en las voces de los participantes sin importar qué tan insistentes fueran las llamadas, qué tan acalorados fueran los debates, o qué tan conmovedoras fueran las confesiones. Mi mente divagaba y se llenaba de pensamientos que no tenían una relación estricta con el desarrollo del programa: mujeres con las que me había acostado, escenas inolvidables que había tenido y las noches frescas de verano en las playas de Chiapas. ¿Qué vida era esa, envejeciendo en una destartalada cabina de transmisión, convirtiéndome en una institución de la radio o, más probable aún, en un desagradable anfitrión del común que permanece al aire hasta el día de su muerte? Bebí docenas de tazas de café mientras pensaba en esto, me eché agua en la cara e hice todo lo posible para mantenerme despierto, pero nada funcionó.

Bueno, eso no es del todo cierto, pues había algo que siempre funcionaba: una buena llamada que electrizara a todo el estudio. Esa noche me sentía un poco mareado y pensé que tal vez me estaba resfriando.

Recibimos una llamada anodina y nada electrizante.

El participante contó la historia de un "amigo de un amigo" que conoció a una rubia despampanante, la llevó a un club y, después de algunas horas de pasión, brindaron con champaña en la que ella disolvió una sustancia narcótica. Y al día siguiente...

"Se despertó adolorido en una tina de hielo y con una extraña cicatriz en la parte inferior de su espalda, ¿verdad?" lo interrumpí.

"¡Increíble! Así fue".

"Le sacaron un riñón para venderlo en el mercado negro", añadí con impaciencia.

"Sí".

"Eso es lo que se llama una 'leyenda urbana', una historia transmitida oralmente gracias a la complicidad ingenua de las personas que creen en aquello de 'le sucedió a un amigo de un amigo mío' ", dije, haciendo énfasis en las últimas palabras.

"No, eso fue cierto. Le sucedió al amigo de un amigo mío".

"Al 'amigo de un amigo' le puede pasar cualquier cosa, porque es algo que siempre sucede muy lejos de nosotros y nunca podemos comprobarlo. Son las supersticiones de nuestra época, una apropiación constante de anécdotas grotescas".

"No; insisto en que esto realmente sucedió. ¿No me crees?"

"Lo que no puedo aceptar es que todavía existan personas que crean en algo tan absurdo. He escuchado varias historias semejantes, solo que con un par de variantes. Por ejemplo, una vez escuché que una mujer despampanante le escribió un mensaje a un amigo de un amigo en un hotel, que decía 'Bienvenido al mundo del sida' o algo parecido. En otras historias, como en la del amigo de tu amigo, se trata de tráfico de órganos. Si el uno por ciento de esas historias fueran ciertas, esa rubia no solo sería una amenaza real, sino también una verdadera asesina en serie, y así yo no tendría otra opción que recomendarles a nuestros oyentes que nunca confíen en una rubia despampanante que esté dispuesta a irse con ellos. Afortunadamente, en el mundo real, o por lo menos en el que vivo yo, las probabilidades de que eso suceda realmente son mínimas".

"Te estás burlando de mí".

"Sí", dije.

"¡Cielos!"

"Y de cualquier persona que crea en algo tan absurdo. Porque si te tragas esas historias, no puedo imaginarme la clase de basura que tu amigo y el amigo de él tratarán de hacerte creer. Y los demás podríamos cargar con las consecuencias; me refiero a las personas que no somos imbéciles".

"En cierto sentido, esas historias tienen algo en común con las bromas", comentó Alondra, intentando calmar los ánimos. "Van de boca en boca y podemos repetir lo que hemos escuchado sin remitirnos necesariamente a las fuentes. El objetivo es despertar una reacción, y en ambos casos suele haber una moraleja y un mensaje: cómico en los chistes, mientras que en las leyendas urbanas está relacionado con el terror".

Sin embargo, el comentario de Alondra no me ayudó a recobrar la paciencia. Al contrario, me sumergí en lo que ella llamaba la "espiral de irritación": un intenso estado de furia, en el que siento que todo el planeta conspira para arrinconarme, o por lo menos así lo suponía yo.

"¡Te equivocas! Realmente sucedió. Y la señorita Wikipedia haría mejor en no entrometerse en esto", dijo el participante.

"¿La señorita Wikipedia?" repitió Alondra en voz baja, con el dedo en el botón de la línea telefónica.

"Siento informarte que te han engañado. De hecho, ahora que lo mencionas, no sería mala idea que consultaras a Wikipedia antes de llamar. Y a propósito, mi colega Alondra tiene un doctorado en asuntos urbanos".

Alondra hizo una mueca; no le gustaba que la defendieran, pues podía hacerlo por sus propios medios, y mucho menos que mencionaran sus credenciales como si se tratara de medallas.

"¡Perra desgraciada!" dijo el participante.

"¿Así que además de tener una ingenuidad infantil y lamentable, también odias a las mujeres? Dinos a qué se debe ese odio", le dije. "¿Tu mami no te amamantó?"

"Eres un cabrón y un hijo de la chingada. Anda a que te den por…". *Bip*… Watt interrumpió las últimas palabras del participante.

Todas las noches sostenía conversaciones como ésta, y muchas veces eran varias por noche. Generalmente las ignoraba, pero otras veces me lo tomaba a pecho, como si el participante hubiera decidido entablar una pelea directamente conmigo y no con mi voz incorpórea. Sentía deseos de golpearlos y patearlos como aquella ocasión en la que entró una llamada por la línea dos.

"Joaquín; quiero contarte algo que me sucedió.

> *Mi esposa y yo tuvimos a Edward —nuestro primer hijo— hace un año. Cuando tenía once meses decidimos que durmiera solo en su habitación. Esta es una transición difícil para todos los padres, y tuvimos que intentarlo varias veces hasta que nos acostumbramos a oírlo llorar sin irlo a ver de inmediato. Nos turnamos el cuidado del bebé y escuchábamos que balbuceaba, nos llamaba y se quedaba dormido. Una noche me desperté al oír algo que parecía ser la voz de un adulto. Creí que mi esposa había ido a mirar al bebé, pero estaba dormida a mi lado; además, la voz que escuché era diferente. Pensé que tal vez la había soñado, pero fui sin embargo al cuarto de mi hijo. Edward estaba despierto, de rodillas y se sostenía de un lado de la cuna. Me asusté un poco al verlo tan despierto e inmóvil, pues generalmente lloraba o nos llamaba apenas despertaba. Pero en aquella ocasión todo fue diferente; parecía tranquilo, como si no supiera que yo estaba allí. Esto me sorprendió, aunque había muchas cosas que me sorprendían y me preocupaban: si él comía o no, si caminaba o gateaba, si repetía palabras o jugaba con sus juguetes sin hacerse daño. Regresé a mi cuarto y me olvidé de la extraña voz... hasta que la oí de nuevo.*
>
> *Esa vez estaba despierto y escuché con mucha claridad: era como un balbuceo extraño, que me impedía reconocer las palabras. No sé qué idioma era, pero no olvido el tono carrasposo, como si no fuera el de un ser humano. Me sentí paralizado durante algunos segundos y no pude levantarme ni hablar. Posteriormente fui al cuarto de mi hijo, y había sucedido algo terrible: Edward no estaba en la cuna y entonces vi una especie de sombra escurriéndose*

hacia el rincón... Pedí ayuda a gritos, completamente enloque-
cido. Mi esposa llegó corriendo y empezó a gritar sin saber lo que
sucedía. Observamos detenidamente, y supe que lo que había es-
cuchado era la voz de la persona o cosa que se llevó a Edward.

Todos permanecimos en silencio durante varios segundos. Cualquiera de nosotros habría podido decir que se trataba de otra leyenda
urbana, de otro cuento transmitido por "factores biológicos", por personas que lo hacían circular, lo aumentaban y le daban credibilidad tras
incluir algunas emociones y uno que otro rasgo espontáneo, pero nadie
dijo nada porque sabíamos que se trataba de algo diferente.

Murmuré con torpeza unas palabras de compasión por la pérdida que
había sufrido el participante, pero ya había colgado.

En ese instante, el tono del programa cambió. Se hizo más sombrío,
serio y permaneció así el resto de la noche. El lugar parecía más una funeraria que una emisora radial. La relación entre la voz inhumana y la
desaparición del bebé era tenue, increíble y poco justificable, y sin embargo, parecía innegable.

Como si fuera cierta.

capítulo 34

LLAMADA 2412, VIERNES, 2:15 A.M.
PRECIPICIO HELADO

"Quisiera contar algo que me sucedió el año pasado. No es exactamente una historia de fantasmas, aunque probablemente lo sea".

"Suena divertido; cuéntala", dijo Joaquín.

Se escuchó un prolongado suspiro a través de los parlantes y el participante comenzó:

Toda mi vida he sido marinero. Aprendí el oficio de mi padre cuando yo era niño, y él lo aprendió de mi abuelo. Vivíamos en las aguas gélidas del Polo Norte, y desde que cumplí dieciséis años me delegaron la responsabilidad de navegar con mercancías entre los gigantescos témpanos de hielo que bordean el Ártico. No había nada que me emocionara más, y llegué a conocer las rutas más peligrosas como la palma de mi mano. Era uno de los pocos marineros que se atrevía a navegar en embarcaciones pequeñas, en una época en la que no se contaba con la gran ayuda de satélites ni de los GPS. Tras la desintegración de la Unión Soviética en 1990, se abrieron nuevos mercados y se presentaron numerosas oportunidades de comerciar para quienes conocíamos esos mares. Dejé de ser un empleado, pude comprar una embarcación y luego otra; no podía creer en mi buena suerte. Sin embargo, no se trataba simplemente de eso, sino de mi valor, y del hecho de que yo navegaba por rutas por las que otros marinos no se aventuraban. Todos mis colegas me consideraban un experto en navegar por los estrechos labe-

rintos de canales que se forman entre los témpanos árticos. Pero
aunque yo impresionaba a mis colegas y clientes gracias a mi des-
treza y habilidades, no podía convencer a mi esposa de que yo co-
nocía muy bien el oficio. Ella recurría a todo lo imaginable para
que yo siguiera el ejemplo de mis competidores, y no parecía en-
tender que si yo hacía eso, perdería a mis clientes y los privilegios
que teníamos. Ella tampoco entendía que, más que los incentivos
económicos, lo que realmente me motivaba era la emoción de com-
petir contra el hielo, creando nuevas rutas por las que nadie se
atrevía a navegar, mientras sentía cómo mi embarcación escapaba
una y otra vez de las mandíbulas congeladas de los témpanos. De-
cidido a demostrarle que no había ningún peligro y, lo reconozco,
también para impresionarla, la invité a que me acompañara.
Nunca había navegado por esas aguas ni pisado un puerto ártico,
y se sentía muy asustada, por lo que tuve que recurrir a todo tipo
de presiones, engaños y chantajes imaginables para convencerla.
Lo conseguí, y pude mostrarle cómo se podía ahorrar un día de
viaje atravesando canales tan estrechos que parecían hilos. El so-
nido del hielo rozando el casco del barco me producía placer, pero
naturalmente, a ella la llenaba de temor. La tripulación me cono-
cía y confiaba en mí, aunque eran conscientes de que en cualquier
momento podíamos quedar atrapados en el hielo.

Joaquín se recostó en la silla y se cubrió la cara con las manos, mientras seguía el hilo de la historia con los ojos cerrados. Sintió un fuerte escalofrío en todo el cuerpo e inmediatamente comprendió qué le sucedía, pues no era la primera vez que experimentaba aquello. Abrió los ojos lentamente y con aprehensión vio un barco. La cabina de transmisión, Alondra, Watt, la emisora y la ciudad habían desaparecido. A su lado, el capitán miraba a su alrededor visiblemente preocupado. Hacía mucho frío. Joaquín no podía moverse ni controlar su cuerpo. Respiraba profundamente, intentando conservar la calma. El narrador estaba a poca distancia, pero veía a través de su cuerpo. Joaquín pensó, *Soy un fantasma en este mundo,* y sintió un placer extraño con esa idea.

> *La segunda noche encontramos un corredor sinuoso que me pareció seguro. Calculé que podríamos navegar un par de horas más, lo cual era tiempo más que suficiente para atravesarlo y ahorrarme así un largo desvío. Sin embargo, el hielo comenzó a moverse mucho más rápido de lo que había esperado cuando entramos al canal. Sopesé las opciones que teníamos y decidí que lo mejor era continuar a todo vapor. Mi esposa estaba dormida. El barco aminoró la marcha y luego se detuvo. Todos los tripulantes corrieron a la cubierta; yo sabía muy bien lo que sucedería a continuación, pero no tuve el valor de aceptarlo. Aceleré el motor, el cual rugió con toda su potencia. No estábamos dispuestos a rendirnos, pero el hielo nos acorraló por todas partes.*

Joaquín observó al narrador subir a la cubierta mientras el hielo se acercaba desde todos los puntos cardinales. El estrecho corredor de agua había desaparecido. El hielo presionaba los costados del barco, que crujió debido a la presión.

> *Corrí a buscar a mi esposa. Quería creer que el hielo dejaría de moverse y se abriría de nuevo, pero sabía que eso no iba a suceder. Todos los tripulantes gritaban. Cuando llegué a la cabina, la encontré paralizada de terror en la cama. Quise calmarla y darle ánimos, pero solo acerté a mirarla indefenso. Todo estaba sucediendo mucho más rápido de lo que había imaginado y el barco comenzó a hundirse. Traté de agarrar a mi esposa, pero no pude: la cabina se había partido en dos, y la geometría del espacio cambió en un instante: pasó de ser un cubo a un paralelogramo partido por la mitad. La cama se deslizó rápidamente a través de*

la grieta y desapareció bajo el agua. La escalera en la que yo es-
taba se movió hacia arriba y mis piernas quedaron atrapadas en
los peldaños. Oí el crujido del casco; el sonido fue como un grito y
me dio la impresión de que un gigantesco monstruo marino nos
estaba devorando lentamente a todos. La bestia vociferó de nuevo,
los peldaños se arquearon y partieron, lanzándome hacia arriba.
Luego sentí algo... eran como unos dedos gigantescos alrededor
de mi cuerpo.

Las tablas del piso explotaron alrededor de Joaquín, quien recibió
una lluvia de astillas. Escuchó otras explosiones debajo de la cubierta que
vibraba bajo sus pies. Algunos tripulantes se lanzaron hacia los témpanos; eran conscientes del peligro y sabían que morirían casi de inmediato
si caían a las aguas heladas.

Otra explosión sacudió el barco y derribó a Joaquín. Se incorporó
rápidamente y corrió a la baranda; el capitán estaba tendido sobre el
hielo, con los pies estirados de una manera extraña. Una sombra se alejaba del capitán... parecía ser proyectada por unos brazos. Finalmente el
barco se partió, Joaquín salió disparado por encima de la baranda y cayó
al lado del capitán; resbaló en la superficie helada y permaneció inmóvil,
mirando el cielo estrellado.

Vi esos brazos largos y delgados saliendo del agua. Sé que suena
absurdo, pero me agarraron y me arrojaron al hielo. Esa cosa me
salvó, aunque yo no quería que me salve. El hecho de que no me
hundiera con mi barco y que hubiera sobrevivido después de per-
manecer inconsciente durante dos días me parece un castigo cruel.
Un rompehielos noruego me rescató: nunca encontraron a mi es-
posa. Todos los tripulantes murieron, incluso los que sobrevivieron
al naufragio y quedaron tendidos sobre el hielo. Me dicen que al-
gún día volveré a caminar. Espero que así sea para poder llegar de
nuevo al Ártico. Y si no puedo, me arrastraré hasta el mar a la

primera oportunidad que tenga para saldar la deuda que tengo
desde esa noche.

La experiencia extracorpórea de Joaquín terminó con las últimas palabras del capitán. La noche ártica dio paso a las luces tenues del estudio de transmisión en un abrir y cerrar de ojos. El narrador guardó silencio luego de revelar su plan para quitarse la vida. Watt y Alondra miraron atentamente a Joaquín; quien no podía hablar ni mover las manos, y habría tenido dificultades para espantar una mosca.

Por fin pudo emitir palabra.

"¡Que historia tan devastadora! Pero el hecho de que haya sobrevivido es un privilegio, una oportunidad para empezar de nuevo, y no un castigo. No podemos rendirnos por más que todo esté perdido".

No creía una sola palabra de lo que estaba diciendo. De hecho, creyó que le había dado la razón al participante, pero sabía que no podía decir eso al aire. De cualquier manera, ese hombre probablemente sabía que estaba mintiendo, y lo mismo sucedía con los demás.

Joaquín se sintió entumecido, como si hubiera estado expuesto a las temperaturas del Polo Norte. El participante había dicho que no quería morir sin antes contar su historia. Dijo que lo único que importaba era que alguien la escuchara, para que no desapareciera como su esposa y el barco; luego colgó y Watt hizo un corte a comerciales.

Joaquín no dejaba de temblar.

"¿Qué te pasa?" le preguntó Alondra.

"Estuve allá, en el hielo. Me está sucediendo de nuevo".

"Tienes que ir al médico".

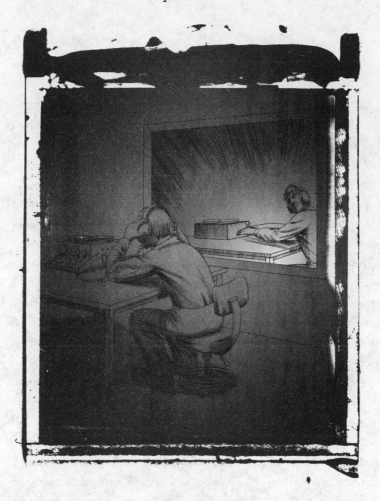

capítulo 35

GÉNESIS DE RADIO MUERTE

Es tarde y no sé qué estoy haciendo. Estos sueños están comenzando a trastornarme. Pero esta noche, en lugar de centrar mi atención en este confuso estado emocional, pienso en los acontecimientos que me llevaron a crear *Radio Muerte*.

Todo empezó durante un período extraño de mi vida. Aunque habían pasado varios años desde la muerte de Gabriel, ese golpe todavía me afectaba, haciendo que hasta los días más brillantes me parecieran oscuros.

Yo vivía en el distrito Mixcoac de Ciudad de México y realizaba varios oficios en la radio, que iban desde productor sustituto y presentador invitado, hasta intervenciones ocasionales como disc jockey o presentador de programas de entrevistas. Me sentía a la deriva y recorría los bares oscuros, exponiéndome a que el mundo me atacara. Absorbía la oscuridad y todo lo que ella traía consigo.

Bebía todas las noches, intentando borrar mis recuerdos de Gabriel, nuestras ambiciones musicales, y los eventos que me habían conducido a su encuentro. Insensibilizado y solo, mis días parecían difuminarse, pero mi instinto de guerrero me motivaba a continuar y me acercaba a mi destino. Una madrugada, cuando había salido de un club nocturno y trastabillaba por las calles en busca de otro, una limosina se detuvo a mi lado. Un hombre sacó la cabeza por la ventana y me llamó con una voz que me sonó familiar. No pude reconocer su cara, pero me invitó a que subiera. Murmuré que quería más alcohol y seguí caminando. Las puertas de la limusina se abrieron frente a mí, y unos brazos fuertes me agarraron como si fueran tenazas y me arrastraron hacia el vehículo.

El hombre dijo que lo apodaban "La Rata", pero había algo en él que me recordaba a Gabriel.

No recuerdo qué sucedió después; tengo recuerdos difusos de bares, mujeres y dolor. Recuerdo haber interpretado una canción acompañado de un instrumento, y la voz de La Rata animándome.

"Tu vida pronto será real. El pasado es apenas un prólogo. Prepárate para el futuro, amigo mío".

Parecía como si lo repitiera indefinidamente, aunque lo más seguro es que lo haya dicho una sola vez; no recuerdo bien.

Desperté la mañana siguiente en mi cama y con un dolor en el brazo. Me miré y vi una venda; la retiré y me sorprendió ver un tatuaje extraño, que constaba de unas letras dispuestas de una forma enigmática:

$$E$$
$$N$$
$$I$$
$$T \; N \; U \; K \; A \; A$$
$$B$$
$$N$$

Algunos días después me ofrecieron un trabajo estable como DJ en una emisora local. La primera noche recibí un telegrama que decía:

JOAQUÍN:

FELICITACIONES POR TU NUEVO TRABAJO.
RECUERDA: EL PASADO ES UN PRÓLOGO.

—LA RATA

Varios meses después recibí la primera llamada relacionada con un fantasma.

capítulo 36

¿POR QUÉ WATT?

Antes de conocer a Alondra, Joaquín había salido con Elena, una chica hermosa que había sido jugadora profesional de tenis y quería ser una personalidad de la televisión. Se habían conocido en la emisora durante una gira promocional y Joaquín supo que tenía que conocerla desde el momento en que la vio. No tenían mucho en común, pero disfrutaban mucho cuando estaban juntos, especialmente en la cama.

Elena era atlética y bastante sensual, pero también era muy superficial. Sostener una conversación con ella era todo un desafío a la paciencia de Joaquín, quien siempre tenía que contener su irritación. En resumen, las cosas iban de maravilla para ambos siempre y cuando la relación se mantuviera debajo de las sábanas.

Una noche lo llamó aterrorizada; le dijo que un hombre la había estado acosando, y que le había apuntado con un rifle o con un arma de un cañón largo. Era un domingo, y Joaquín no tenía que trabajar. Los domingos por la noche eran las únicas ocasiones en las que podía dormir bien, razón por la cual no se sintió con muchos deseos de rescatar a Elena ni a nadie, a menos que fuera una emergencia real. Él tenía el presentimiento de que se trataba de una falsa alarma, de un ataque de pánico producto de la vanidad de Elena.

Aunque aparecía pocas veces en la televisión, presentando con inseguridad los informes del clima en un noticiero vespertino, o actuando como comediante en un programa matinal, ella imaginaba que tenía una multitud de fanáticos dedicados a perseguirla día y noche. Creía que bastaba con entrar a un restaurante concurrido y quitarse los enormes lentes que llevaba siempre para que el *maître* se apresurara a prepararle una mesa especial. Pero en realidad, la mayoría de las veces el *maître* se limitaba a asentir y a anotar su nombre al final de la lista de espera.

No era la primera vez que Elena llamaba a Joaquín para algo similar; de hecho, ya era la quinta. Incluso lo había hecho estando al aire. También había llamado a la policía en varias ocasiones, sin que hubieran encontrado a ningún acosador.

Quería mandarla al infierno, acomodarse en la cama y dormirse de nuevo, pero después de la cuarta llamada, no tuvo otra opción que ir por ella. Se vistió a regañadientes, fue por su auto y llegó al vecindario de Elena. Durante varias horas buscó en vano a un desconocido que llevara un rifle con mira telescópica, y regresó descompuesto y malhumorado. Estaba harto y le iba a decir que estaba cansado de lidiar con su neurosis. Pero cuando entró a su apartamento, ella se le abalanzó y lo abrazó; tenía el cuerpo caliente, como si tuviera fiebre. Joaquín intentó separarse pero no pudo. La sensualidad de ella lo abrumó y pasaron juntos el resto de la noche. Era una compensación justa, pues se había levantado de la cama por asuntos más insignificantes. Pero aunque el sexo con ella fuera muy agradable, Joaquín se dijo que no volvería a creer en la historia del acosador imaginario.

Se despertó sediento a eso de las cuatro de la mañana, y cuando miró por la ventana, vio a un hombre trepado en un árbol, con una especie de grabadora y precariamente camuflado por el escaso follaje.

"¿Qué haces ahí, hijo de la chingada?" le gritó.

El hombre parecía estar dormido y perdió el equilibrio al escuchar a Joaquín; resbaló y quedó suspendido a unas tres yardas del suelo, con la grabadora colgándole de un hombro.

"¡Te voy a matar, cabrón!" vociferó Joaquín mientras se ponía los pantalones para perseguirlo.

El hombre seguía colgado del árbol. Joaquín lo agarró de las piernas y el desconocido cayó sobre él. Joaquín estaba tendido, descalzo y confundido; el hombre empezó a correr, pero no tardó en alcanzarlo.

"No me hagas daño; solo grabé el audio", dijo sin ofrecer resistencia.

"Deja de bromear. Haré que te arresten, ¡degenerado! Deberías agradecer que no te disparara mientras estabas en el árbol y que no te esté moliendo a golpes".

Joaquín estaba sin aire y se sentó al lado del hombre, cuya grabadora le seguía colgando del hombro. Por su comportamiento, Joaquín constató que no era un hombre violento.

"Sé que parece sospechoso, pero realmente no lo es: sólo estoy coleccionando sonidos".

"¿Coleccionando sonidos?" Joaquín estaba realmente sorprendido.

"Colecciono sonidos humanos, sus movimientos y actividades sonoras".

"¿En secreto?"

"Tiene que ser así; me gustan los sonidos auténticos".

Obviamente, esto le tocó un punto débil a Joaquín, pues eso era justamente lo que hacía con Gabriel: grabar sonidos "espontáneos", generalmente de forma clandestina. Aunque dedicaban la mayoría de sus investigaciones auditivas a la naturaleza, los insectos, las aves y los animales, también grababan personas, máquinas y sonidos callejeros. Sobra decir que también se habían metido en muchos problemas a causa de esto.

Luego compilaban y clasificaban sus hallazgos, los pulían y editaban, y los mezclaban para probarlos, llegando a reunir una colección impresionante con el transcurso del tiempo. Esa biblioteca de sonidos era una fuente de orgullo y le otorgaba una calidad única a la música que interpretaban.

Joaquín dejó de sentir rabia; estaba mucho más interesado en el proyecto del desconocido que en verlo tras las rejas. Era una coincidencia enorme, que convergía en la conspiración o en la brujería. ¿Cómo era posible que en Ciudad de México, que tenía más de veinte millones de habitantes y miles de criminales de todas las pelambres, terminara encontrando a un fanático de los sonidos como él y Gabriel? ¿Cuáles eran las probabilidades de que sucediera un caso semejante: una en diez mil o en cien mil? A veces estaba a un paso de creer que había una especie de "mano invisible" detrás de todo esto, y que su destino era manipulado por algo o por alguien con un propósito desconocido. Joaquín no era religioso, pero no dejaba de reconocer que muchas veces le parecía que la vida se regía por reglas extrañas; que había orden en el caos, sentido en el absurdo y que existía un destino.

Joaquín tomó la mochila del hombre y miró su contenido sin pedirle permiso.

"Bien puedas, estás en tu casa", le dijo el desconocido.

"Quiero ver qué llevas y cuáles son tus herramientas".

Tenía micrófonos y grabadoras de todo tipo, una de las cuales contaba con un enorme micrófono telescópico del que le había hablado Elena, así como audífonos de alta calidad y un cuaderno de apuntes.

"¿Puedo?" preguntó Joaquín, tomando el cuaderno con un gesto.

"Adelante".

Joaquín hojeó las páginas con los comentarios. El curioso personaje consignaba el trabajo de campo con detalles de las grabaciones; descripciones de cada situación, sujeto y hora del día. Las notas estaban acompañadas de diagramas de locaciones y de diversos apuntes técnicos. La letra era uniforme, con trazos firmes y precisos. De algún modo, esto le inspiró confianza a Joaquín. *Alguien con una letra tan definida no podía hacer ningún daño*, pensó.

"¿Te das cuenta del riesgo que corres con este trabajo?" le preguntó.

"Vale la pena".

"¿Cómo escoges a tus sujetos y decides a quién vas a grabar?"

"Observo a las personas hasta percibir algo; puede ser la forma en que caminan, comen, hablan, se ríen o lo que sea. No puedo explicarlo; mis criterios son muy flexibles".

"Pero estás molestando a mi novia y tienes que dejar de hacerlo".

"No quería molestar a nadie; sólo grabar sus sonidos. Ella no los necesita y creo que tampoco le molesta si los grabo".

Joaquín quiso decirle que lo entendía, pero realmente sintió deseos de pedirle que lo dejara escuchar su colección. Sin embargo, se mantuvo firme.

"Si llamo a la policía, seguramente pasarás la noche en la cárcel. Te confiscarán tus equipos y grabaciones y pueden prohibirte grabar por el resto de tu vida".

"No volveré acercarme a tu novia. Juro que no estoy interesado en ella".

"Correrás con peor suerte si se entera de esto. Creerá que eres un fan peligroso, uno de sus incontables admiradores que se desvelan pensando en la posibilidad de verla con una camisola. Pero créeme, te irá mejor si piensa eso, pues si la decepcionas, no descansará hasta verte castigado".

"De veras lo siento", dijo el desconocido.

"Eso no es suficiente. ¿Qué haces con estas grabaciones?"

"Creo paisajes de sonidos".

"¿Música?"

"No lo llamaría así. Estoy interesado en construir paisajes utilizando diferentes capas de audio. Procuro crear texturas minimalistas y abstractas donde los protagonistas tejan narrativas con sus movimientos, voces y sonidos".

"No sé si entiendo bien".

"Es algo muy básico, como las películas que no podemos ver".

"¿Tienes muchos proyectos como éste?"

"No; sólo unos pocos. Hay que trabajar mucho durante varios meses, ensamblando los sonidos, encontrando narrativas, creando un contrapunto… es algo que toma mucho tiempo, pero tengo un par de cosas listas para lanzar".

"¿Lanzar? ¿Adónde?"

"Donde quiera que alguien diferente a mí pueda escucharlas".

"Déjame adivinar: no tienes muchos amigos, ¿verdad?"

"Algunos".

"Sí, claro", respondió Joaquín con sarcasmo. "¿Estarías dispuesto a mostrarme tu trabajo?"

"Por supuesto. ¿Ahora?"

"No. Dime una cosa, ¿puedes vivir de esto?"

"Claro que no. Trabajo como ejecutivo de servicio al cliente con una compañía internacional de mercadeo".

"¿Y qué te toca hacer?"

"Básicamente, hablar por teléfono con clientes potenciales durante doce horas al día, desde un salón donde hay otros treinta y nueve ejecutivos como yo. Llamo a todas horas, pero la compañía nos pide que lo hagamos en momentos particularmente inoportunos; en esos momentos, es mucho más fácil venderles objetos y servicios que nunca creían haber deseado o necesitado".

"¿Es telemercadeo?"

"Exactamente".

"Eres un acosador femenino y un predador telefónico. ¿Por casualidad no eres también un asesino en serie o un caníbal?"

"Bueno, no he matado a nadie, y tampoco puedo decir que mis instintos hayan llegado a esos extremos".

"Creo que veo un patrón aquí. Grabas a las personas que no puedes ver".

"Sí, creo que tienes razón. Nunca lo pensé así. Pero debes entender que mi trabajo en la compañía no es algo que haga por placer, sino para pagar las cuentas".

"Por supuesto, pero aún así probablemente no valga la pena".

"Nos acostumbramos a todo, incluso a hacer que una anciana con Parkinson o con Alzheimer invierta los ahorros de su vida en acciones de una compañía farmacéutica la noche previa a la bancarrota".

"¿Hacías eso?"

"No he dicho que lo hiciera."

"¿No lo hiciste entonces?"

"Tampoco dije eso".

"Eres un tramposo profesional".

"Todo lo que hago es legal; no es particularmente ético ni agradable, pero es legal. Es decir, que estrictamente hablando, yo no violo la ley. Sólo creo las condiciones necesarias para que mis jefes abusen de la confianza de las personas indefensas".

"Qué desagradable. Olvídate de eso y ven a trabajar conmigo".

"¿Cómo? ¿Me estás proponiendo que sea cómplice de tus fechorías?"

"Necesito un ingeniero de sonido para mi programa".

"¿Tu programa?"

Joaquín le habló de *Radio Muerte*, y él escuchó con interés.

"Nunca he trabajado en la radio".

"Mejor aún; podemos comenzar de cero".

"¿Y qué pasó con la cárcel y con tu novia?"

"Eso no importa. Deja de trabajar con esos delincuentes, ven conmigo y todo quedará perdonado. Aunque tendré que darle una buena excusa a Elena".

"Dile que me escapé".

"O que te maté, te corté en pedazos y te arrojé por la alcantarilla. Eso me ganaría varias horas adicionales de sexo maravilloso".

"Haz lo que quieras".

"No; tendré que decirle la verdad, y seguramente me quedaré sin novia. Así que espero que lo que estoy haciendo por ti realmente valga la pena. Toma". Joaquín le dio una tarjeta de negocios con el logo impreso de la emisora. "Ven el lunes a las 8:00 P.M., y hablaremos".

"¿Quieres recuerdos de ella? Tengo varios aquí".

"No me jodas".

"Gracias: ¿entonces me estás ofreciendo un trabajo?"

"Sí. ¿Cómo te llamas? Yo me llamó Joaquín". Le extendió la mano para sellar el trato.

"Me dicen 'Watt' ".

capítulo 37

LLAMADA 1904, LUNES, 4:01 A.M.

EL TRADUCTOR

"Esta historia es sobre mí", dijo el participante, "pero aún más, es sobre un hombre que durante muchos años fue amigo mío: Norbert Gutterman:

Sucedió hace mucho tiempo cuando yo trabajaba en el centro de Nueva York, es decir, hace unos diez años, época en la que buscaba un cargo de gerencia media en el Emigrant Savings Bank. Generalmente trabajábamos de ocho a cinco, pero muchas veces me quedaba hasta más tarde, para causar una buena impresión con mis superiores. Abordaba un tren atestado a las siete de la mañana y regresaba a casa en uno vacío a eso de las ocho o nueve de la noche.

Rara vez tenía tiempo libre, en cuyo caso lo pasaba generalmente en bares o en casa, viendo partidos de fútbol en Telemundo. Un domingo en la mañana me dio por ir a Central Park, sin saber por qué; tal vez sería para respirar un poco de aire fresco. Llevaba un periódico bajo el brazo y creí que encontraría un lugar agradable bajo el sol, para sentarme a leer la sección financiera. Mientras caminaba por uno de los senderos, vi a un hombre que estaba sentado frente a una mesa de ajedrez, en un lugar aislado de una pequeña plazoleta bajo un par de robles. Era delgado, entrado en años y tenía un traje marrón bastante usado pero limpio, y un maletín antiguo sobre sus piernas. Aunque estaba al aire libre, me evocaba imágenes de libros con pasta de cuero alineados en ana-

queles de madera. Se podría decir que gracias a los pliegues pronunciados de sus pantalones y a las sombras definidas de las líneas de su cara, el hombre parecía un libro antiguo bien preservado.

Me llamó cuando pasé, lo cual me sorprendió, pues no había visto gente así de amable en la ciudad y, salvo por mis compañeras de trabajo con las que salía ocasionalmente, tendía a evitar cualquier tipo de contacto. Me pregunté si acaso iría a pedirme algo, pues había algo en él, en su postura, en su cabello ligeramente encrespado a la altura del cuello y en sus zapatos, que me recordaba el desempleo, la vida en soledad, y por una razón que no puedo explicar, pepinillos y cebollas flotando en una jarra.

No había motivos para preocuparme; miró el tablero de ajedrez que tenía enfrente, con todas las fichas en su lugar y me preguntó: "¿Quieres jugar?"

Estuve a punto de decir que no y marcharme, pero algo parecido a la piedad o a la curiosidad me hizo permanecer allí. Jugamos una partida; él evaluó mi nivel, me dejó hacer un par de jugadas y luego me ganó tras arrebatarme mi Reina. Me dijo que se llamaba Norbert. Era un inmigrante polaco, traductor de oficio, especializado en poesía e historia de Europa oriental; le pregunté si no habría traducido algo que yo conociera.

"Por el aspecto que tienes, lo dudo", dijo.

Era algo incómodo de aceptar, aunque cierto. Yo no había leído un buen libro desde la universidad, y en cuanto a la poesía, bueno... las rimas me tenían sin cuidado.

Realmente fue divertido, pero al fin, me despedí. Pensé que había sido uno de esos encuentros casuales, una experiencia que yo recordaría durante unas cuantas semanas o meses y después olvidaría. Seguí mi camino y Norbert me gritó: "¿Nos vemos la próxima semana?" Yo me reí y moví la mano en señal de afecto.

El fin de semana siguiente estuve muy ocupado, pues asistí a una serie de conferencias. Después me sentí agotado; bebí seis cer-

vezas mientras veía un partido de fútbol y me fui a dormir. Sin embargo, no podía dejar de pensar en la partida de ajedrez que habíamos jugado bajo el sol y la sombra, en mi oponente pensando detenidamente sus jugadas y en la forma nítida en que lo proyectaba mentalmente, eligiendo las palabras en lo más profundo de su mente antes de escribirlas sobre el papel. Regresé una semana después. Norbert estaba leyendo; no mencionó la cita que yo le había incumplido, y a partir de ese momento seguí yendo todos los domingos al parque. Esa partida semanal era para mí como una isla tropical en medio de un océano de actividad laboral. Era mi único contacto humano genuino; un momento en el que yo podía simplemente sentarme en la tranquilidad del parque y disfrutar los gritos de los niños, el murmullo de las fuentes, y limitarme a vivir, respirar y pensar. Sobra decir que se trataba de una amistad libre de ataduras.

Parecía que Norbert ya no trabajaba mucho, pues todas las semanas estaba sentado allí, con un libro en un idioma diferente y un sándwich que indefectiblemente constaba de pan de centeno y cebollas crudas. Hablábamos de poesía y de historia y él me relataba historias de su infancia en Polonia. También admirábamos a las mujeres que pasaban trotando o caminando a nuestro lado. Hay que decir que Norbert era un amante del sexo femenino; tenía tantas anécdotas que yo solía acusarlo de inventarlas, aunque no me cabía la menor duda de que eran ciertas.

Luego de conocernos mejor, lo empecé a invitar ocasionalmente a cenar o a beber un café; a asistir a una lectura de poemas o a una obra de teatro. Siempre decía que estaba ocupado, aunque era obvio que se trataba de evasivas, y creí que probablemente quería mantener una parte de su vida en privado, bien fuera un apartamento modesto, una esposa o tal vez el hecho de vivir en un hogar geriátrico, aunque es muy probable que ni siquiera tuviera donde vivir. Yo no tenía su número telefónico ni su dirección. Solo nos

encontrábamos en aquella mesa del parque. De vez en cuando dá-
bamos una vuelta alrededor del estanque para observar a los peces
cazar moscas a la llegada del crepúsculo.

Un día renuncié a mi empleo. Creo que mis encuentros con
Norbert influyeron mucho en ello, pues cada vez me costaba más ir
a la oficina y sólo vivía gracias a la expectativa que suscitaban en
mí aquellos días en el parque. Había aplicado en varias universi-
dades para hacer estudios de especialización, y una institución de
Baltimore me aceptó para estudiar escritura. Una semana antes
de mudarme, me senté frente a la mesa de ajedrez y le dije a Nor-
bert que esa era la última vez que lo vería. Él se lo tomó con calma;
jugamos ajedrez en silencio y luego estuvimos juntos hasta el mo-
mento en que tenía que irme. Lo miré mientras me alejaba; estaba
sentado con las manos sobre las piernas, observándome con melan-
colía, plantado tan firmemente como el roble que se erguía sobre
él, como si fuera un aviso publicitario.

Durante mi segundo año de estudios me encontré hurgando en
los estantes de una librería de libros usados; necesitaba un texto
desconocido para un proyecto de estudios independientes y no ha-
bía podido encontrarlo en la biblioteca de la universidad. Mientras
inspeccionaba los libros, encontré un libro pequeño y amarillento,
como los que publicaban en los años 70. En la cubierta decía sim-
plemente: Los editores de Minsk en 1952, *escrito a dos tintas.*
Ese ejemplar no encajaba con los libros de tapa de cuero que esta-
ban a lado y lado, y miré las primeras páginas. El autor era Ig-
nacy Chodzko, un nombre que me era desconocido, pero debajo
había unas palabras que llamaron mi atención: TRADUCIDO DEL
POLACO POR NORBERT GUTTERMAN. *Me emocioné mucho; era*
como si yo hubiera buscado el cerrojo de una puerta durante varios
años, y se hubiera abierto finalmente de par en par frente a mí.

Leí el libro esa noche. Era una extraña historia que transcu-
rría en Polonia, pero en cada una de las palabras yo podía oír la

voz de Norbert, y el ritmo cuidadoso propio de todo lo que él hacía. Parecía una ventana abierta que daba hacia su mente, una confirmación de que él había tenido una historia rica y vibrante de la cual yo era tan solo un personaje en el último capítulo escrito.

Vi con cierta emoción que al final del libro había una página titulada "Sobre el traductor". Entonces, el libro resbaló de mis dedos y cayó al suelo con las páginas abiertas. Lo recogí; mis manos estaban un poco temblorosas y releí las primeras frases:

Norbert Guterman (1901–1984) fue uno de los traductores más prominentes del siglo XX. Nacido en Polonia, vivió en muchos países y residió durante varios años en Nueva York. Se mudó en los años 80 a Cuernavaca, México, donde falleció en junio de 1984 de causas naturales.

Eso fue hace diez años. Desde entonces, los recuerdos de Norbert nunca se han ido de mi mente. En los peores momentos creí que me iba a enloquecer. En los mejores, pienso con afecto en el hombre que conocí, y me pregunto quién era realmente.

Me mudé nuevamente a Nueva York hace dos años, y ¿qué puedo decir? El primer fin de semana me apresuré al parque: tenía que constatar si mis domingos en la ciudad habían sido un sueño o no.

Voy a nuestra mesa con frecuencia a leer libros y a esperar. He comenzado muchas partidas esperando que aparezca. Algunas veces percibo un olor tenue a pepinillos y cebollas, y creo que ha venido a jugar ajedrez.

capítulo 38

LA LLAMADA

El teléfono sonó a las ocho de la mañana, hora en que Joaquín solía estar profundamente dormido.

"¿Sí?" dijo Joaquín con la poca energía que pudo reunir.

"Hola, quiero compartir una historia contigo", dijo la voz, imitando el estilo de *Radio Muerte*.

"¿Qué?"

"Una historia. Tengo una historia para ti".

"Has marcado el número equivocado", dijo, y se estiró para colgar, pero se detuvo al advertir que había reconocido la voz.

"No, Joaquín. He marcado el número correcto. Quiero hablar contigo y prefiero hacerlo en la intimidad de tu hogar, pero podemos seguir el formato del programa. ¿Te sentirías más cómodo así?"

"¿Quién eres?"

"Alguien que quiere compartir una historia contigo".

"Mira, no sé cómo conseguiste mi número, pero esta no es la hora adecuada para llamar. ¡Que tengas un buen día!" Joaquín colgó el teléfono; estaba seguro de que así solucionaría las cosas.

No pudo recobrar el sueño y Alondra se incorporó.

"No me digas que se trata de lo que creo: alguien encontró nuestro número y quiere hacernos un servicio a domicilio".

"Así parece. Esperemos que no vuelva a llamar".

"Lo mismo digo yo", dijo Alondra, recostando de nuevo la cabeza sobre la almohada.

El cuarto era muy oscuro debido a las gruesas cortinas que habían instalado para poder dormir hasta tarde. Joaquín se levantó de la cama y se golpeó una rodilla. Sentía las manos hinchadas, su cara como una costra gigante a punto de caerse, y un sabor amargo y ácido en la boca.

Entró al baño, encendió la luz y se miró al espejo. La barba de dos días, los ojos hinchados, los labios completamente pálidos y la piel reseca lo hacían parecer quince años mayor: su aspecto no era el mejor.

"Quince años por lo menos, y tal vez más", dijo en voz alta.

Salió del baño y fue a la cocina. Encendió su último juguete: la cafetera Saeco Primea Touch Plus. El teléfono repicó de nuevo mientras el espresso caía en la taza.

Joaquín miró el identificador de llamadas: *J. Cortez*, seguido por un número telefónico que le era desconocido.

Agradeció a la tecnología por identificar a todos los imbéciles que molestaban a las personas desde el anonimato de sus auriculares; eran tan estúpidos que no sabían que había un servicio llamado identificador de llamadas.

"Creo en los microchips", se dijo a sí mismo mientras tomaba el auricular. "Y ahora estás jodido".

"Joaquín, parece que la llamada se interrumpió".

"Así fue… porque colgué el teléfono. Escuche, señor", miró la pantalla de nuevo para ver su nombre, "Cortez, no lo conozco, y no quiero hablar con usted, especialmente a estas horas".

"Solo quiero contarte una historia".

"¿Acaso no entiende que ésta no es la hora ni el lugar? Por favor tenga la amabilidad de no volver a llamar aquí".

"Un amigo mío tuvo un terrible accidente cuando era adolescente. Su vida quedó en entredicho; parecía el final, como si lo hubieran metido en un ataúd de madera y enterrado junto a las demás víctimas. Sin embargo, logró recuperarse y la vida continuó para él. Años después, tuvo otro grave incidente que lo dejó casi pulverizado y convertido en cenizas. Pero cuando todos pensaban que tendrían que introducirlo en un pequeño féretro y sepultarlo al lado de las otras reliquias, se recobró y siguió adelante. Muchos pensaron que era un tipo con suerte o que tenía un ángel guardián, pero realmente tenía un secreto: era un vampiro que le chupaba la energía de la vida a los demás, un parásito que sólo podía vivir apoderándose del fuego interior de las personas que lo rodeaban".

Joaquín escuchó; estaba desconcertado, furioso y asustado al mismo tiempo. ¿Se trataba de un absurdo, de una acusación mordaz o de la verdad sobre su vida?

"Muy bien. Has contado tu historia. ¿Qué quieres ahora?"

"No es mi historia, es la tuya".

"No me gusta que la gente viole mi privacidad".

Muchos de los oyentes sabían que Joaquín había sobrevivido al accidente automovilístico en el que habían muerto sus padres, y quienes investigaran un poco más, podían enterarse fácilmente de los eventos que rodearon la muerte de Gabriel.

"¿Qué quieres?" preguntó de nuevo.

Pero escuchó un clic: el señor Cortez había colgado.

Joaquín dejó el teléfono inalámbrico sobre la barra de la cocina.

"Jódete, cabrón", dijo en voz baja.

El espresso perfecto que acababa de prepararse se había enfriado, y él odiaba el café frío. Vio cómo se disolvía la gruesa capa de crema, que no era muy clara ni muy oscura, como si el café estuviera muriendo, y sin embargo bebió un sorbo, pensando en lo que había ocurrido recién. Pero sus pensamientos eran confusos; le estaban sucediendo cosas muy extrañas y ninguna tenía sentido.

Nunca había recibido una llamada como esa, y aunque había sido muy ofensiva, sintió un gran vacío en el pecho.

Alondra salió de la habitación; se sostenía del marco de la puerta como si la casa estuviera temblando.

"¿Era el mismo imbécil?" preguntó cubriéndose los ojos, que tenían restos de maquillaje.

Joaquín asintió.

Alondra fue a la cocina y acomodándose la camiseta hasta el ombligo.

"Tu café".

"¿Qué?" Joaquín negó con la cabeza.

"Tu café; ésta frío".

"Sí".

Levantó la taza y la bebió de un trago.

Alondra nunca había visto a Joaquín beber una taza de espresso frío, pero esta vez no lo había pensado dos veces.

Tomó un bolígrafo y escribió el número telefónico al lado del nombre de *J. Cortez*.

"¿Qué vas a hacer?"

"Buscarlo".

Ella hizo un gesto de negación.

"Tengo que hacerlo".

Alondra no dijo nada; se sentó a su lado y esperó. Joaquín miró la hoja como si fuera un código que pudiera descifrar.

"¿Me vas a hacer un café, o tendré que ir a Starbucks?" dijo ella.

Joaquín se puso de pie y le preparó un espresso con una crema impecable, digna de un comercial, pues la sala estaba completamente iluminada por la luz matinal. Tenía la mente en otro lugar, aunque no estaba distraído, ausente ni aletargado. Realmente se encontraba en otro lugar.

El cuerpo cálido y sensual de Alondra, y la intimidad de su hogar le parecieron tan irreales como el set para el comercial imaginario sobre el café. Se sintió excluido de aquel paraíso modesto, expulsado por J. Cortez. De algún modo, las palabras de este hombre habían penetrado su coraza, la cual lo protegía durante su comunión con los muertos. La llamada destrozó todo esto de un solo golpe demoledor.

Alondra terminó el café y se levantó.

"Me daré una ducha, ¿quieres venir conmigo? Te sentará bien y te quitará las bolsas que tienes debajo de los ojos".

Joaquín dudó, pero realmente no podía desperdiciar más tiempo: necesitaba irse.

"No, anda tú. Tengo que hacer algo".

Marcó un número telefónico y emprendió la cacería.

El teléfono sonó unas nueve veces antes de que una voz grave dijera con fuerte acento español:

"Aló".

"¿Con quién hablo?"

"Con el pastor Cuauhtémoc Illuicamina. A sus órdenes".

"Pastor, ¿cómo dijo que se llamaba?"

Él repitió su nombre con paciencia.

"Creo que usted me llamó hace un momento", dijo Joaquín, aunque sabía que no se trataba de la misma voz.

"¿Cómo te llamas?"

"Respóndame esto: ¿No me llamó para contarme una historia?"

"No sé de qué me hablas".

"Su número telefónico apareció en mi identificador de llamadas: J. Cortez. Es usted, ¿verdad?"

"Ya te dije que soy el pastor Cuauhtémoc Illuicamina, del Templo de Redención Cristiano y Tolteca".

"¿De redención qué?"

El pastor repitió el nombre del templo.

"Bueno, creo que no encontrará la redención si sigue haciendo bromas pesadas por teléfono".

"Yo no te he llamado. No sé quién eres".

"Entonces alguien utilizó su teléfono para llamarme. ¿Sabe quién fue?"

"Nadie ha utilizado mi teléfono".

Joaquín no quería discutir. Tenía la prueba de que la llamada provenía de ese número y haría mejor en ir personalmente y mostrarle la prueba a J. Cortez. Le pondría fin al acoso con un poco de suerte. Confrontaría al pastor y le advertiría que no lo volviera a molestar, porque de lo contrario lo demandaría.

Joaquín no tuvo problemas para encontrar en Google la dirección del Templo de Redención Cristiano y Tolteca. Se trataba de un apartamento localizado en uno de los barrios pobres en las afueras de la ciudad.

Se vistió con rapidez antes de que Alondra saliera de la ducha, y cinco minutos después estaba en su auto, rumbo al templo del pastor Illuicamina.

El edificio pertenecía a un gran complejo oficial de apartamentos donde vivían personas que recibían ayuda oficial. Joaquín subió al séptimo piso en un ascensor atestado de grafitis y caminó por el oscuro corredor en busca del apartamento 713. La puerta estaba entreabierta y Joaquín escuchó voces adentro. Se acercó y vio a un niño de ocho o nueve años asomando la cabeza. Detrás de él había dos mujeres obesas sentadas frente a la mesa de la cocina, escuchando la radio. Joaquín le sonrió al niño, se acercó, y éste cerró la puerta. Era extraño: Joaquín estaba seguro de haber escuchado la voz de Watt en el apartamento, aunque *Radio Muerte* no se transmitía a esa hora del día. Se limitó a encogerse de hombros, pues tenía asuntos más importantes por resolver.

Tocó con firmeza la puerta del templo improvisado. Le abrió un hombre corpulento y de corta estatura, de unos cincuenta y cinco años; llevaba puesta una bata de baño.

"¿En qué puedo servirle?" dijo con un tono semejante al de un mariachi decadente.

"Lo llamé hace poco".

"Ajá", dijo el hombre con incredulidad.

"Quiero resolver el misterio de las llamadas que he recibido; lo califico de misterio porque según mi identificador, fueron realizadas desde su teléfono, y como usted dice que no me llamó, vine para ayudarle a descubrir quién pudo ser. Es por el bien de los dos".

"Aquí no hay nadie que haga llamadas obscenas".

"Hablemos un poco", dijo Joaquín, irrumpiendo en el templo-apartamento. El hombre se sorprendió y lo dejó entrar.

Era un apartamento de una sola habitación. Los muebles polvorientos estaban dispuestos en lugares inusuales y todas las superficies posibles estaban cubiertas con una variedad de objetos extraños: figuras en porcelana, botellas con dispensador en aerosol que contenían misteriosos líquidos, muñecas, hojas en blanco, lápices con la punta roma, una gran cantidad de linternas, antiguas revistas religiosas, una radio desbaratada, frutas, crucifijos y tortillas endurecidas. Joaquín observó el desorden y pensó: *¿Quién puede vivir en un lugar tan incómodo y caótico?*

Sin embargo, comprendió rápidamente que la parafernalia y la disposición de los muebles respondían a un patrón establecido, y que ese caos tenía una lógica. Los curiosos objetos estaban organizados con una precisión maniática e infantil, con el fervor religioso de alguien que cree que los objetos tienen poderes secretos si se saben combinar como es debido. Hubo otro aspecto que le llamó la atención, pues le recordaban algo que no pudo identificar.

"Amigo: has llegado en un momento inoportuno. Como puedes ver, vamos a realizar una ablución y luego comenzaremos con los servicios religiosos".

"No le quitaré mucho tiempo. ¿Puedo sentarme?"

Semejante desenfado era nuevo en Joaquín, pues nunca se había comportado así con un desconocido, mucho menos con un hombre vestido con una túnica, así se tratara de una manta tolteca-cristiana.

"Realmente no sé quién te llamó", dijo el pastor.

"Trate de averiguarlo, o si no tendré que llamar a la policía", respondió Joaquín, tomando un cubierto desagradable con manchas de salsa de tomate... o tal vez sangre.

"Pudo ser "El Niño", pero no lo creo. Él no hace ese tipo de cosas".

"¿El niño?"

"Uno de los miembros de mi congregación. A veces me ayuda con algunos asuntos administrativos".

"Esa es una pista. ¿Cómo se llama él y dónde puedo encontrarlo?"

"Se llama Barry; no tardará en regresar".

"¿En cuánto tiempo? ¿Puede ir por él?" dijo Joaquín, quien seguía manoseando los objetos dispersos sobre la mesa, las sillas y el piso.

Aunque insistía en tocarlos, sabía que no debería hacerlo, no solo porque se estaba ensuciando las manos, sino porque creía que alterar la mezcla de orden y desorden que los regía era algo que podría tener consecuencias funestas y desconocidas. ¿Por qué se le había ocurrido eso? Era una idea absurda.

Joaquín no creía en los charlatanes y mucho menos les temía, pero a medida que hablaba con el pastor tuvo la fuerte sensación de que en ese lugar podían suceder cosas muy extrañas.

"No sé dónde está".

"Pues tendremos que encontrarlo".

La voz del pastor se hizo lúgubre. Su rostro adquirió un aspecto sombrío y dijo:

"Has venido a matarme; lo he visto en visiones".

Puso los ojos en blanco y recitó lo que parecía ser una plegaria.

"No vine a matar a nadie; solo quiero que me dejen en paz".

El hombre miró hacia arriba y continuó con su plegaria, invocación o lo que fuera.

"*Sholotl, xelatl, dominum budadl...*"

El hombre ignoró a Joaquín, elevó el tono de su voz y repitió un mantra de palabras extrañas que sonaban vagamente familiares. Joaquín se acercó a él, y cuando estuvo a un paso de distancia, el predicador lo golpeó en el rostro.

Joaquín se movió, aunque demasiado tarde. El hombre le dio en la mandíbula con la fuerza suficiente para derribarlo: Joaquín cayó aparatosamente sobre una cómoda llena de juguetes destartalados y un fuerte dolor le atravesó la columna vertebral. El pastor lo pateó mientras acababa de incorporarse, primero en las costillas y luego en el estómago. *No es la primera vez que lo hace*, concluyó Joaquín después de recibir otra patada. Pero la edad y el peso hicieron mella en el pastor, quien se detuvo y jadeó en busca de aire: era la única oportunidad que tenía Joaquín.

Se levantó de inmediato y lo embistió con el hombro derecho a la altura del abdomen. El pastor permaneció firme y le lanzó una andanada de golpes a Joaquín, especialmente en el estómago y los riñones. Joaquín se tambaleó.

¿En dónde diablos aprendió a pelear este tipo?, se preguntó Joaquín, *¿y por qué está peleando conmigo?*

Joaquín esquivaba y bloqueaba los golpes, intentando encontrar la manera de darle un puño en los testículos o en la garganta para neutralizar al pastor.

Finalmente lo consiguió: en medio de los porrazos, Joaquín agarró al pastor de la cintura y lo apretó con fuerza. No era lo que había imaginado, pero logró su cometido.

El pastor forcejeó pero no pudo liberarse, pues Joaquín lo sujetaba con fuerza. El aroma del jabón barato y la loción después de afeitar se infiltraron por los orificios nasales de Joaquín, quien se preguntó cómo había terminado en esa situación: había recibido una llamada misteriosa, y menos de una hora después se encontraba peleando con un reverendo de la cristiandad tolteca.

Definitivamente la vida tiene unos giros inesperados.

Mientras pensaba en esto, el pastor se liberó. Sus brazos quedaron libres y los descargó con fuerza sobre la cabeza de Joaquín, quien retrocedió y vio cómo el piso temblaba y se hacía gelatinoso. Parecía un lugar agradable: suave, cómodo y acogedor. Joaquín quiso desplomarse sobre él.

La puerta se abrió de par en par. Joaquín recobró la compostura y miró hacia la puerta. Su visión nublada le permitió advertir una figura difusa.

"Maestro, no pude encontrar…"

El pastor miró en dirección a la voz y aunque Joaquín lo veía borroso, le dio un fuerte derechazo en la mandíbula; el golpe seco y el ruido sordo que se escuchó cuando él pastor cayó al suelo confirmaron que Joaquín aún podía ver.

"¿Qué diablos pasa?" preguntó la figura difusa.

Joaquín miró y negó con la cabeza. La figura adquirió la forma de un niño rubio que cargaba unos paquetes. Y justo cuando la imagen se hizo nítida, el niño los soltó y salió corriendo.

"¡Regresa aquí!" le gritó Joaquín.

Lo persiguió como si fuera una marioneta y alguien halara sus cuerdas, recordando que el pastor había mencionado su nombre.

"Espera, Barry. Solo quiero preguntarte algo".

Pero Barry siguió corriendo; llegó a las escaleras y se deslizó por ellas de un salto, golpeándose contra las paredes. Joaquín lo siguió a toda velocidad con unas zancadas tan largas que casi no tocó los escalones. Estuvo a un paso de darle alcance en el primer piso, pero Barry salió a la calle y lo dejó atrás. Joaquín corría sin pensar, poseído por una fuerza que nunca había sentido. Sus pies parecían suspendidos sobre el andén, y esquivaba a las personas como si estuvieran moviéndose en cámara lenta.

El aire fresco y la intensidad de la persecución le despejaron la mente y le dieron energía. Sentía como si estuviera jugando a las escondidas con Barry, y supo que lo alcanzaría en cualquier momento, pues éste se chocaba contra los peatones en su intento por sacarle distancia a Joaquín, hasta que finalmente tropezó con el andén de una esquina y cayó al suelo. Joaquín se detuvo y estiró el brazo para ayudarlo a levantarse. Lo hizo con tanta fuerza que el chico comprendió que no tenía escape; una de sus rodillas le estaba sangrando y se cubrió el rostro cuando Joaquín se inclinaba ante él.

"Sólo quiero hacerte algunas preguntas", le dijo Joaquín, jadeando tras la persecución.

capítulo 39

ESCALERAS Y ALCANTARILLAS

Nada parecía funcionar. Yo era un demonio arrojado en una tierra de fantasmas. Nada parecía real y tal vez nunca lo hubiera sido.

Hice lo único que podía hacer.

"Adelante, estás al aire".

Mi voz sonó extraña y retumbó distante en mis audífonos.

"Ellos están en las alcantarillas".

"¿Qué?" pregunté. El eco se hizo más fuerte.

"Es uno de sus escondites, uno de los lugares donde puedes acorralarlos".

"¿A qué te refieres exactamente?"

"Creo que siempre están allá pero no los vemos: son muy rápidos para nosotros, y muy inteligentes".

Las paredes del estudio resplandecieron y se movieron. *Otra vez*, pensé.

"Tienes que permanecer tranquilo y tener paciencia; estuve muy alerta en Vietnam. El secreto consiste en tener mucha calma y paciencia".

Desearía tener un poco de eso. Las paredes del estudio se hicieron casi translúcidas y lo único que me conectaba con la realidad era el sonido de la voz del participante.

"Anoche me senté en el peldaño superior de una escalera que hay en mi cocina. Está a unos seis pies de altura del lavaplatos, y la altura me permitió mirar hacia abajo y ver el desagüe. Permanecí varias horas sentado, 'haciéndome uno con la noche', como dice el dicho".

Vi el peldaño inferior de la escalera frente a mí; tenía gotas secas de pintura blanca.

"Tu cuerpo desaparece. Las extremidades, el tronco, el cuello... todo... está en otra parte. Sólo eres ojos... mirando... esperando".

Miré. El participante estaba sentado sobre la escalera. Su cuerpo estaba completamente inmóvil y no parecía tener una forma tridimensional: solo era una sombra vestida con ropas militares negras. Puse un pie en el primer peldaño y subí la escalera.

"Permanecí inmóvil, con los ojos en el lavaplatos... en el desagüe... esperando".

Llegué al final de la escalera, miré por encima del hombro izquierdo del participante y vi el desagüe. Era un abismo negro en un mar de aluminio brillante.

"Estuve varias horas allí, pero no me importó, ya que me hizo recordar épocas felices; noches vaporosas en el río Mekong".

Él respiraba debajo de mí. Era una respiración diferente a todas, como si la hubiera perfeccionado tras varios años de práctica. Si no supiera que estaba respirando, lo habría confundido con la brisa del verano, o con el aleteo de una libélula.

"A eso de las tres comencé a escuchar algo que parecía moverse con dificultad a través de las alcantarillas".

Yo también lo escuché y me recordó una de las grabaciones más extrañas de Gabriel: el sonido amplificado de dos babosas apareándose. Era un sonido que sugería ondulaciones viscosas y la solicitud temblorosa de una sexualidad exótica.

"Entonces lo vi".

Algo destelló en el desagüe, recibiendo la luz tenue de la luna que se filtraba por la ventana a mi derecha. No podía creer lo que estaba viendo, pues parecía imposible.

"Un solo ojo cristalino me observó desde la alcantarilla".

El ojo se movía rápidamente de un lado al otro y se desplazaba desde el participante hacia mí. Se detuvo, parpadeó, y comenzó a observarnos de nuevo.

"El ojo miraba de un modo inteligente".

Es probable que el participante haya percibido su inteligencia, pero yo no. Parecía vagamente humano, pero su mirada sugería experiencias innumerables. No se trataba de inteligencia, sino de algo mucho más terrorífico: de un conocimiento.

"Desapareció con la misma rapidez con que apareció. Si no lo hubiera visto con tanta frecuencia, creería que podría tratarse de un sueño o de una alucinación".

Escuché la voz de Alondra al encontrarme de nuevo en el estudio de transmisión.

"Amigo", dijo ella. "No nos has dicho qué era esa cosa. ¿Lo sabes? ¿Tienes alguna idea?"

"Algunos creen que se extinguieron, o que regresaron a algún territorio desconocido en las galaxias lejanas, pero creo que se trata de ellos, y están en las alcantarillas".

"Dinos quiénes son", le preguntó Alondra con insistencia.

"Los toltecas".

capítulo 40

¿ADÓNDE SE HAN IDO TODOS?

Barry era optimista, o por lo menos creía serlo. Estudiaba ciencias políticas y estaba profundamente comprometido con las causas latinoamericanas. También indagaba de manera incansable en los caminos espirituales.

Había vivido varios años en una comunidad pobre y pequeña en las montañas de Guerrero, donde contrajo una grave infección estomacal que casi le cuesta la vida; luego trabajó en cultivos de caña de azúcar en República Dominicana, donde vivió en condiciones de semi esclavitud al igual que los demás agricultores. En Perú se vinculó a una asociación de obreros y estudiantes universitarios que buscaban derrocar a un funcionario déspota de Ayacucho.

Sin embargo, Barry siempre intentaba sacarle algo de tiempo a sus labores sociales para pasar el verano con su familia en la casa que tenían en la zona exclusiva de los Hamptons. Ellos le habían abierto un fondo fiduciario que le permitiría cubrir todo lo necesario durante sus años de universidad, pero a él le parecía inmoral utilizar ese dinero y decidió mantenerse por sus propios medios, aceptando trabajos mal remunerados como albañil, asistente de ventas en una tienda de mascotas o mesero. No obstante, su mayor fuente de ingresos provenía del "comercio cultural". Casi todos los días se robaba una docena de libros: bestsellers, libros de arte, primeras ediciones con precios elevados, manuscritos ilustrados y otras joyas que subastaba en eBay o vendía en Amazon.com. Según su complejo sistema de lógica religiosa, este era un acto de justicia y de reparación tras siglos de opresión. No era de extrañar que Barry llevara una existencia considerablemente paranoica. Se mantenía alerta con las autoridades, preparado para detectar la menor sospecha que pudiera amenazar con la lógica y orden de su vida.

Fue por eso que cuando Barry vio a Joaquín peleando con el predicador, pensó que su verdadero objetivo era él.

Pero Barry dejó de temblar y se relajó un poco cuando Joaquín le aseguró que no era un policía, guardia de seguridad ni bibliotecario.

Joaquín lo miró, aún con la respiración entrecortada, y le explicó que había recibido una llamada extraña y particularmente desagradable desde el teléfono del pastor.

"Aunque, como dije, la voz de la llamada telefónica definitivamente no era la del pastor", concluyó Joaquín.

"Claro que no. El pastor tiene que hacer cosas mucho más importantes que hacer bromas telefónicas. Pero si sabes que no fue él, ¿por qué razón estaban peleando ustedes dos?"

"No lo sé; le hablé de mi problema y dijo que yo había ido a matarlo", la voz de Joaquín denotaba sarcasmo.

"¿A eso fuiste?"

"¡Por favor! ¿Parezco un asesino? Simplemente me defendí porque él me atacó".

"Conozco muy bien al pastor J. Cortez, y no es un hombre agresivo".

"Será mejor que regresemos y aclaremos todo este malentendido. Tal vez hubo un error en el identificador de llamadas".

Joaquín no tenía deseos de regresar, pues creía que no llegaría a ninguna parte con esas dos personas. Sin embargo, quería disculparse por su comportamiento agresivo; era claro que había cometido un error. Pensó en llamar a Alondra para decirle dónde estaba y qué le había sucedido, pero buscó en su bolsillo y descubrió que su teléfono móvil había desaparecido. Seguramente lo había perdido en la pelea o durante la persecución. El teléfono era sumamente valioso para él… estaba más allá de la pérdida, posesión, o dependencia. Ese pequeño artefacto electrónico era una necesidad para él: Joaquín creía ciegamente en los microchips.

No estaba seguro de recordar su número telefónico, el de la estación, ni siquiera el del móvil de Alondra. Como tenía guardados allí todos los números, se sintió aislado, limitado y perdido.

"Perdí mi teléfono", dijo.

"No me extraña; probablemente se te cayó mientras me perseguías".

"Ayúdame a buscarlo; tal vez lo encontremos".

Llegaron al edificio. Joaquín subió las escaleras despacio y con cuidado, mirando a cada paso, esperando encontrar su teléfono, pero todo fue en vano. Comprendió que sus prioridades habían cambiado en los últimos minutos y que ya no le preocupaba la llamada que tanto lo había perturbado. Su mayor preocupación era su teléfono móvil, y su ausencia le dolía casi físicamente. Llegó al séptimo piso y avanzó por el corredor, seguido de Barry. Joaquín seguía mirando hacia abajo con la esperanza de encontrar su valioso teléfono.

La puerta del apartamento 713 estaba abierta, lo cual pareció preocuparle a Barry, pues se detuvo y miró a Joaquín. Hizo un gesto extraño con los músculos del rostro y le indicó por señas a Joaquín que entrara primero, como si temiera ser un intruso. Joaquín ingresó despacio y observó el piso con nerviosismo. Realmente quería encontrar su móvil. Vio manchas rojas y unos chorros de color ambarino en medio del desorden. Recordó que había visto manchas de salsa de tomate en el tocador, pero esta vez se trataba de algo diferente. Escuchó unos gritos.

"¡No! ¡Asesino!"

Joaquín vio el cadáver del pastor debajo de la mesa, rodeado por un charco de sangre. Tenía la bata de baño abierta. Su torso tenía docenas —no, cientos— de puñaladas, y la mandíbula desencajada y abierta.

Barry recogió el cuchillo cubierto de sangre y se lo lanzó a Joaquín.

"No te acerques, hijo de perra… ¡asesino!"

"¿Qué dices? Salimos casi al mismo tiempo y él estaba vivo".

"No te acerques, o correrás con peor suerte que él".

El primer impulso de Joaquín fue correr: no sería fácil convencer a los policías que solo había golpeado al predicador, sobre todo después de haber agarrado el cuchillo, el arma con la que al parecer, había sido asesinado. Barry tomó el teléfono y presionó los botones con el dedo índice, pero las manos le temblaban y no parecía ser capaz de encontrar los números indicados.

"Piensa un poco, Barry. Él estaba vivo cuando nos marchamos, y no nos hemos separado desde entonces".

"¡Cállate, asesino hijo de puta! Lo estabas moliendo a golpes cuando entré. Te van a encerrar en un calabozo y después van a tirar las llaves", dijo Barry.

Escapar no era la solución; no tardarían en agarrarlo. Cualquier detective competente le seguiría fácilmente la pista y lo encontraría. La vida de Joaquín pendía de un hilo muy fino: tenía el pelo rubio, una mirada de loco y nadie vacilaría un minuto en identificarlo. ¿Qué podía hacer? Esperar a que llegara la policía, con todo lo que eso implicaba, o escapar y demostrar posteriormente su inocencia. Tenía que decidirse rápido.

Miró desesperado a su alrededor y vio que los extraños objetos del cuarto habían sido reacomodados. Él no recordaba la posición exacta de los pequeños ídolos, de los papeles y las frutas, pero el aspecto de esos objetos era diferente. Alguien los había movido; era como leer un párrafo en el que hubieran modificado el orden de las palabras; podía transmitir la misma idea pero el tono era diferente.

"Escúchame, Barry. Estábamos peleando y él me iba ganando. Tuve muchas dificultades para derribarlo, y eso que se distrajo cuando entraste tú. Yo no hago este tipo de cosas; él estaba vivo cuando llegaste. Lo mató alguien que llegó después de nosotros, aprovechando que la puerta estaba abierta".

Barry no respondió, y siguió marcando números en el teléfono, como si intentara descifrar un código secreto.

¿Por qué no marca al 911?, pensó Joaquín.

"¡La llamada no entra! Algo pasa con el teléfono; solo se escuchan voces y ruidos en la línea", dijo Barry, quien colgó el teléfono y salió del apartamento gritando:

"¡Socorro! ¡El pastor está muerto! ¡Lo han asesinado!"

Joaquín se asustó ante la posibilidad de ser linchado por una turba sedienta de venganza y sucumbió a una actitud fatalista. Recogió el teléfono del suelo, limpió una de las sillas del apartamento, y se sentó a esperar. Todo era muy ambiguo: un cadáver despatarrado en el suelo, rodeado de objetos extraños y Barry gritando enloquecido en el corredor.

"Así es mi vida en _Radio Muerte_", se dijo en voz alta Joaquín.

Observó el teléfono y pensó que podría llamar a Alondra al apartamento. Pero, ¿qué le diría? La situación ya le parecía bastante confusa a él, y sería la locura total para Alondra. Sin embargo, creyó que debería llamarla, teniendo en cuenta la forma como había salido del apartamento. Era imposible saber en qué terminaría este incidente.

Oprimió el botón para hablar, pero en lugar del tono de la línea oyó unos murmullos, una vibración apagada que le recordaba voces lejanas fundiéndose en un zumbido incomprensible.

Barry entró de nuevo al apartamento; estaba pálido y jadeaba. Miró a Joaquín con angustia.

"No hay nadie aquí... nadie".

"¿Cómo así que no hay nadie?"

"Se fueron o alguien los trasladó a otra parte".

"¿De qué estás hablando?"

"Puedes verlo con tus propios ojos".

Efectivamente, el edificio parecía abandonado. Minutos antes, Joaquín había visto personas en los corredores y escuchado voces de niños, radios y televisores a todo volumen, y había percibido aromas mezclados de alimentos y detergente. Pero ahora no había nada, sólo una calma extraña y surrealista.

"¿A dónde se han ido todos?" preguntó Joaquín.

"No lo sé. Nunca había visto algo igual".

"Tal vez hayan ido a una asamblea, reunión o desfile", sugirió Joaquín, a sabiendas de lo descabellada que era su hipótesis.

La situación parecía sugerir una sola cosa: una catástrofe. Era como el vacío que dejan las grandes tragedias, la clase de éxodo masivo causado por terremotos, guerras o invasiones de extraterrestres.

"El pastor está muerto y todo el edificio está vacío".

Joaquín no encontraba una respuesta, y Barry enunció su declaración como si existiera una conexión entre los dos hechos.

"Tengo que llamar a la policía", dijo Barry.

Salió del apartamento con la mirada atónita. Tocó cada puerta y gritó por todos los pisos llamando a los vecinos. Joaquín lo siguió en silencio. ¿Qué otra cosa podía hacer? La situación era igual cuando llegaron a la calle: había un silencio total, y no se veía a una sola persona en las calles ni en las tiendas. Tampoco pasaban autos.

"Una bomba de neutrones", dijo Joaquín entre alarmado y fascinado por la posibilidad.

"¿Qué?" preguntó Barry, quien cada vez parecía más asustado. Presa del pánico, entró a una tienda, buscando señales de vida en su interior y en los vehículos estacionados.

"Es como una bomba que solo elimina a los seres vivos y deja intacta a la materia inorgánica".

"¿Qué?"

"Nada. Solo estaba pensando en voz alta".

Después de un silencio prolongado, Barry dijo: "Una bomba de neutrones para matar a los pobres, como en la canción de los Dead Kennedys".

"Es agradable, rápida, limpia y cumple con el objetivo", cantó Joaquín.

Caminaron algunas cuadras y Barry se detuvo para entrar a una cafetería. No vio un solo gato o cucaracha, ni siquiera una sombra. Las mesas estaban puestas, y algunos de los alimentos servidos en los platos aún estaban tibios. No había señales de que las personas hubieran huido, ni vestigios de desorden o violencia. Parecía simplemente como si hubieran desaparecido o esfumado, y esta escena le recordó un episodio de *La dimensión desconocida*.

"Es como si todo el mundo hubiera muerto con el pastor", dijo Barry.

"¿Por qué sigues relacionando la muerte del pastor con todo esto?" le preguntó Joaquín, señalando vagamente a su alrededor.

"Él lo advirtió en sus visiones: las ciudades desiertas, las tormentas de arena, las personas elevándose de la tierra y emprendiendo un viaje cósmico".

"¿Te refieres a una especie de rapto cristiano?"

"No; a las visiones del pastor", señaló Barry con firmeza.

Joaquín intentó decir algo, pero no encontró las palabras.

"El sueño desaparece cuando el soñador deja de soñar", dijo Barry con indiferencia.

Joaquín decidió que haría mejor en regresar a casa y dejar a Barry con sus fantasías y su cadáver. Todo era demasiado extraño, y aún no sabía quién había hecho la llamada telefónica, aunque en ese momento ésta era la menor de sus preocupaciones. Caminó rápidamente hacia su auto.

"¿A dónde vas?" le gritó Barry desde atrás.

Joaquín siguió caminando sin darse vuelta ni responderle.

"¡Regresa! ¡No puedes dejarme aquí!"

Barry siguió gritando aunque sin intentar detenerlo. Joaquín sólo comprendió qué tanto lo había afectado aquello cuando llegó al auto. Las manos le temblaban y estaba bañado en un sudor frío. Tardó más de un minuto en introducir la llave del encendido, y mucho más en poner el coche en marcha. Luego condujo tan rápido como pudo.

Atravesó temeroso y confundido las calles desiertas. Parecía la hora del crepúsculo aunque todavía era temprano. Buscó con ahínco alguna señal de vida. Sintió que el auto se deslizaba por las calles como si estuvieran cubiertas de hielo, flotando, zigzagueando, mientras él vagaba sin rumbo. Reconstruyó mentalmente la pelea con el predicador y sintió los golpes de nuevo, pero el final siempre era diferente. Imaginó que tomaba el cuchillo del piso y se lo clavaba al pastor una y otra vez. Vio una sombra entrar al apartamento y abalanzarse sobre el pastor, despedazándolo con poderosas mandíbulas. Vio al pastor clavarse el cuchillo mientras las lágrimas resbalaban por sus mejillas. Vio ojos que lo observaban desde todos los desagües del apartamento. La muerte de J. Cortez había desencadenado algo masivo e incontrolable que Joaquín no entendía.

"¿Qué les sucede a los personajes de un sueño cuando el soñador despierta?" se preguntó.

Eran pensamientos descabellados, pero quizá contuvieran algún significado. Tal vez encerraran una clave. Sin embargo, era demasiado para él y una oleada de rabia inundó su cuerpo.

Hizo sonar la bocina una y otra vez, y hundió el acelerador a fondo, mientras golpeaba el tablero con los puños y gritaba a todo pulmón. Buscó instintivamente el teléfono móvil en su bolsillo; tuvo la extraña sensación de llevar un teléfono fantasma y se imaginó que era como el dolor que sienten los amputados en las extremidades que han perdido.

Avanzó en contravía y en reversa por calles de un solo sentido, se subió a los andenes y frenó varias veces de manera abrupta. La desorientación se apoderó de él y se vio completamente perdido. No pudo recordar cómo había llegado hasta allí. Ninguno de los avisos de las calles le pareció familiar. ¿Dónde estaba? ¿Cómo regresaría a casa? Concluyó que podía estar en otra ciudad.

Desesperado, detuvo el auto en la mitad de la vía, golpeó su cabeza contra el volante y gritó:

"¡Maldita sea!"

Entonces, oyó el ruido del claxon de un auto que estaba detrás. El encanto se rompió y la ciudad despertó de nuevo. Todo volvió a moverse; las personas caminaban, entraban a las tiendas, comían y hablaban.

La radio del auto se encendió con una estática estridente y escuchó una cacofonía de voces que dieron paso a un diálogo: eran dos hombres discutiendo sobre la guerra.

"¿En dónde están todos?" se preguntó a sí mismo. Aceleró con prudencia, abrumado por el rugido que sentía en los oídos.

Se sintió aliviado, pero una constante sensación de duda se infiltró en sus pensamientos: ¿Qué había pasado hoy? ¿Qué había sucedido realmente? ¿En realidad había visto un cadáver? ¿El pastor y Barry eran reales? Lo único que sabía con certeza era que había perdido su teléfono móvil. Condujo por calles y avenidas que le eran familiares y muy pronto regresó a su apartamento.

Miró el reloj: eran las 8:00 A.M. ¿cómo era posible? Él había salido mucho más tarde.

En ese momento, una sensación de abandono se apoderó de él, y Joaquín lloró en el auto.

capítulo 41

REGRESO AL PASADO

Alondra se despertó al escuchar que alguien trataba de forzar la puerta. Sabía que Joaquín no había llegado aún, y pensó que era él, completamente ebrio. No era algo muy común, pero tampoco demasiado extraño. Se levantó casi sin poder abrir los ojos. Llevaba una camiseta dos tallas más pequeñas y ropa interior. Caminó descalza hacia la puerta, pero ésta se abrió y Joaquín entró; estaba sudoroso y desaliñado.

"Escúchame, Alondra. Sé que te parecerá descabellado lo que voy a decirte, pero me ha sucedido algo totalmente incomprensible".

"Eso creo, para que hayas venido a esta hora. Date una ducha y duerme un poco. Hablaremos después".

Alondra no era aficionada a las sorpresas, y menos aún a los ataques de histeria. Probablemente se debía a su sangre irlandesa, pues tendía a rechazar a las personas que gesticulaban demasiado o que levantaban la voz para decir cosas que no eran particularmente urgentes. Tenía una fuerte aversión por los hombres que se comportaban como si su entusiasmo y sus emociones exacerbadas le dieran más importancia a lo que decían. Ella quería escuchar a Joaquín, pero él debía calmarse antes de que ella lo tomara en serio.

"No, no entiendes. Tenemos que hablar", dijo él.

"¿Ya? ¿Es absolutamente necesario?"

"Fui al lugar donde hicieron la llamada".

"¿Cuál llamada?"

"¿No lo recuerdas? La que nos despertó".

"¿De qué estás hablando? El que acaba de despertarme eres tú".

"Sé que son las ocho de la mañana. No sé muy bien lo que sucede, pero recibí una llamada extraña a las ocho, y busqué la dirección del número telefónico en Google. Era un sacerdote, un predicador, un chamán o lo que fuera; nos enfrentamos a golpes y luego llegó Barry, quien salió huyendo y entonces corrí tras él. Y cuando regresamos, estaba muerto".

"¿Quién estaba muerto?"

"El predicador. Lo habían apuñalado y Barry creyó que había sido yo".

"¿Quién es Barry?"

"El asistente del predicador, su discípulo, amigo, amante… ¿cómo podría saberlo?"

"Comencemos de nuevo".

"Mira; me sucedió algo realmente extraño, pero lo más raro es que ahora parece como si no hubiera ocurrido nada".

"¿Qué dices?"

"¿No recuerdas que estábamos tomando café? Fuiste a darte una ducha y yo salí".

"Creo que eso fue ayer".

"No; fue hoy. Por eso salí".

"No viniste a casa después del programa".

"¿Entonces adónde fui?"

"Vamos, Joaquín. No sé a dónde fuiste, y esperaba que tú me lo dijeras".

"Dormí aquí, a tu lado. El teléfono sonó a las ocho de la mañana y la llamada me despertó".

"Te puedo decir con absoluta certeza que no fue así".

"Estoy seguro que tiene algo que ver con mis pesadillas. Es como si otra persona estuviera utilizando mi cerebro o espiando en mi cabeza. Es una espiral progresivo y esas experiencias cada vez son más prolongadas, intensas e hipnotizantes".

"¿Espiando en tu cabeza?"

"Eso es lo que siento, tal cual. No se me ocurre otra metáfora para explicar mejor mi situación. Lo que me está sucediendo va más allá de una simple alucinación; es como si viviera en un universo paralelo".

"¿De qué demonios estás hablando? ¿De proyección astral y experiencias extracorpóreas?"

"No sé de qué se trate, pero puedo asegurarte que no son nada agradables ni reveladoras. Siento como si estuviera perdiendo la capacidad de distinguir entre lo real y lo irreal".

"Parece tratarse de malos viajes. ¿No serán vivencias retrospectivas de cuando consumías hongos o ácidos? ¿Probaste drogas más fuertes?"

"No; no he probado esas drogas, y tampoco son vivencias retrospectivas. Se trata de algo diferente, como si vinieran del exterior, y no de mi interior."

"Eso es exactamente lo que se siente en una vivencia retrospectiva".

"Te digo que no se trata de eso".

"¿Qué te está sucediendo entonces? Porque me temo que si tus alucinaciones no son inducidas por drogas, la única posibilidad adicional es que estés padeciendo una psicosis aguda". Su voz denotó cierta condescendencia.

"Sé que no existe una explicación racional para esto, pero creo que me estoy adelantando a las historias que cuentan algunos de los participantes. Es decir, sus voces comienzan a arrastrarme de un momento a otro y todo cambia. Y yo salgo de la emisora y me convierto en partícipe involuntario de sus terribles episodios".

"Te estás tomando tu trabajo en *Radio Muerte* demasiado en serio, y lo mismo sucede con tu solidaridad hacia las personas que llaman", comentó ella, sin creerle el cuento a Joaquín.

"Esto es diferente a una fantasía originada en los relatos de los participantes".

"Bueno, tomemos un café, ya que no me quieres dejar dormir".

"¿Otro?"

"No, es el primero. Créeme, sé perfectamente bien cuándo tomo el primer café del día".

Fueron a la sala. Alondra se sentó y se restregó los ojos.

Joaquín se fue directamente a la cafetera y preparó dos espressos que bebieron en silencio. Sus miradas se cruzaron y él se sintió incómodo por haber irrumpido de esa manera. El cadáver del predicador y la ciudad paralizada parecían distantes, como las imágenes de una película proyectada hacía mucho tiempo. Sin embargo, sintió el dolor de los golpes recibidos tan pronto se sentó. Corrió al baño para mirarse al espejo. Tenía una marca en la cara y varios moretones en las costillas. Regresó a la sala pero no dijo nada. El apartamento se le hizo más luminoso que nunca. Todo resplandecía, como si fueran fotos de la revista *Architectural Digest*. Los ruidos callejeros se fueron haciendo más fuertes, pero escasamente los percibió.

"Tu café", dijo Alondra.

"¿Qué pasa con mi café?"

"Se está enfriando, y detestas el café frío. ¿Eso también ha cambiado?"

"No, ya me sucedió".

"De acuerdo, tendremos que continuar con este debate".

"No, olvídalo".

"Gracias".

"¿Recuerdas que mencioné haber tenido un sueño recurrente sobre los toltecas?" preguntó Joaquín.

"Sí, y también recuerdo haberte preguntado por qué estabas tan seguro de que eran toltecas, y no olmecas o náhuatl. ¿Hay evidencias que demuestren que has estado recientemente en territorio tolteca?"

"Claro que no, pero fue un sueño. Sé que eran toltecas; y el predicador dijo que tenía un templo cristiano-tolteca".

"¿Estás leyendo *La guía tolteca para dummies*?"

"¿De qué me hablas?"

"Es uno de esos libros de autoayuda inspirados en la filosofía tolteca. La autora es de apellido Rosenthal, y vive en un suburbio; seguramente en Long Island o Redondo Beach".

"¿Por qué sabes todo esto?"

"No me preguntes. Simplemente créeme: desde hace varias décadas los toltecas han sido explotados por la industria turística, por los gurúes de la autoayuda y por cierto tipo de antropología sin fundamentos científicos".

"Eso me confunde aún más: ¿Por qué no quieres hablar de eso?"

"Digamos que es algo que supe en otra época y lugar, y que no me interesa revivir en lo más mínimo". Alondra suspiró. "Además, procuro que mis estudiantes no estudien ese tipo de cosas. Si no lo hiciera, tendríamos más generaciones de pequeños Carlitos Castanedas jugando al "Nagual" en las montañas, y puedo asegurarte que no necesitamos nada de eso".

"Podrías darme una clave al menos. ¿Qué es lo que tiene la sabiduría tolteca que incluso un idiota puede alcanzarla después de leer un libro barato?"

"Se trata de una serie de técnicas para seguir el 'camino de los toltecas'", dijo ella con una mueca. "Hay centenares de libros, CDs y películas para adoctrinar personas ingenuas en los secretos de las supuestas profecías, evangelios y oráculos toltecas".

"Barry habló de visiones proféticas".

"También hay guías para utilizar la sabiduría tolteca y alcanzar la paz interior, la transformación personal, el conocimiento, la felicidad, la libertad, el manejo de la energía corporal e incluso para tener el mismo sexo mágico y glorioso de los precolombinos, que, como bien sabemos, era realmente espectacular", dijo ella con un dejo de ironía.

"No veo qué importancia tiene eso".

"Y yo no sé qué quieres decirme".

"¿Quiénes fueron realmente los toltecas?"

"Creo que esa sí es una buena pregunta".

"¿Y cuál es la respuesta?"

"Es complicada... muy complicada".

"Inténtalo".

Alondra suspiró profundamente y pasó la mano por su pelo negro y grueso.

"¿De qué serviría?" preguntó ella.

"Dame el gusto. Creo que es importante".

Alondra fue al refrigerador, sacó una botella de agua, retiró la tapa y bebió varios sorbos. Respiró profundo, miró con amor a Joaquín y le contó la historia de los toltecas:

"El error que cometen muchas personas es pensar que eran un pueblo, una civilización o una nación. Durante mucho tiempo, los investigadores que adelantaban estudios sobre los pueblos mesoamericanos mantuvieron este punto de vista y señalaron que su civilización se asentó en Tula, en el estado de Hidalgo. Incluso hay un libro llamado *El arte de los toltecas*, el cual profundiza en ese concepto errado".

"Si no eran un pueblo, ¿qué eran entonces?"

"Realmente son producto de una mitología creada por los aztecas para conferirle atributos cuasi religiosos a su intento por conquistar a los demás pueblos de Mesoamérica. Fue una de las estrategias de las que se valieron para construir un imperio".

"¡Guau! ¿En serio?"

Alondra asintió.

"No suena muy 'New Age' ".

"Para nada".

"¿Cómo funcionaba?"

"Los aztecas sostenían que había una antigua civilización llamada 'tolteca'. Podría hablarte en detalle sobre el mito de los toltecas, pero lo que realmente importa es que fabricaron la imagen de una antigua civilización con grandes ciudades e imperios. Y todo lo que apuntara hacia un arte, desarrollo urbano o gobierno centralizado, era tolteca. Es decir, era un sinónimo de nobleza antigua y, por consiguiente, todo el que apoyara la creación de un imperio era noble".

"Es algo brillante".

"Los aztecas eran chavos inteligentes".

"Pero hay algo más, pues la palabra *tolteca* significaba 'artista' o 'artesano'. En términos coloquiales, podría significar incluso 'albañil'. Así, los aztecas utilizaron el lenguaje para controlar a los trabajadores que construían las edificaciones del imperio".

"Espera un momento", dijo Joaquín. "Esa es una situación que se presenta actualmente. Somos toltecas aunque pensemos que los estamos combatiendo".

"Creo que no te entiendo".

"Es muy claro; ¿no lo ves?"

"En realidad no".

"Creemos que somos muy inteligentes y progresistas, pero cuando idolatramos la tecnología, así sea por razones encomiables, erradas o por *Radio Muerte*, lo único que hacemos es estirar las falanges del imperio y convertirnos en toltecas".

"Creo que tienes razón", dijo Alondra, asintiendo de un modo solemne.

"Espera, hay algo más".

Joaquín miró alrededor de la sala. Recorrió con sus ojos el suelo y el techo, los rincones y los estucados.

"¿Sucede algo?"

"Están aquí: se mueven entre el día y la noche, entre las luces y las sombras, entre los sueños y la realidad".

"¿Los toltecas? Eso tiene sentido" dijo Alondra. "Ellos creían supuestamente que la vida es un sueño".

Joaquín recordó las palabras de Barry: *El sueño desaparece cuando el soñador deja de soñar.*

"Ellos creían que la vida no es real, y que somos entrenados para creer en una realidad que otros han soñado. De ese modo, cuando finalmente despertamos, podemos controlar el sueño y ser felices".

"Eso creo", dijo ella, encogiéndose de hombros.

"Eso fue lo mismo que dijo Barry; que los sueños desaparecen cuando el soñador deja de soñarlos. Pero no te he contado que el mundo se paralizó después de la muerte del pastor".

"Bien; a menos que el pastor fuera el Papa Benedicto, creo que podemos suponer que lo que viviste realmente fue un sueño. ¿De verdad crees que todo se paralizó?"

"Yo salí del apartamento después de lo que dijo Barry, y las calles estaban completamente desiertas, como si se tratara de una ciudad abandonada. Pero háblame más de los toltecas. ¿Realmente crees en ellos?"

"Nunca lo he hecho, aunque alguien cercano a mí creía en eso. Pero es mejor olvidarlo. Ya sabes que no me gusta hablar de mi pasado."

Joaquín se inclinó hacia ella. "Te pido que hagas una excepción".

"No soy experta en los toltecas, pero como te dije anteriormente, esos cultos explotan el concepto de los sueños lúcidos."

"¿Sueños lúcidos?"

"Es la noción de que puedes soñar y estar despierto y lúcido al mismo tiempo, razón por la cual experimentas tus sueños como una especie de 'realidad alterna' donde puedes hacer cualquier cosa: volar o realizar tus fantasías sexuales más perversas y desenfrenadas sin correr ningún peligro."

"Siento que he vivido las pesadillas de otras personas, pero no las mías."

"Joaquín, creo que hasta cierto punto es natural que si todos los días escuchas historias macabras, tu mente empezará a jugarte malas pasadas."

"Pero, ¿de dónde provienen mis visiones?"

"Indudablemente, del mismo lugar que el resto de tus estímulos: del medio ambiente, de la televisión, de las películas, de los videojuegos. ¿Cómo voy a saberlo? Tal vez de *The Matrix*. Creo que el haber visto cincuenta veces seguidas esa trilogía no fue de ningún beneficio para tu imaginación. Te estás convirtiendo en un 'Neo' de las ondas radiales."

"No me parece gracioso".

Ella dejó de sonreír sin mucha convicción.

"Está bien; se trata de un asunto completamente importante, y no de una simple indigestión mental."

"Alondra; no se trata de imágenes, visiones o ecos de los medios: son experiencias vivas que me llevan de un lugar a otro, llenas de olores, colores, porquería y dolor. Mira esto".

Joaquín señaló la marca que tenía en su rostro y se subió la camisa para mostrarle los moretones que le había propinado el predicador.

"¿Qué te sucedió?"

"Peleé con un hombre gordo en un hoy inexistente".

"Bueno, algunas veces somatizamos los eventos. Podemos manifestar de un modo físico cosas que hemos imaginado, o tal vez te golpeaste contra algo. Podrían ser muchas cosas".

Alondra miró con detenimiento los moretones que tenía Joaquín. Era evidente que parecían marcas de golpes y no los síntomas cutáneos de perturbaciones emocionales.

"¿No te habrás caído al bajar unas escaleras?"

"De verdad que ya no sé qué creer".

capítulo 42

DESDE EL HOSPITAL CANÍBAL

El hospital tenía unos corredores largos e interminables. Antiguamente había sido una instalación bastante activa del ejército, especialmente durante la Segunda Guerra Mundial. Joaquín y Gabriel habían salido por primera vez en sus sillas de ruedas sin la ayuda de las enfermeras y explorado lentamente las múltiples alas de la edificación. Leyeron una placa conmemorativa que estaba frente a las oficinas administrativas, y se deleitaron mirando a las enfermeras, especialmente a una en la que ambos coincidían en afirmar que tenía los senos más voluptuosos del hospital. Todo lo hacían juntos, siempre y cuando no hablaran de asuntos personales.

Después de varios días de ansiedad y soledad, de ver partidos, programas de entrevistas y telenovelas hasta el cansancio, Joaquín buscó de nuevo a Gabriel. Sentía la necesidad de estar cerca de él, de saber quién era, qué hacía, en dónde había estudiado y qué música le gustaba. Sin embargo, lo que más le inquietaba era una pregunta que no se atrevía a formular: ¿Qué iba a ser de ellos cuando salieran del hospital? Joaquín no tenía nada claro con respecto a su situación. ¿Cómo se resolvería el asunto de su custodia? ¿Con quién viviría? Aún tenía la impresión de que sus padres no habían muerto. Creía que Gabriel estaba atravesando un proceso igualmente difícil, y que estaba aceptando su nueva realidad.

Apenas le dieron permiso para moverse con mayor libertad, salió de su cuarto una mañana, fue a buscar a Gabriel en su silla de ruedas y lo encontró leyendo un libro en uno de los jardines. Joaquín se detuvo a poca distancia.

"Qué bueno verte. Acabo de terminar esta novela que me prestó el paciente que está a mi lado", le dijo Gabriel.

"¿Cuál es el título?"

"*Cuentos*, de Stephen King. ¿Te gustan las historias de terror?"

"Mucho. Me encanta Stephen King."

"¿Quieres leerlo? Devuélvemelo cuando termines, pues de lo contrario, mi vecino me golpeará con sus muletas. Eso fue lo que me dijo".

"Es una amenaza seria cuando estás en una silla de ruedas".

"¿Tienes algo para leer?"

"No; para ser sincero, no pensaba venir a un lugar como éste".

Gabriel se rió.

"Yo tampoco contaba con estas vacaciones".

Hablaron un poco sobre tendencias musicales, técnicas utilizadas por ciertos guitarristas y los equipos utilizados por los músicos que tocaban los teclados. Discutieron estilos y razones para hacer música en un momento en que todo parecía estar completamente saturado. Pero la conversación no terminó allí; de hecho, se constituyó en uno de los elementos críticos de su relación, en un punto discutible que era imposible de resolver, pero que era fundamental para el tipo de música que a ellos les gustaba hacer.

"Creo que mientras sientas la necesidad de expresarte por medio de la música, y te diviertas y te guste…", dijo Gabriel, cuya actitud era más relajada.

"Eso está bien, pero es importante saber que lo que estás haciendo es innovador y relevante, al igual que poder expresar algo que nadie haya oído antes."

"¿Por qué sería importante eso? Creo que ante todo, uno hace música para sí mismo".

Joaquín no estaba de acuerdo.

"Eso es mentira. Todos los músicos tocan para un público. Es probable que eso te dé cierta satisfacción y estímulos a cierto nivel, y que tal vez lo necesites, pero creo que nada tiene sentido si no tienes en cuenta al público".

"No, eso es algo secundario. Primero hay que disfrutarlo y sentir la satisfacción de que todo lo que haces es bueno, y luego puedes ver si eso le gusta a alguien".

"Eso podría ser cierto si tocaras música clásica, donde lo más importante es la técnica. En ese caso, puedes considerarlo como un deporte que cada vez intentas practicar con más gracia, velocidad y agilidad. O también, como la vocación de un mariachi o músico de estudio sin otra aspiración que la de tocar para recibir un salario".

"No, estás completamente equivocado. Tienes una visión mercenaria de la música".

"Y tú estás diciendo cosas absurdas. La única persona capaz de entender tu idea de 'tocar música para ti mismo' es una retardada de dieciséis años a la que no le ha llegado la menstruación".

Las discusiones eran interminables; la intensidad variaba según la ocasión, hasta que uno de los dos perdía la paciencia, se irritaba y mandaba al otro al diablo. Pero unos momentos después volvían a hablar como si nada hubiera pasado.

Gabriel y Joaquín empezaron a conquistar un mayor territorio dentro del hospital. Pasaban juntos la mayor parte del tiempo y finalmente lograron que los transfirieran a un cuarto semiprivado.

La mayoría de las enfermeras eran afectuosas y les daban más privilegios y atenciones que a los demás pacientes. No los obligaban a seguir dietas absurdas, los dejaron utilizar un viejo aparato con radio y casete y una de ellas tuvo el gesto de prestarles una guitarra; claro que ella creía que les cantarían canciones populares a los demás pacientes. Fue un momento amargo para ella cuando escuchó las primeras y extrañas colaboraciones entre los dos músicos, en las que incorporaban sonidos orgánicos, metálicos, guturales e incluso movimientos gástricos. Su música tenía un humor semejante al de Frank Zappa, pero también contenían la semilla de lo que sería su sonido futuro. Aunque eran los preferidos, muy pronto perdieron sus privilegios musicales, pues parecían molestar a los pacientes, al personal médico y a los vecinos del hospital. Gabriel construyó un sintetizador rudimentario con partes electrónicas que había sacado de una bodega llena de viejos equipos médicos. Utilizó grabadoras para amplificar los sonidos emitidos por su aparato. A su vez, Joaquín coleccionaba latas, botellas, pedazos de metal y madera y otros objetos que utilizaba como instrumentos de percusión. Para su desgracia, varias veces descubrió que el instrumento había sido arrojado a la basura. Gabriel había escuchado sobre la técnica del "*cut-up*" utilizada por beatniks como William Burroughs; le había explicado a Joaquín las posibilidades infinitas que tendrían si incorporaban ritmos, texturas y voces de la radio a su música.

"Suena parecido a lo que hicieron los dadaístas", respondió Joaquín con entusiasmo.

"Así es. Se trata de algo semejante, como el arte encontrado".

Cuando las horas se hacen interminables y no hay nada que hacer, es casi inevitable que encontremos la manera de divertirnos. Un paciente con un caso avanzado de pancreatitis tenía una colección de casetes, y su hija prefería enviarle mensajes grabados que escribirle cartas. Joaquín y Gabriel dedujeron que dada su condición, era muy improbable que advirtiera la desaparición de algunos casetes, así que tomaron varios "como préstamo". Grabaron sonidos del hospital, voces e interferencias radiales; utilizaron un cuchillo afilado y una cinta de celofán para hacer sonidos que reprodujeron en la grabadora.

Una noche permanecieron conversando hasta muy tarde, mientras Joaquín escuchaba la radio. Pasó el dial en busca de algo que pudieran incorporar a una pieza compuesta ese día, cuando se encontraron con *Radio Muerte*, un programa en el que los participantes llamaban para contar todo tipo de historias de terror, anécdotas inexplicables y experiencias macabras. Algunas historias eran fascinantes o fantasiosas, y otras desafiaban toda descripción. La transmisión era alucinante en términos generales; quedaron enganchados desde el primer momento y siguieron escuchando el programa todas las noches. El cambio era importante porque rompía con la monotonía sofocante del hospital, aunque realizar una actividad frecuente les daba una agradable sensación de normalidad. Muy pronto, la sesión de terror radial se convirtió en la actividad más emocionante del día.

Naturalmente, las historias de muertes horribles, fantasmas y accidentes no parecían ser precisamente el tipo de entretenimiento que uno les recomendaría a un par de adolescentes que acababan de perder a sus padres. Pero de cierta manera, las historias eran como unas vacunas que los ayudaban a compartir su dolor. La mayoría de las personas tiene una ingenuidad que les ayuda a neutralizar su terror, transformándolo en una sensación humana, aceptable... e incluso patética. Gabriel y Joaquín no eran la excepción, y escuchaban atentamente a los participantes mientras bebían Coca-Colas que entraban de contrabando a su habitación.

De vez en cuando, alguna enfermera venía y los sorprendía. La mayoría de las veces las enfermeras los dejaban escuchar el programa, aunque algunas trataban de imponer su autoridad y les apagaban la radio o amenazaban con confiscarla. Pero afortunadamente para ellos, nunca cumplieron sus amenazas.

En algunas ocasiones ellos lograron fumar incluso un poco de hierba que les proveía algún empleado de limpieza a cambio de los objetos más diversos e inusuales que encontraban, como cajas de chocolates casi llenas, hasta máquinas de afeitar eléctricas que "encontraban" mientras merodeaban sin ninguna vigilancia por el hospital.

Gabriel solía decir que sus compañeros de estudios lo visitarían pronto, y también que le presentaría a Joaquín a los integrantes de su grupo; pero pasaron los días y nadie vino. Después de algún tiempo, Joaquín concluyó que se trataba de un asunto delicado: no conocía los detalles, pero era evidente que los amigos de Gabriel no lo extrañaban mucho.

Gabriel llamó a Mike en varias ocasiones y éste siempre le prometía que lo visitaría pronto. Por otra parte, Joaquín no esperaba que ninguno de sus amigos viniera, pero esperaba con ansiedad que su abuela fuera por él. Ella estaba al tanto de su situación y él había hablado con ella por teléfono, aunque había sido una conversación extremadamente difícil; ninguno de los dos había llorado, y ambos se esforzaron bastante en contenerse y controlar sus sentimientos, como si una sola lágrima pudiera desencadenar una avalancha incontrolable de emociones.

Gabriel le dijo una mañana:

"Sígueme, no vas a creerlo".

Joaquín lo siguió por el corredor. Subieron una rampa y Gabriel añadió cuando llegaron a una puerta:

"Hemos llegado. ¿Qué te parece?"

"¿De qué hablas?"

"De la pista, idiota", dijo señalando un sendero que rodeaba una parte poco transitada del jardín.

Gabriel se deslizó por la rampa, tomando velocidad e impulsándose con toda la fuerza de sus brazos. Joaquín estaba sorprendido; había pensado que Gabriel le iba a contar algo personal, pero bajó a toda velocidad por un corredor desierto del hospital. Su reacción natural fue ir tras él y adquirir la mayor velocidad posible. No sabía qué tan sólidas eran las sillas de ruedas, y tampoco pensó en lo que podía pasar si se estrellaba con alguien.

La pendiente era bastante inclinada y Joaquín no tardó en estar a poca distancia de Gabriel. Una enfermera gritó al verlos: "¡Deténganse! ¡Deténganse!", mientras Joaquín se concentraba en alcanzar a Gabriel.

Una puerta se abrió y el doctor Scott —un pediatra— y el señor García —uno de los administradores del hospital— corrieron a toda prisa por el corredor. Gabriel giró bruscamente a la izquierda, pero Joaquín no alcanzó. El doctor vio la silla de ruedas que avanzaba a toda velocidad en su dirección, se cubrió la cara y gritó: "¡Nooo!"

Afortunadamente, el incidente no pasó a mayores. El médico sufrió unas contusiones leves y un fuerte golpe en su ego; Joaquín alcanzó a esquivarlo, lanzándose a un arbusto para evitarlo. El señor García salió ileso. Los chicos justificaron el incidente y explicaron que Gabriel había perdido el control de su silla de ruedas mientras bajaba por la rampa; Joaquín intentó detenerlo, pero en vez de ello lo empujó accidentalmente, haciendo que avanzara con mayor velocidad. El médico estaba ofendido y aseguró que no se trataba de un accidente, sino que ellos lo habían hecho a propósito y decidió demandarlos por asalto y daño a la propiedad. El doctor Friedman, quien era el director del hospital, le dijo que considerara que se trataba apenas de dos chicos en sillas de ruedas que recientemente habían perdido a sus padres.

"Scott, no creo que puedas convencer a ningún juez de que estos jóvenes son culpables".

"Ellos me atacaron".

"Dejémoslo así. Fue un accidente y no volverá a ocurrir. ¿De acuerdo?"

Los dos chicos asintieron, haciendo un esfuerzo por no reírse.

Joaquín recibió otra silla, pues la suya quedó vuelta pedazos. Ambos alcanzaron cierta notoriedad por el incidente, lo cual estaba bien, pues algunas de las enfermeras, especialmente las más jóvenes, se interesaban en ellos. Pero al mismo tiempo, otras personas los vigilaron más de cerca y entonces tuvieron que ser más precavidos. Scott había decidido cobrarles por lo que le habían hecho: los seguía, observándolos de cerca, e hizo todo lo posible para que los sacaran del hospital. Friedman, que los había defendido, tampoco estaba muy contento con los dos jóvenes descarriados. Habría preferido que los trasladaran a otro hospital. Pero afortunadamente para los chicos, el director no pudo hacer nada; la burocracia era complicada y el proceso de transferencia tardaría semanas o meses.

Gabriel y Joaquín continuaron con su ritual nocturno de escuchar

Radio Muerte y, aunque ahora tenían menos oportunidades de conseguir el contrabando que alegraba sus noches, seguían disfrutando mucho el programa.

Una noche salieron sigilosamente de la habitación y avanzaron por el corredor. Sabían que sería difícil entrar a la oficina del director sin ser vistos, pero Joaquín ya lo había logrado en una ocasión. El sigilo no valía de mucho, pues se deslizaban en medio de la noche por el corredor en un par de sillas de ruedas que emitían sonidos más fuertes que los catres desvencijados de un burdel.

Sincronizaron los movimientos para hacer la menor cantidad de ruido posible. Tardaron casi una hora en llegar allí, y escasamente lograron controlar la risa. Finalmente llegaron a la puerta de la oficina del director. Joaquín intentó abrir con la llave que le había dado un empleado a cambio de una botella casi llena de loción Aramis para después de la afeitada: no tardó en hacerlo y entraron con rapidez. Cerraron la puerta y fueron al teléfono. Gabriel marcó un número, pero la línea estaba ocupada. Lo intentó de nuevo y ocupado de nuevo. Otra vez, y nada. Decepcionado, dejó el auricular en la base. Joaquín se llevó el dedo a los labios, gesticulando para no emitir ningún sonido y marcó; la línea estaba ocupada. Intentó de nuevo y esta vez escuchó la voz de una joven.

"Estás llamando a *Radio Muerte*. ¿Tienes alguna historia para contar?"

Al escuchar esto, Joaquín le pasó rápidamente el teléfono a Gabriel.

"Sí", dijo Gabriel. "Quiero contar una historia".

"Tienes que hablar más duro".

Joaquín comenzó a reírse de una manera incontrolable.

"Hace unos dos años fui ingresado al hospital St. Michael de Houston. Me iban a operar debido a una insuficiencia renal".

Se esforzó para no reírse.

"La operación estaba programada para el día siguiente, pero esa noche no pude dormir debido a la ansiedad. Salí a dar una vuelta por el hospital en mi silla de ruedas y escuché un sonido que me llamó la atención. Miré hacia el interior de una oficina que tenía las luces encendidas y vi a unos médicos y enfermeras devorando vísceras humanas, crudas y sanguinolentas. El doctor Friedman, quien era director del hospital, estaba sentado a la cabecera de la mesa. Y el doctor Scott se encargaba de cortar la carne humana y de servirles a los comensales.

"El paciente que habían operado de la próstata ese día había sido mi compañero de cuarto, y ahora se encontraba tendido e inmóvil en el suelo. Al día siguiente les dije que no debían operarme porque me sentía mareado y había vomitado toda la noche. El doctor Scott aplazó mi cirugía a regañadientes, y en mi lugar operaron a una joven que tenía un tumor en la espalda. Esa noche di otra vuelta, a fin de comprobar si yo había alucinado la noche anterior. Llegué a la oficina en la que había visto a los caníbales, y vi de nuevo a Scott y a Friedman; estaban devorando los órganos de la mujer que aún estaba con vida. Intenté escapar del hospital, pero el lugar era como una fortaleza, y cada día tenía que inventar nuevas disculpas, esconder los resultados de laboratorio, cambiarme de cama o chantajear al personal para que no me llevaran a la sala de cirugías".

Joaquín no pudo contenerse más y Gabriel colgó. Se rieron hasta que se cayeron de sus sillas de ruedas. Luego tomaron algunas de las pertenencias del director y salieron con el mismo cuidado con el que habían llegado. Ya no eran tan solo dos oyentes de *Radio Muerte;* ya eran participantes, y se sentían muy orgullosos.

"Si no llego a ser músico por algún motivo, ya sé lo que quiero ser".

"¿Un médico caníbal?"

"No; presentador de un programa radial".

Ellos no paraban de reírse.

Finalmente llegó el día en que la abuela de Joaquín fue a visitarlo. Él estaba con Gabriel, leyendo en el jardín, como acostumbraban hacerlo todas las tardes. Procuró levantarse cuando vio a su abuela, pero recordó que no podía hacerlo y se dirigió hacia ella en la silla de ruedas. Gabriel se sintió incómodo y se marchó. Joaquín y su abuela hablaron interminablemente.

Posteriormente, Joaquín regresó a su habitación y le dijo a Gabriel: "Viviré con mi abuela cuando salga de aquí. No regresaré a México".

capítulo 43

DEL PROGRAMA INEXISTENTE

Joaquín salió a dar una vuelta. Pensó en comprar unos CDs, y tal vez matar el tiempo en algún supermercado. Los nervios se estaban apoderando de él, y había empezado a hablar solo. Su nuevo teléfono móvil timbró; no terminaba de acostumbrarse a él. Era Prew, el periodista de *Newsweek;* parecía estar ansioso y tener prisa.

"Siento molestarte, pero tengo una pregunta. Hablé con el investigador de la revista; vio un problema en la entrevista".

"¿De qué se trata? Creí que habías decidido no publicarla, pues me negué a hablar de Gabriel", le dijo Joaquín.

"Sí, lo hicimos. Decidimos publicarla debido a tu éxito reciente y a un espacio que teníamos disponible en la próxima edición. Pero como te digo, hay un problema en la entrevista."

"¿Cuál es?"

Joaquín se sintió molesto al pensar que habían desempolvado su entrevista y que un batallón de empleados de *Newsweek* anduviera a la caza de errores, contradicciones o declaraciones que pudieran tener consecuencias legales para la revista.

"Se trata de algo menor, pero el investigador cree que te confundiste al decir que habías escuchado un programa semejante al tuyo cuando estabas en el hospital con Gabriel."

"¿Y cuál es la confusión?"

"Que el programa no existió".

Su voz revelaba preocupación.

"Por supuesto que existió. Los investigadores están equivocados".

"Son profesionales, Joaquín. Trabajan en la revista desde hace varios años y nunca hemos tenido problemas con ellos. Es probable que el accidente haya podido afectar tu memoria".

"No, estoy completamente seguro de lo que dije".

"Es imposible. No ha habido un programa como ese en el área de Houston en las tres últimas décadas; los registros indican que no se han emitido programas sobre fantasmas, espectros ni monstruos. Yo mismo he revisado los archivos".

"Entonces cometieron un error. No es la primera vez que he tenido que buscar documentos que han desaparecido de bibliotecas o archivos. Dame un tiempo y te prometo que lo encontraré".

"No me estás entendiendo, Joaquín. Investigamos de manera exhaustiva, consultamos muchas fuentes históricas y entrevistamos a varios expertos, y nadie supo de qué les estábamos hablando".

Joaquín se sintió mareado y detuvo el auto. No necesitaba ese tipo de noticias, pues su visión de la realidad ya era suficientemente difusa.

"Sé que puedo estar confundido sobre muchas cosas del pasado, pero no tengo ninguna duda en este caso. Ese programa me salvó la vida y me motivó a hacer lo que hago ahora".

"¿No será que lo escucharías en México?"

"Estoy seguro de haberlo escuchado en el hospital de Houston. No existe otra posibilidad".

"¿Conoces a otra persona que haya escuchado el programa en esa época?"

Joaquín intentó recordar, pero él y Gabriel no habían compartido la experiencia con nadie, pues se suponía que todos estaban dormidos a esa hora. Estaba prohibido escuchar la radio después de las nueve de la noche y tampoco creían que hubiera alguien en el hospital interesado en ese programa.

"Hasta donde yo sé, Gabriel y yo éramos los únicos que lo escuchábamos".

"Sólo tú y tu amigo muerto", dijo Prew; la incredulidad era palpable en su voz.

"Estoy seguro de que mucha gente lo escuchaba, pero no conozco a ninguna de ellas".

"Los recuerdos son reacciones químicas, simples descargas eléctricas. No hay nada más frágil que la memoria".

"Es posible, pero estamos hablando de una parte muy importante de mi vida".

"Olvidémoslo. No tiene importancia, simplemente eliminaré esa parte".

"No lo hagas. Dame un tiempo…" dijo Joaquín y colgó.

Aceleró y giró en ciento ochenta grados, sin importarle el tráfico, avanzando en dirección opuesta en medio de bocinas e insultos. Lo primero que pensó fue que debería irse a casa a descansar, pues aún no se había recuperado de la muerte del pseudo-chamán, aunque no pudiera asegurar si realmente había ocurrido o no. Por una parte, quería olvidarlo y suponer que solo había sido producto de una alucinación, pesadilla o desmayo. Sin embargo, recordaba de una manera muy vívida todo lo que había sucedido. Y en ese momento tenía que vérselas con otro asunto más apremiante y demostrar que el programa original no era un producto de su imaginación. De lo contrario, todo aquello de lo que estaba seguro se derrumbaría por completo, pues el programa era el pilar de sus recuerdos y memorias.

Pero, ¿por dónde empezar a buscar? La respuesta era obvia: Tenía que ir al lugar donde comenzó todo, y debía hacerlo ahora mismo. Llamó a Alondra y le dijo: "Necesito ir a Houston ahora mismo para revisar algo, porque de lo contrario me voy a enloquecer".

Luego le habló de la llamada que había recibido de Prew, sin darle la oportunidad de responder. Alondra no entendió nada.

"¿Qué diferencia hay entre irte o quedarte?"

"En este momento es lo más importante de mi vida".

"Cálmate, Joaquín. Déjalo en mis manos. Lo investigaré y en un par de días cuando más sabremos si el programa existió o si solo se trata de un producto de tu imaginación".

"Tres días es mucho tiempo; no puedo esperar: tengo que viajar ya".

"Estás siendo muy dramático. Relájate y respira profundo. No lograrás nada con viajar ahora".

"Alondra: por más que lo intentes, no podrás convencerme de que no vaya".

Ella suspiró. "Está bien, pero déjame investigar y ver quién te puede ayudar. ¿Regresarás mañana?"

"Tal vez, a menos que encuentre algo realmente importante".

"Cuídate, ¿sí?"

Joaquín condujo a toda velocidad al aeropuerto. Sentía una presión en el pecho y su mente estaba completamente nublada. Compró un boleto ida y vuelta y se dirigió a la puerta de embarque. Su nuevo teléfono móvil sonó.

"Encontré algo. Max Stevens es un experto en la historia de la radio en Houston y todo Texas", le dijo Alondra.

"Excelente. Dame sus datos".

"Hablé con él, Joaquín. No necesitas viajar; puedes llamarlo".

"Alondra, tengo que hacerlo".

"Haz lo que quieras. Te enviaré el número en un mensaje de texto. ¿Sabes manejar tu nuevo móvil?"

"Sí, no te preocupes. Envíamelo. Tendré que pedirle una cita".

"Ya se la pedí. Te recibirá hoy; le expliqué que era una emergencia y fue muy comprensivo".

Joaquín abordó el avión y pensó que llevaba mucho tiempo sin ir a Houston. Casi no recordaba la ciudad y esto lo preocupó: ¿cómo había podido olvidar un lugar donde había vivido tanto tiempo? Recordó su regreso a Ciudad de México muchos años atrás, y esos recuerdos también eran difusos. Esto lo tranquilizó: los recuerdos habían acudido naturalmente en aquel entonces, y lo mismo sucedería hoy.

Sin embargo, este momento era diferente al de su regreso a Ciudad de México, pues desde el instante en que llegó, sintió que había aterrizado en un planeta desconocido. Al comienzo, creyó que le bastarían unas pocas direcciones para orientarse, pero cuando comenzó a recorrer las calles en el Ford Taurus 2007 que había alquilado, comprendió que no podría llegar al centro de la ciudad sin un mapa. Miró detenidamente el reflejo del sol en el capó verde metálico del auto.

"Mi religión es la del chip de las computadoras", murmuró para sus adentros, mientras leía la dirección de Stevens en la pantalla de su nuevo teléfono.

El trayecto no representó ninguna novedad. Pasó por un café mientras avanzaba por la avenida Monroe para tomar la autopista. Varias personas estaban sentadas y con las miradas vacías en torno a una radio en las mesas que había afuera. Sostenían sus tazas a poca distancia de los labios, pero no bebían. Joaquín sabía que era imposible que estuvieran escuchando *Radio Muerte* a esa hora del día, pero también tuvo la sensación de que eso era precisamente lo que hacían. Pensó detenerse y bajar la ventanilla para ver si lograba escuchar, pero desechó la idea y continuó su camino hacia la oficina de Stevens.

La oficina estaba situada en uno de los lujosos rascacielos corporativos del centro de la ciudad. Stevens tenía una secretaria y un equipo de asistentes que iban de un lado a otro con carpetas, cajas y montones de documentos. En la antesala había afiches promocionando sus libros, fotografías suyas en compañía de gente famosa y una pintura al óleo de un velero en el océano. Joaquín no tuvo que esperar mucho tiempo.

"Encantado de conocerte, Joaquín. Estoy muy interesado en ti, pues pienso incluirte en mi próximo libro. Tu programa ha tenido un éxito notable".

Stevens le hizo unos cuantos elogios más, y Joaquín intentó corresponderle con un comentario positivo sobre sus libros, que por cierto, nunca había leído, razón por la cual no se le ocurrió nada. Le dijo que era un placer y un honor conocerlo, y añadió: "Viajé en avión para hablar contigo, pues no hay nadie que sepa más sobre la historia de la radio que tú".

Stevens, un hombre alto y delgado, con facciones agradables y una apariencia impecable, se mostró complacido.

"Iré al grano. Hace dieciséis años tuve un grave accidente en esta ciudad. Permanecí hospitalizado durante seis semanas, tiempo en el cual pasé parte de las noches oyendo un programa radial sobre fantasmas y asuntos sobrenaturales, muy semejante al que yo presento en la actualidad. Se transmitía a altas horas de la noche, probablemente duraba hasta el amanecer, y los oyentes llamaban para contar historias de misterio y terror, y para hablar de todo lo relacionado con los fantasmas. ¿Puedes decirme algo sobre un programa parecido a este que te describo?"

"Ahora no se me viene nada a la cabeza; no creo recordar un programa semejante".

"¿Estás seguro?"

"Completamente. Me parece que puedes estar errado, aunque podríamos constatar si existió, tal y como tú lo describes. Tengo el archivo de transmisión radial más extenso e importante del estado y tal vez del país, así que vamos a comprobarlo".

Max se sentó frente a su computadora y escribió algo. Joaquín observó en silencio y sentía que no iba a ningún lado a medida que pasaba el tiempo. Era una sensación tan desagradable como la de ser diagnosticado con una enfermedad terminal.

Entonces Stevens le dijo: "Joaquín, debe haber un error. Aquí tengo el historial de las transmisiones nocturnas año por año de las últimas tres décadas y no veo ningún programa como el que me describes, ni siquiera alguno que aborde los temas que mencionaste".

"Sabía que me dirías eso, Max. Por eso decidí venir personalmente. Creo que ese programa se ha perdido, para decirlo de alguna manera".

"¿Qué quieres decir con eso?"

"Que por alguna razón no ha sido registrado en los archivos oficiales".

"¿Y por qué habría de suceder eso?"

"No lo sé, pero yo puedo garantizar que sí existió".

Stevens entrecerró los ojos y Joaquín advirtió que no le gustaba que lo contradijeran.

"Joaquín, tengo un archivo muy completo; es impecable. No permito ninguna omisión y no entiendo a qué te refieres cuando dices que el programa no ha sido registrado".

"Simplemente quiero saber si eso sería posible".

"De ninguna manera. Tengo registros muy exhaustivos y meticulosos", dijo Stevens, haciendo énfasis en las últimas palabras y pronunciándolas despacio, "de todo lo que ha estado al aire en el área de Houston durante los últimos treinta años".

"No lo dudo, pero estoy completamente seguro de que el programa existió".

"¿Recuerdas otros detalles sobre el programa? ¿El nombre del presentador, de la emisora o los días en los que era transmitido?"

"No, no recuerdo nada de eso. Creo que había varias personas a cargo del programa, tanto hombres como mujeres. Se transmitía tres o cuatro veces a la semana, pero no recuerdo en cuál emisora".

"¿Y el número telefónico?"

"No lo tengo, pero es posible que pueda conseguirlo", dijo y recordó que cuando él y Gabriel llamaron, había anotado el número en un cuaderno que podía estar entre las pertenencias que había llevado de un lugar a otro durante su vida. "¿No es posible que hubiera transmisiones marginales o programas clandestinos durante aquella época?"

"Supongo que sí, en cuyo caso no tendrían por qué estar en mi archivo".

"¿Existe alguna forma de investigar ese tipo de programas?"

"No lo sé".

"Tiene que haber alguien que los haya documentado".

Stevens estaba perdiendo la paciencia.

"Lo siento, pero no puedo ayudarte", dijo poniéndose de pie.

"Créame que no quiero quitarle más tiempo, pero este asunto es sumamente importante para mí".

La irritación de Stevens era evidente. Giró sus muñecas y evitó la mirada de Joaquín. Pero él no quería irse de allí con las manos vacías; necesitaba algo, cualquier dato que sirviera para aclarar el misterio.

"Hay una colección llamada *Theo Winkler*...", dijo Stevens con desgano.

"¿Cómo?"

"Winkler es un diletante que ha compilado transmisiones radiales clandestinas, marginales y universitarias de todo tipo. Es un ignorante y un impostor, pero podría tener algún indicio sobre lo que estás buscando".

"Te agradecería mucho si me pudieras pasar sus datos".

"Mi secretaria se los dará. Que tenga una buena tarde, señor", dijo Stevens, conduciendo a Joaquín afuera de la oficina. Era obvio que estaba ofendido porque había ido a verlo por algo que no tenía relación con él, y lo más seguro es que ya hubiera descartado la idea de incluirlo en su próximo libro.

Joaquín le agradeció y la secretaria le dio un papel con un número telefónico que Joaquín marcó tan pronto salió de la oficina.

Winkler contestó al tercer repique; aparentemente, no tenía secretaria. Joaquín le explicó dónde había conseguido su número.

"¿Stevens? ¿Ese déspota y altanero te dijo que hablaras conmigo? No puedo creerlo".

Joaquín le explicó lo que estaba buscando, y Winkler le dijo que pasara la próxima semana por su oficina.

"Tiene que ser hoy".

"Ya es muy tarde. No podré atenderte".

"Por favor, Winkler. Entiéndeme, es una emergencia; el tiempo se agota y necesito verte hoy. No te quitaré mucho tiempo".

Winkler aceptó sin mucho entusiasmo. Joaquín descargó la dirección del "buscador de mapas" y se puso en marcha. La oficina de Winkler estaba ubicada en una bodega destartalada en un vecindario residencial de clase media, en las afueras de la ciudad.

"Gracias por recibirme", le dijo Joaquín, antes de que Winkler abriera la boca.

El "archivo" de Winkler consistía en la mesa de una sala, rodeada por montones de bandas sonoras, grabadoras y muchas radios antiguas. Todas las superficies estaban cubiertas por una espesa capa de polvo, y el lugar apestaba a moho y a marihuana. Winkler era un hombre gigantesco vestido con overol.

"He pensado en el programa que me describiste cuando hablamos por teléfono. Creo que sé a qué te refieres. Tal vez puedo tener algo que te sirva".

Abrió un archivador y buscó entre un montón de papeles polvorientos. Transcurrió casi una eternidad y Joaquín empezó a desesperarse.

"Aquí está", dijo Winkler, sosteniendo una vieja tarjeta amarillenta, con los bordes manchados y raídos.

Joaquín no podía creerlo; era demasiado bueno para ser cierto, pues se trataba de la primera noticia positiva que recibía en mucho tiempo. Tal vez no estaba loco ni mucho menos sumergiéndose en una pesadilla absurda. Seguramente sus recuerdos quedarían reivindicados con aquella tarjeta. Llamaría a Prew y a Stevens de inmediato, simplemente para demostrarles que no mentía ni estaba loco.

"¿Tienes grabaciones de las transmisiones en tus archivos?"

"Sí, tengo algo en la biblioteca de audio. Quiero que comprendas que estoy haciendo un esfuerzo y que dependo exclusivamente de las donaciones".

"¿Cuánto quieres?"

"No te estoy cobrando. Mi archivo está a disposición de todo el mundo, pero creo que puedes apreciar los costos que representa conservar todo esto".

"Entiendo. Ahora dime cuánto debería 'donar' ". Joaquín estaba dispuesto a darle lo que fuera con tal de tener la oportunidad de escuchar algunas de las grabaciones del programa.

"Doscientos cincuenta dólares", dijo Winkler casi sin pensarlo.

Joaquín sacó todo el dinero que tenía en la billetera.

"Tengo ciento cincuenta dólares en efectivo y puedo firmarte un cheque por otros cien".

"Normalmente no acepto cheques", señaló Winkler, "pero esta vez haré una excepción".

Winkler buscó en los cajones mohosos de lo que él denominaba su "archivo" y diez minutos después sacó una grabación de audio. La insertó en una vieja grabadora marca Nagra, adelantando y retrocediendo la cinta hasta hacer que sonara.

"No, estás confundido. Este no es el programa que busco".

"Es *Radio Muerte*".

"Sí, lo sé. Es mi programa y mi voz, pero lo que yo busco es un programa semejante que se transmitió en los años ochenta".

"Escucha. Este programa fue grabado hace más de veinte años. ¿Ves?" dijo Winkler, señalando la caja de la que había sacado la cinta. En ella se leía: RADIO MUERTE, 13 DE SEPTIEMBRE DE 1983.

"Es imposible; tiene que haber un error. Esta grabación es de hace un par de meses".

Winkler lo miró estupefacto, como si le estuviera hablando en otro idioma.

"Han pasado por lo menos diez años desde que dejé de grabar en este formato".

"Tiene que ser un malentendido. Es cierto que estamos escuchando *Radio Muerte*, pero, ¿no escuchas mi voz? Es obvio que no puede tratarse de un programa realizado hace veinte años".

"No entiendo. Presentas un programa llamado *Radio Muerte*, y ésta es una grabación de ese programa con tu voz, ¿y no es el que estás buscando?"

"No. Lo que busco es un programa similar que se transmitió hace veinte años. Fue en el que yo me inspiré para presentar el mío".

"De acuerdo. Pero te aseguro que éste es el programa *Radio Muerte* que se transmitió en los años ochenta". Winkler tenía una pequeña caja con varios casetes marcados con el nombre del programa y las fechas de transmisión.

Joaquín tomó otra cinta al azar y la insertó en la grabadora; Winkler no lo detuvo. Presionó la tecla PLAY y escuchó de nuevo su voz y la de Alondra. Creyó reconocer incluso el programa específico.

"Éste también es reciente".

"Sólo si consideras que veinte años es poco tiempo".

"Veinte años no son nada", dijo Joaquín, insertando otra cinta.

El resultado fue el mismo. Intentó con otras y obtuvo el mismo resultado.

"Bien, creo que he satisfecho tu curiosidad", dijo Winkler.

"¡No! ¡Estoy más confundido que nunca! ¡Necesito saber qué está sucediendo!"

"No pasa nada, hombre. Me pediste este programa y aquí está. No hay ninguna confusión".

"Lo que pasa es que este sitio es caótico, desordenado y confuso. ¡Mira alrededor! Es imposible imaginar que puedas mantener algún tipo de orden aquí. Stevens me lo advirtió".

"Stevens es un imbécil. Mi archivo está en perfecto orden. Me importa un comino si no me crees, pero estas grabaciones son realmente del programa *Radio Muerte*, de 1983".

Joaquín se arrepintió de su comportamiento; era el peor momento para perder la paciencia, pero ya no podía contenerse.

"Tal como lo veo, sólo existen dos opciones: o no sabes en dónde tienes el trasero o estás tratando de hacerme pensar que estoy loco".

Winkler señaló la cinta que estaba sonando.

"Escúchala", dijo.

Joaquín escuchó una primicia. El presentador anunció la publicación de los *Diarios de Hitler*, afirmando que eran verídicos y luego escuchó un anuncio publicitario sobre el estreno mundial del *Retorno del Jedi*.

"Espera, espera", dijo. "Le agregaste eso, ¿verdad? ¿Estás haciendo esto para joderme? ¿Quién te dijo que lo hicieras? ¿De qué se trata todo esto?"

"Basta ya", dijo Winkler. "Sal de aquí o te sacaré a patadas. Creía haber visto una buena dosis de paranoicos que creían en conspiraciones, pero no había conocido a nadie como tú". Winkler empezó a gritar: "¡Fuera de aquí!" Y se dio vuelta para agarrar un bate que estaba contra la pared.

Joaquín aprovechó para meterse una cinta en el bolsillo. Sabía que la conversación había terminado y que no podía salir de allí sin algún tipo de evidencia. Si iba a arriesgar su vida, pensó que al menos debía hacerlo por algo que valiera la pena.

"No es paranoia. ¿Acaso no entiendes? Es imposible que esa grabación tenga veinte años y que al mismo tiempo contenga mi voz y la de mi novia".

"¡Fuera! No sé de qué estás hablando y tampoco me importa".

Joaquín estaba seguro de que el hombre lo golpearía con el bate si seguía discutiendo con él, y retrocedió lentamente hacia la puerta, mirando fijamente al irritado archivista.

"Discúlpame, lo siento. Éste asunto realmente me ha afectado. Mi vida depende del hallazgo de ese programa".

"Por supuesto. Y probablemente has recibido órdenes de extraterrestres para invadir la Tierra. Fuera de aquí".

Joaquín abrió la puerta con cuidado. Recibió la luz del sol que todavía brillaba aunque era casi de noche. Winkler cerró la puerta de un golpe. Joaquín tenía en su bolsillo la prueba de que algo —una modificación extraña—, estaba alterando la realidad. Sin embargo, todavía esperaba encontrar una explicación racional: ¿Era posible que Winkler hubiera confundido las cintas? ¿Por qué la primicia aparecía allí? ¿La habían montado a partir de una grabación anterior? A Joaquín le pareció improbable.

Subió al auto y cerró la puerta, tratando de organizar sus ideas. Se recostó en la silla y cerró los ojos; necesitaba desconectarse del mundo y tener un momento de paz en el que no sucediera nada extraño. Abrió los ojos y ya había anochecido: estaba completamente oscuro. Joaquín cerró los ojos aterrorizado. La luz diurna brillaba de nuevo cuando los abrió. Observó entonces el reflejo de su rostro y la expresión de sus ojos en el espejo retrovisor. Pensó en cubrirse la cara de un modo casi infantil para ver qué sucedía. Se miró las palmas de las manos durante unos instantes antes de llevárselas a la cara. Cerró los ojos durante un momento; los volvió a abrir y ahí estaba una vez más el auto sumergido en la oscuridad. Joaquín perdió su compostura. Todo se desmoronó. Hasta ese momento había tenido la certeza de que todo comenzaría a tener sentido y creía que los extraños acontecimientos quedarían reducidos a unas pocas anécdotas curiosas que podría olvidar fácilmente. Pero ahora todo parecía volverse en contra suya: era el protagonista de una comedia macabra.

capítulo 44

OTRA TRANSMISIÓN

Joaquín se detuvo en el primer motel que encontró. Era un lugar modesto y sin mayores pretensiones. La clientela parecía constar principalmente de personas desaliñadas que se dirigían sigilosamente de sus autos a las habitaciones —o en sentido contrario— en medio de las sombras.

Joaquín no estaba en condiciones de buscar algo más sofisticado; necesitaba dormir y olvidarse de todos los hechos extraños que le estaban sucediendo. Inicialmente había pensado regresar a casa, pues no tenía motivos para permanecer en Houston. Su viaje había sido un fracaso. Pensó en llamar a Alondra, pero ¿qué le diría? No quería saber qué tono podría adquirir su conversación después de lo que había pasado ese día. Sin embargo, sintió un deseo acuciante de llamarla, de escuchar esa voz que lo hiciera regresar a la normalidad, avivando el recuerdo de su vida cotidiana, una voz que le hiciera sentir que siempre podía regresar a casa sin importar lo que sucediera.

Joaquín no llamó; su casa le parecía un destino vago, casi una abstracción.

No había tenido un momento de descanso desde que recibió la llamada de Prew. Sentía unos nudos enormes en la espalda y en las piernas debido a la tensión. Se tendió en la cama sin retirar el edredón. Había oído decir que las camas de los moteles estaban llenas de semen y bacterias, pero no le importó. Hasta el virus del ébola le parecía inocuo comparado con la amenaza que veía frente a él. Diversas patologías mentales recorrían su mente como espectros: psicosis, esquizofrenia, síndrome bipolar, epilepsia del lóbulo temporal, Alzheimer. *Realmente tengo un problema*, pensó. No tenía otra explicación para lo que estaba sucediendo en su cabeza: un cortocircuito neurológico, una conexión defectuosa o una enfermedad cerebral degenerativa y paulatina. Se sintió aterrorizado por esta posibilidad, pero la alternativa era incluso peor. Pensó en las historias que todos los días se oyen sobre accidentes grotescos, crímenes sensacionales y apariciones inexplicables. Pensó que la ausencia de historias, la desaparición de los recuerdos, y el silencio de la imaginación eran peores que todos esos horrores juntos. ¿Estaba yendo en esa dirección, dispuesto a rodar en cualquier momento por ese abismo?

Una ansiedad abrumadora se apoderó de él: una terrible sensación de hundimiento, como si él y su solitario cuarto de hotel estuvieran cayendo en las profundidades asfixiantes del socavón de una mina. Al pensar en esto, sintió un espasmo semejante a una descarga eléctrica desde la espalda hasta las manos. Permaneció inmóvil, temiendo que el más leve movimiento de sus ojos modificara su entorno y lo llevaría al fondo del socavón.

El teléfono sonó, sacando a Joaquín de su marasmo. Levantó la cabeza, miró el aparato y deseó que fuera Alondra, llamándolo para saber cuándo regresaba, para preguntarle cómo le estaba yendo y decirle que todo saldría bien. Pero nada estaba marchando bien.

Y desde un buen tiempo.

Estiró la mano para tomar el teléfono como si hubiera serpientes en el colchón dispuestas a morderlo, y tomó el auricular. Miró el identificador de llamadas buscando un poco de seguridad.

Pero al contrario. Se sintió más intranquilo. Solo había un nombre: *Joaquín*.

"Es inútil que marque mi propio número telefónico", se dijo a sí mismo.

Pensó en dejar que se activara el contestador. Confrontar una grabación sería menos intimidante que responder al teléfono y exponerse a quién sabe qué. Pero por alguna razón tomó el auricular.

"Aló".

"Hola Joaquín, ¿de vacaciones?" dijo una voz extraña pero al mismo tiempo familiar.

No había otra persona que Joaquín quisiera escuchar menos que a ese individuo, el misterioso bromista responsable de todo lo que le estaba sucediendo.

"¿Quién eres? ¿Qué quieres?"

"Por qué no me dejas preguntarte lo siguiente: ¿quién eres ahora?"

"El mismo de siempre".

"¿El mismo fulano que presentaba un programa radial hace dos décadas?"

Joaquín permaneció en silencio. "¿Por qué la persona que llamaba sabía de las cintas de grabación?"

"Sabes que no se trata de eso. Tu mundo se está desintegrando lentamente".

"Tú eres el que está detrás de todo esto. ¿Cómo conseguiste mi teléfono?" De repente, se le ocurrió una idea descabellada y se la espetó: "¡Tú mataste al chamán!" sorprendido de que no se le hubiera ocurrido antes, pues tenía mucho sentido.

"Esa es una acusación muy seria, especialmente cuando proviene de alguien que golpeó al difunto antes de morir asesinado. ¿Entiendes lo que te digo?"

"¿Estás seguro de que realmente está muerto?"

En ese momento tocaron la puerta. Joaquín dio un brinco y soltó el auricular. Se sintió fugazmente desorientado. El cuarto le pareció enorme. ¿Qué tendría en los ojos? No podía ver nada de lo que estaba a su alrededor. Caminó a tientas con el teléfono en la mano hasta encontrar la puerta, y gritó:

"¿Quién es?"

"Señor, dejó su tarjeta de crédito en la recepción".

Joaquín abrió la billetera y buscó la tarjeta con nerviosismo; no era posible haberla olvidado, pues nunca acostumbraba perder cosas como tarjetas de crédito o teléfonos móviles. Sostuvo firmemente el auricular con su mano derecha y la billetera con la izquierda mientras examinaba sus tarjetas. Miró el suelo con atención, en busca de la tarjeta con su color verde inconfundible, pero no estaba allí. Temeroso de constatar lo que temía, abrió la puerta y vio a un botones sosteniendo su tarjeta en la mano, pero cuando miró hacia arriba, vio a J. Cortez, quien lo miró fijamente a los ojos. El uniforme desteñido no era de su talla. Los pantalones le llegaban a los tobillos, y la chaqueta le quedaba muy apretada.

El auricular resbaló de la mano de Joaquín, pero alcanzó escuchar una risa fuerte al otro lado de la línea.

"¡Tú! ¿Qué haces aquí?" le preguntó, tratando de disimular su sorpresa.

"Deberías ser más cuidadoso. Es peligroso olvidar este tipo de cosas", dijo cínicamente Cortez, entregándole la tarjeta.

"¿Qué pasó con tus heridas y con Barry?" balbuceó Joaquín, aunque sabía que era inútil esperar respuesta alguna.

"Todo está bien. En cuanto a Barry, creo que todavía está merodeando por ahí; pobre de él", dijo, con un fulgor en los ojos.

"¿Qué está pasando?"

"¿Qué quieres decir?" le preguntó Cortez, moviendo la cabeza.

Entretanto, la voz en el teléfono dijo: "Dale una propina a ese pobre hombre y deja de molestarlo con preguntas estúpidas".

Joaquín miró fijamente a J. Cortez, a Cuauhtémoc, o a quien quiera que fuera ese hombre que había muerto pocos días atrás. El hombre sonrió y extendió la mano derecha con la palma hacia arriba, con un aparente gesto de burla. Joaquín recogió un billete del suelo y se lo depositó en la mano extendida. La sonrisa del hombre se convirtió en una mueca y el pseudo chamán-botones-pastor se marchó.

"¿Qué fue eso?" dijo Joaquín por el teléfono.

"Quería que vieras la calidad del servicio que ofrece el hotel".

"Voy a colgar ya".

"No te olvides de aquello".

"Adiós".

"No vas a colgar. Tienes demasiada curiosidad de saber qué te está pasando".

"A esta altura, no sé si quiero entender. Por lo demás, puedes quedarte con mi teléfono móvil".

"Gracias; es un gesto muy amable de tu parte. Es lo mínimo que puedes hacer, teniendo en cuenta todo lo que guardaste de mis cosas".

"¿De qué demonios estás hablando?"

"Sabes muy bien de qué estoy hablando: De tu carrera como impostor".

"¿Qué dices?"

"Quiero preguntarte algo: ¿Sobreviviste para esto?"

"No entiendo".

Pero desde un comienzo, Joaquín sabía en lo más profundo de sí quién estaba en la otra línea, y ya no dudó de ello. Estaba hablando con un hombre muerto, alguien a quien había visto tendido en una mesa de la morgue. La voz era la de él, al igual que el cinismo y el humor negro. Pero, ¿dónde había quedado la generosidad y la amistad? Solo permanecía un profundo resentimiento.

"Creo que entiendes demasiado bien. Contigo, alguien siempre tiene que morir: tus padres, Gabriel, Cortez, el que sea. Pronto será el turno de Alondra, y después de eso… quién sabe. Cualquiera que se te acerque. No te basta con ningún sacrificio, ¿y todo para qué?"

"El único que va a morir eres tú, desgraciado".

"Joaquín, ¿por qué te convertiste en un cobarde complaciente y presumido que tiene que esconderse detrás de un micrófono para hablarle al mundo y que abandonó la música por puro miedo?"

"No tengo que darte explicaciones. Ni siquiera tengo que hablar contigo".

"Estás equivocado; me debes eso y mucho más". La voz sonó entonces como una explosión, como un rugido emergiendo desde el auricular y propagándose en todas las direcciones, invadiendo toda la habitación y retumbando en todas las superficies. Pareció delinear las formas del cuarto como las señales del sonar de un submarino fantasma. Joaquín giró con lentitud; sabía que ya no estaba solo. Cuando vio a Gabriel, soltó el teléfono y se desplomó en la cama.

"¿Qué haces aquí?" preguntó.

"Eso mismo te pregunto yo: ¿Qué haces aquí?" replicó Gabriel. Su voz estaba llena de rabia.

"¿Qué clase de pregunta es esa?" Joaquín quería llamarlo por su nombre, pero no podía pronunciar las sílabas: se sentía completamente impotente e incapaz de articular una palabra, y eso que llevaba varios años presentando un programa radial.

"Sabes muy bien lo que quiero decir. Has desperdiciado tu vida".

"Aunque fuera así, ¿por qué debería importarte?"

"Porque confiaba en ti. Confiaba con todas mis fuerzas y esperaba que pudieras lograr lo que yo no alcancé a realizar".

"¿Eso es todo? ¿Te sientes frustrado de que yo no haya alcanzado lo que te habías propuesto en tu vida?" Joaquín comenzó a recuperarse lentamente del impacto que le produjo la confrontación con un fantasma.

"No, lo que ambos queríamos hacer".

"¿Por qué piensas eso?"

"Debiste permanecer en el camino después de mi muerte, pero en lugar de ello, abandonaste todo cuanto te apasionaba y mandaste al diablo todo lo que le daba significado a tu vida. ¿Durante cuánto tiempo planeaste desperdiciar tu talento de la forma en que lo has hecho?"

Joaquín no pudo encontrar las palabras para defenderse; su elocuencia realmente se había evaporado. Sus argumentos se hacían añicos antes de salir de su boca. Sintió vértigo y un dolor agudo en las sienes.

"¿Realmente estás interesado en la existencia de aquellos que ya no están entre nosotros? Te diré varias cosas. Ven, vamos a dar una vuelta. Creo que no estás muy ocupado". Su tono sarcástico era inquietantemente familiar.

Gabriel salió de la habitación y Joaquín lo siguió sin protestar, resignado a su suerte, sin importar cuál fuera.

"Vamos en tu auto. Quiero regresar a la ciudad de nuestra infancia".

Diversos pensamientos desfilaron por la mente de Joaquín: Gabriel desaparecerá en cualquier momento; despertaré solo, sudando y con escalofríos. Recordó lo que le había dicho Alondra sobre la técnica de los sueños lúcidos, según la cual, uno podía saber si estaba viviendo un sueño al mirarse la mano derecha. Muy bien, se dijo a sí mismo. Mírate la mano derecha.

Lentamente, sintió cómo su brazo se levantaba y un hormigueo le recorrió los dedos. Luego vio su mano derecha con la palma hacia arriba.

¿Y ahora qué?, se preguntó.

Nunca puedes encender las luces si estás soñando, recordó que le había dicho Alondra.

Apagó el interruptor de la luz y esta permaneció encendida. Joaquín encendió y apagó el interruptor alternativamente, pero el cuarto permaneció iluminado y sonrió. Gabriel retrocedió y lo vio jugar con la luz.

"Juega si quieres; puedo entender tu esfuerzo para convencerte de que solo se trata de un sueño. Vamos".

"¿Cómo explicas esto entonces si no es un sueño?" dijo Joaquín moviendo una vez más el interruptor.

Las luces se apagaron.

"No olvides que nada es permanente en los sueños. Todo está en un estado de movimiento continuo; los sólidos son líquidos y las identidades son intercambiables", dijo Gabriel, caminando hacia el estacionamiento.

Apenas estuvieron en el interior del auto, Joaquín recordó la voz de Alondra diciéndole: *En los sueños, todo está en un estado de movimiento continuo.*

"¿Adónde vamos?" preguntó Joaquín mientras encendía el auto.

"Ya te lo dije: simplemente a dar una vuelta".

Cuando salieron del estacionamiento, Joaquín formuló la pregunta que lo había abrumado desde la aparición del fantasma de Gabriel.

"¿Cómo hiciste para regresar?"

"Tú me trajiste de vuelta. Yo estaba al otro lado de lo que algunos de nosotros llamamos *el cuarto muro*".

"¿No es ésa una figura teatral?"

"Sí. Imagina que estamos separados por un panel de vidrio. Tú estás a un lado, y nosotros al otro".

"¿Y ustedes siempre nos están observando a través del vidrio?"

"En realidad no. El otro lado es diferente. Muchas veces ni siquiera sé quién era antes; simplemente siento la necesidad… de encontrar algo, de ajustar cuentas. En este lado, no somos conscientes de las fronteras que nos separan. Todo el tiempo te sentimos, aunque no sepamos lo que eso signifique o las consecuencias de ese contacto, pero sólo a algunos de nosotros nos está reservado el poder para interactuar con tu lado: a los seres especiales, y yo soy uno de ellos. Te busqué y te encontré de la única forma que yo conocía: a través del sonido, de la radio. ¡Ah! Y de un programa que tal vez recuerdas. Tuve el privilegio de escucharte a ti y a tus participantes hablar sobre las fantasías relacionadas con nuestro universo. No me alcanzo a imaginar cómo hacían en nuestro mundo antes de la invención de la radio: te amamos, Marconi".

"¿Oyen la radio?"

"Es increíble lo poco que cambian las cosas aquí", dijo Gabriel.

Joaquín iba a decirle que pensaba exactamente lo contrario, pero se detuvo cuando vio dónde estaban; iban por la misma autopista en la que décadas atrás habían sufrido su aciago choque fatal.

"Llegamos", murmuró Joaquín.

"Nunca nos fuimos", le reconvino Gabriel.

Joaquín detuvo el auto en la berma de la autopista. Bajaron y una gran oleada de tráfico pasó al lado de ellos. Extrañamente, era mediodía. El sol resplandecía brillante, claro y anónimo. Esta vez, Joaquín aceptó el cambio, deleitándose con el flujo del tráfico y con la danza de los reflejos solares sobre el metal. "¿Los has visto?" preguntó, seguro de que Joaquín entendía que se refería a sus padres.

"Todavía están aquí. Tal vez la mayor diferencia entre nosotros está en la forma en que recordamos y en la experiencia de nuestros recuerdos. La memoria es algo que reside en un rincón oscuro de la mente y la invocamos de diferentes maneras para obtener destellos del pasado. Las azarosas imágenes de nuestras vidas quedan grabadas en nuestras mentes, pero esas huellas siguen cambiando, se distorsionan y modifican con el paso del tiempo. Para ti, los recuerdos son interiores, personales y frágiles. Revolotean en tu mente como pequeños demonios polvorientos que se forman en un instante, y desaparecen al siguiente. Pero aquí todo es diferente. Los recuerdos están a nuestro alrededor, tan sórdidos y radiantes como el día en que surgieron, y siempre están presentes. Además, son reales, muy reales. Los mantienes guardados en un cajón oscuro, y nosotros —los seres especiales del otro lado— podemos acudir a ellos todos los días".

Joaquín recordó la manía de Gabriel por las Polaroids y su constante deseo de crear recuerdos instantáneos que confirmaran sus experiencias.

"¿Por qué me has traído aquí?" La exposición a ese objetivo era claramente un preámbulo a otra cosa.

Luego vio la camioneta gris que se acercaba. Quiso cerrar los ojos, escapar, despertar de ese sueño recurrente, pero no pudo desviar la mirada. La camioneta perdió el control, se deslizó y chirrió sobre el asfalto. El Volvo negro apareció en medio del tráfico y se chocó de frente con el Ford verde. Colisionaron en una explosión de metal, calor y ruido. Por un momento los rodeó una penumbra de humo. Varios fragmentos del auto volaron por el aire. Joaquín lo vio todo: las chispas, las llamas, la sangre, el metal. Vio agonizar a sus padres; a su papá decapitado, la cabeza rodando por el capó; a su madre empalada con un siniestro pedazo metálico. Quiso mirar hacia otro lado pero no pudo. Escuchó un concierto de percusión, como si cada sonido proviniera de una pista diferente. Se concentró simultáneamente en varios aspectos y fue una experiencia auditiva sin precedentes. Después recordó la voz: *Realmente deberías escuchar.*

"Voy a chingarme a tu chica. Quería decirte que podemos evitar todo lo desagradable, como la última vez que compartimos una novia. ¿Recuerdas a la pequeña pelirroja a la que me chingué en el asiento trasero del coche mientras te esperábamos?"

"¿Qué estás diciendo? ¿De qué demonios estás hablando?" dijo Joaquín. Aún podía oír el choque, pero al mismo tiempo veía otra cosa. Se trataba de Luca, la pelirroja en cuestión, sentada sobre Gabriel con la falda levantada y los calzones en sus tobillos.

En aquella ocasión intentó tomárselo con calma, como si no le importara. Pero cuando escuchó los gemidos de ella y la vio moviéndose a horcajadas sobre Gabriel, empezó a sudar frío y a temblar de rabia. Realmente la amaba y no podía creer —y mucho menos aceptar— que Gabriel hubiera traicionado su confianza. Sin embargo, no dijo una sola palabra; simplemente se sentó en el asiento delantero, puso el auto en marcha y arrancó sin rumbo definido. El auto se sacudió al pasar por un bache y los escuchó venirse al mismo tiempo: ella lo hizo con un gemido agudo y él con un gruñido gutural. Nadie mencionó el asunto, pero Luca y Gabriel sonrieron entre sí como dos cómplices de algún crimen olvidado durante toda la noche. Joaquín se había acostado con una de las ex novias de Gabriel unos días atrás, pero él le había dicho que ya no estaba interesado en ella. Joaquín interpretó esto como un acto de venganza, pero al igual que en otras ocasiones, terminó como siempre: hablaron del tema después de una botella de whisky y de un porro, se dieron un abrazo y se perdonaron. Al menos eso creía Joaquín. Vio cómo su Walkman salía del auto y se estrellaba contra el pavimento, partiéndose antes de ser triturado por un Toyota. El tráfico se detuvo; varios conductores bajaron de sus autos y permanecieron mirando los restos humeantes de la colisión. Había un zapato con sangre cerca de los pies de Gabriel.

"Vamos; veamos lo que quedó de nosotros", dijo.

Joaquín lo siguió; caminó entre los curiosos, pero a diferencia de ellos, miró fríamente a las víctimas, como alguien que estuviera contemplando un diorama; parecía analizar los fragmentos, tratando de darle un significado a la escena, descifrando los motivos detrás de ella. Se vio tendido en el piso, lleno de laceraciones, con el pecho desnudo y los ojos abiertos, y una extraña mueca. No, no era una mueca, era algo más definido: casi una sonrisa. Nunca imaginó que lo encontrarían en esas condiciones. No era de extrañarse que la gente prefiriera dejar de visitarlo; sus ojos parecían ausentes, pero se diría que estaba feliz por la expresión de su boca.

"Nos encontraron en este estado porque estábamos destinados a algo grande, a algo muy importante", dijo Gabriel.

"¿Importante para quién?" Joaquín se atragantó y tuvo que hacer un esfuerzo para respirar.

"Importante para nosotros, para todos, para cualquiera que tenga la sensibilidad suficiente para comprender que la música y el arte son algo más que un pretexto para realizar un programa radial sobre fantasmas".

"Te equivocas: eso no es importante para mí".

"Mientes. Tú querías ser algo más que un presentador que entretiene personas con problemas de insomnio o que pone a prueba los nervios de unas cuantas ancianas. Yo no era el único que tenía la ambición de hacer algo verdaderamente grande en la vida".

El estrépito de las sirenas anunció la llegada de los paramédicos, seguidos por las patrullas de policía.

Una mujer con un suéter de rayas coloridas corrió gritando: "¡Cielos, cielos! ¡Me está ardiendo la piel, me arde la piel! ¡Ven rápido, Roger; me arde mucho!"

Un hombre de pelo entrecano que cojeaba (probablemente Roger) caminó en silencio.

"Siempre he querido saber qué demonios le sucedía a esa mujer", dijo Gabriel.

"De cualquier forma", comentó Joaquín después de un momento, "ya es muy tarde para que hagas algo importante".

"¿Eso crees?"

"Quiero regresar al hotel. No puedo permanecer aquí otro segundo más".

"Buena suerte entonces. Debo advertirte que aquí la geografía es un tanto extraña; caprichosa si se quiere".

"¿Qué fue lo que dijiste hace un momento sobre Alondra?" preguntó Joaquín, recordando el comentario obsceno.

"Que me la voy a chingar".

"Eres un cabrón. Nunca pensé que la muerte podía hacerles eso a las personas".

"¿Crees que soy un cabrón? No te imaginas lo decepcionado que estoy de ti. Creí que serías alguien en la vida; un tipo realmente especial".

"¿Entonces por qué me visitas precisamente ahora?"

"La confesión radial me hizo comprender que no tienes esperanzas, y que yo era el motivo perfecto para justificar tu descenso a la mediocridad".

"Me iré. Esta conversación no tiene ningún sentido".

Gabriel permaneció en silencio; no pareció importarle que lo dejaran solo, y Joaquín sintió que la conversación no acabaría allí.

Joaquín había soñado muchas veces con el regreso de Gabriel; anhelaba verlo de nuevo y rezaba por él: fantasma, humano, monstruo... no importaba. Quería que Gabriel volviera otra vez, imaginándolo con todas las apariencias posibles y reconstruyendo una y otra vez las circunstancias que propiciarían el encuentro, pero nunca pensó que sería de esta manera. No esperaba que Gabriel estuviera tan furioso con él, jamás le había cruzado por la mente que Gabriel pudiera convertirse en su enemigo. Joaquín subió al auto; una vez más era de noche. Los autos chocados y el caos que los rodeaba habían desaparecido. Intentó orientarse cuando arrancó, pues no había señales de tránsito, y condujo ciegamente en medio de la oscuridad. Muy pronto el pavimento desapareció, y él continuó dando tumbos por el desierto. Miró su teléfono móvil y estaba sin señal. Buscó una emisora en la radio pero sólo oyó el ruido de la estática y luego… voces y risas. Reconoció la escena de inmediato: Alondra estaba hablando con un participante que tenía una historia, pero temía que se burlaran de él.

"Vamos a un comercial mientras nuestro participante decide si nos cuenta o no su historia. Esta es *Radio Muerte*. Ya regresaremos".

capítulo 45

LLAMADA 2109, MIÉRCOLES, 3:22 A.M.

CASA DE MUÑECAS

Lindsay está en la línea; llama desde Dighton, Rhode Island.

"Adelante. ¿Qué te trae aquí a estas horas de la noche?"

"Solo quería decir que me gusta mucho su programa. Lo oigo todas las noches de principio a fin".

"Gracias, Lindsay. ¿Trabajas de noche?"

"Tal vez sea una vampiresa, como el tipo que llamó hace poco y dijo que vendría a chuparnos la sangre", añadió Watt.

"No; el problema es que llevo un tiempo sin poder dormir".

"Mmm. ¿Has pensado en tomar medicamentos?"

"Sí, estoy en terapia. Pero no puedo tomar píldoras, pues tengo pesadillas terribles cuando estoy dormida".

"Supongo que debido a una experiencia traumática", comentó Alondra.

"Sí".

"Pero es muy peligroso pasar mucho tiempo sin dormir, porque la persona termina haciéndose más daño que si enfrentara a las pesadillas".

"Lo sé".

"Bien, lo cierto es que aquí no tenemos un médico que nos asesore. ¿Por qué no nos cuentas lo que pasa por tu mente?" le dijo Joaquín.

Durante los últimos cinco años trabajé como niñera hasta que me gradué de la universidad, pero tuve que renunciar a mi empleo. Me gustan mucho los niños. Trabajaba con una familia que tenía dos mellizos de dos años, y los adoraba. Comencé a buscar un nuevo trabajo y encontré un aviso clasificado de una mujer que trabajaba para una gran compañía de publicidad y necesitaba a alguien que le cuidara a su hija de siete años; digamos que su nombre es Angie. La madre me contrató sin pedirme referencias y me pagó un salario muy generoso, que acepté complacida. Angie era amable, aunque demasiado callada y terriblemente tímida. Al cabo de una semana empecé a preocuparme: sospeché que su madre no me había explicado las cosas con claridad, pues me parecía que Angie sufría algún tipo de enfermedad. Creí que era autismo moderado o algo así, porque ella evitaba todo contacto físico, permanecía inmóvil durante varias horas y rara vez hablaba. Si yo se lo permitía, ella pasaría todo el día jugando en silencio con una fabulosa casa de muñecas que tenía; el único juguete que le interesaba. Su mamá permanecía todo el día afuera. A veces me encontraba con ella en la mañana o cuando regresaba en la noche, pero casi todo los días Angie estaba sola cuando yo llegaba y también cuando me iba. Su madre me explicó que debido a esto era absolutamente esencial que yo fuera puntual. Cada semana encontraba mi salario en un sobre que dejaba sobre la mesa de la sala.

Yo recogía a Angie a las ocho de la mañana, la llevaba a su escuela católica y regresaba por ella a las tres. Pasábamos juntas el resto del día hasta las siete, hora en que yo me iba. Era el trabajo ideal. Podía estudiar para mis clases, pasar la mañana en la biblioteca, investigar y hacer tareas en Internet mientras Angie jugaba con su casa de muñecas. Algunas veces intenté jugar con ella, pero siempre me evitaba y se volvía completamente hostil si yo le insistía.

Yo entendía su obsesión por la casa de muñecas, pues a mí también me encantaba. Era una espléndida mansión victoriana de gran tamaño, con todos los ornamentos característicos de este estilo arquitectónico. Parecía una antigüedad, aunque nunca la había visto de cerca. Una de las paredes estaba abierta y dejaba ver el interior. La casa también se abría en dos partes, y Angie podía jugar adentro, completamente inmersa en su pequeño universo.

Una noche de febrero cayó una tormenta de nieve. Yo no tenía la más mínima intención de salir, pero ya era casi la hora de hacerlo. Pensé que podía esperar hasta que regresara la madre de Angie y pedirle que me llevara a casa. Nunca lo había hecho, pero dadas las circunstancias me pareció razonable. Sin embargo, tan pronto dieron las siete en punto, Angie me dijo que tenía que irme. Me sorprendió su molestia por que yo permaneciera en su casa.

Le expliqué que solo esperaría unos minutos a su madre, y le mostré mis zapatos, que no eran aptos para caminar en medio de la tormenta que caía. Sin embargo, ella insistió en que yo debía marcharme, y cada vez se irritó más. Corría ansiosa hacia la ventana, luego se aproximaba y me decía una y otra vez que la nieve ya estaba cediendo y que yo podía irme. Su actitud me intrigó; quise saber qué me estaba ocultando, y pensé que debería hablar con su madre, pues no era normal que una niña de su edad quisiera estar sola de noche.

Unos momentos después se fue la luz. Angie estaba junto a mí, pero de repente se escondió en medio de la oscuridad. Las calles estaban desiertas, no había señales de su madre y yo no quería dejar a Angie sola. Grité su nombre, pero no respondió; comencé a preocuparme y fui a buscar una linterna o unas velas. Después de tantear en muchos lugares, encontré una linterna y recorrí la casa en busca de Angie; ella no hacía ningún ruido, así que me dirigí al cuarto donde estaba la casa de muñecas, segura de encontrarla allí. Llamé varias veces antes de entrar, pues sabía que le molestaba mucho que yo invadiera sus espacios, y al ver que no me respondía decidí pasar. Ella estaba adentro y creí que quizá se sintiera más segura allí. Se oían ruidos y susurros y la llamé otra vez. Abrí la pared corrediza y la vi arrodillada, jugando con lo que parecían ser unas muñecas. Un resplandor rojo iluminaba el interior; ella me miró con una expresión vacía y vi lo que tenía en las manos: torsos, brazos, piernas, cabezas que se estremecían aún con vida, como la cola cercenada de una lagartija. Me acerqué más para ver mejor y vi que las cabezas tenían rostros y bocas abiertas que pedían ayuda. Angie tenía en sus pequeñas manos una figura humana parcialmente ensamblada con el tronco de una mujer y un rostro barbado y masculino; la figura intentó escapar, forcejeando con sus piernas y con su único brazo. Yo temblé, pues no podía creer lo que estaba viendo. Procuré contener mi horror y me acerqué. La cabeza de un niño gimió al verme.

"¿Qué es eso?" le pregunté, aterrorizada y confundida por la proporción absurda de esas figuras, y por su realismo terrible.

"Son mis muñecas. ¿Quieres jugar?" me dijo al fin, haciendo una mueca desagradable que parecía un intento por sonreír. Los alumbré con la linterna, esperando que fueran ingeniosos juguetes electrónicos o mecánicos, pero solo vi expresiones de horror y dolor en sus rostros, además de la saliva, las lágrimas, la sangre y el vómito que los cubrían. Angie tomó un brazo de una pila pequeña y lo puso en el cuerpo que ella sostenía. "Ahora puedes jugar conmigo", dijo. Esto me devolvió a la realidad. Di un salto, al imaginar que mi cuerpo desmembrado yacía entre esa horrenda pila de órganos humanos. Ella se puso de pie, sosteniendo su muñeca, la cual se retorcía y gritaba con el paroxismo de la agonía. Corrí hacia la puerta, temiendo que todo fuera como el guión de una película de terror y no pudiera abrirla. Gracias a Dios logré hacerlo y pude salir sin mi abrigo. Corrí bajo la nieve con todas mis fuerzas hasta llegar a casa. Desde ese día no he dejado de oír los lamentos de las muñecas de Angie. Su madre nunca volvió a llamarme.

capítulo 46

EL DESIERTO DEL PATIO TRASERO

Una cosa es cierta en este país: *las carreteras, incluso las más recóndi-tas, no desaparecen en el desierto,* pensó Joaquín mientras avanzaba en su auto por un terreno irregular y cubierto de maleza. En la radio, Alondra le hacía bromas a una mujer que creía ver todas las noches al fantasma de su padre.

Joaquín no podía concentrarse en el programa; necesitaba encontrar la carretera y se sentía completamente desorientado. Ya era hora de haber localizado la ruta, pero sospechó que no lo podría hacerlo, pues las con-diciones de aquel laberinto de caminos no se lo permitirían. Hizo un giro de ciento ochenta grados y aceleró, sacando la cabeza por la ventana. Miró de nuevo y frenó en seco, pues justo enfrente estaba Barry, el asis-tente del chamán que había aparecido de repente. Era una figura temblo-rosa, vestida con harapos.

Joaquín observó con atención entre el resplandor de las farolas sin dar crédito a lo que estaba viendo. Abrió la puerta del auto y se acercó lentamente a Barry, dudando si debía preguntarle *¿qué haces aquí?*, o *¿qué te pasó?* Después de lo que pareció una eternidad, se encontró frente al joven, sin saber qué le había preguntado, o si había hablado o no.

"Hace frío", dijo Barry con desgano.

"Necesitas abrigarte", respondió Joaquín, aunque no tenía mantas para ofrecerle.

"¿Dónde estamos?"

"No lo sé. Yo también estoy perdido. ¿Me reconoces?" preguntó

Joaquín, y advirtió que Barry no parecía sorprendido de verlo en aquel lugar extraño.

"Estoy aquí por ti. Todo se ha desmoronado desde el momento en que apareciste en mi vida", dijo Barry, levantando la mirada del suelo.

"No entiendo".

"¿Por qué estoy aquí? Déjame ir".

"No tengo nada que ver con esto".

"Nunca me recuperé de la infección que contraje en Guerrero. Eres un íncubo del infierno".

"Sube al auto. Dentro de pocos minutos podremos beber un café en Starbucks".

"Déjame ir. Si estoy muerto, déjame ir".

"Sube", le dijo Joaquín. "Te llevaré a casa. Vamos, hace frío".

Barry miró el auto como si acabara de materializarse.

"¿Qué te hace pensar que podríamos llegar a algún lado? Mira a tu alrededor: ¿Adónde crees que vas?"

"Sube. Si este auto me trajo hasta aquí, también puede llevarnos de vuelta".

"No, no puedo regresar. Mira lo que tengo".

Se desabotonó los pantalones y cayeron a sus tobillos. No tenía ropa interior y quedó desnudo de la cintura hacia abajo. Sin embargo, más sorprendente fue que tuviera el rostro donde debían estar sus genitales. Joaquín vio una nariz larga y aquilina, con ojos pequeños, inexpresivos y bestiales a ambos lados. Una boca sin labios se abría y se cerraba una y otra vez, como un pez intentando respirar. Joaquín sintió que la bilis le subía a la garganta.

"¡Cielos! ¿Qué es eso?" murmuró.

Luego vio otra cara en la rodilla de Barry, más repulsiva que la anterior. Su pequeña boca gemía y salivaba.

"Dímelo tú; ¿Qué me está sucediendo? Si el maestro estuviera aquí, me habría protegido de ti".

"Barry, Cortez está vivo; lo vi hace un momento. Trabaja como botones en un motel. No tengo nada que ver con lo que te está sucediendo".

"Vete al infierno".

"Déjame llevarte a un hospital".

"¿Qué? ¿Crees que me van a formular un antibiótico para curarme de esto?" dijo señalando las caras desperdigadas por todo su cuerpo.

"No lo sé. Sube por favor".

"Déjame en paz. Por favor déjame en paz".

Se dio vuelta y se internó en el desierto oscuro, subiéndose los pantalones mientras se alejaba. Joaquín le gritó y observó impotente a Barry desaparecer en la oscuridad.

Joaquín vio destellos de sí mismo proyectados en la imagen de Barry: un hombre derrotado y fragmentado, un cadáver ambulante.

"¡No!" se dijo a sí mismo. "¡No soy eso! ¡No me convertiré en eso!"

Subió a su auto y condujo una vez más por la enrevesada ruta que atravesaba el desierto. El camino se hizo más traicionero con cada segundo que pasaba. Tuvo la desagradable sensación de que cada hueco y terrón estropearía el vehículo. Finalmente vio las luces de una casa en la distancia. Las rocas y los enormes cactus le impedían avanzar. Detuvo el auto sin pensarlo dos veces y corrió hacia la casa, esperando encontrar algo o a alguien o una respuesta ¿quizá? ¿Una tregua, o incluso una batalla? "Diablos", alcanzó a decir, "Prefiero enfrentar cualquier cosa por espeluznante que pueda ser, que seguir perdido y transformarme al igual que Barry".

Joaquín se miró las rodillas para ver si tenía marcas extrañas, y en varias ocasiones se tocó los genitales para ver si seguían en su lugar. Llegó jadeando a esa casa. Sin embargo, resultó ser una tienda. Lo único que se interponía en la entrada era una destartalada puerta de malla. La abrió y dijo:

"Hola, ¿hay alguien? ¿Puedo entrar?"

No escuchó ninguna respuesta.

Repitió la pregunta pero no oyó nada. Entró con cautela y entonces escuchó una voz. Llamó de nuevo mientras traspasaba el umbral. El piso de madera chirrió y había una voz monótona que parecía cantar. Pero cuando se acercó, vio una antigua radio sobre una mesa, sintonizada en una emisora religiosa. Era la voz de un pastor evangélico que daba un sermón sobre la gloria de Dios, diciendo que la salvación solo era posible aceptando a Nuestro Señor Jesucristo como único salvador.

"¿Lo aceptas como tu salvador?" preguntó la voz, con un leve acento asiático. Recitó las plegarias, amenazó a los oyentes con la perdición de sus almas y luego concluyó con una oferta: "Si quieres salvarte, llama al 1-900-SALVACIÓN. Para hacer una donación, llama al 1-900-DIOSORO". El siguiente anuncio le permitió saber que el pastor se llamaba Yoong-Go-Chung. *Desafortunadamente para el pastor Cheng,* pensó Joaquín, *aquí sólo estoy yo; no hay seguidores fieles que escuchen su mensaje de redención. Nada más apropiado para la ocasión que un profeta predicando en la soledad del desierto.*

Caminó y tocó a la puerta que estaba al otro lado de la habitación sin obtener respuesta alguna. Le dio vuelta a la chapa y entró al otro espacio, pero se detuvo atónito: Estaba en el vestíbulo de su motel. Retrocedió rápidamente a la tienda, pero ésta se había convertido en una oficina. Salió de prisa y se encontró en un estacionamiento con dos enormes cubos de basura y una pared llena de grafitis. Uno de ellos decía: MATEN, MATEN, MATEN A LOS POBRES. Su auto estaba en el mismo lugar donde lo había dejado. Regresó al vestíbulo y se dirigió a la recepción.

"Buenas noches, señor. ¿Algún problema en su habitación?" le preguntó el empleado con forzado entusiasmo.

"No, todo está bien", respondió Joaquín.

"Tiene un mensaje de una señorita… Álgebra".

"¿Álgebra?"

El empleado tomó un papel que tenía en el escritorio.

"Disculpe, es de Al-on-dra. La persona que dejó el mensaje se llama Alondra".

Joaquín tomó el papel y se dirigió a su cuarto.

capítulo 47

RADIO CHAMÁN

La habitación le pareció completamente diferente. Intentó determinar cuánto tiempo había pasado desde la llamada de Gabriel; quince minutos cuando más, quizá menos. Sintió una euforia extraña y muda por el hecho de haber regresado, aunque probablemente no había ido más allá del estacionamiento del motel. Sobre todo, se sentía feliz de no estar perdido en el desierto y de no haberse transformado en algo semejante a Barry. Trató de convencerse de que todo había sido un sueño: ¿quién no lo haría en su caso? A Joaquín le reconfortó este pensamiento que, aunque apaciguaba su mente, tampoco cambiaba nada.

Su vida seguía siendo caótica; peor aún, cada vez tenía más preguntas sin respuesta. Y este momento de calma se evaporó rápidamente, al igual que otros en los días pasados.

¿Qué había sucedido? ¿Qué estaba sucediendo? Tal vez había deambulado por un ámbito que fluctuaba entre los sueños y la vigilia. ¿Por un ámbito que fluctuaba entre el mundo de los sueños y el de la vigilia? ¿Qué quería decir eso? Que cada enigma nuevo daba lugar a otro. ¿Cuánto tiempo más podría resistir? ¿Podría soportar una vida en la que la realidad poseía la fugacidad de los sueños? Estaba exhausto, pero tenía que llamar a Alondra.

"Hola, me dijeron que me habías llamado".

"¡Por fin llamas! He estado esperando noticias tuyas".

"¿Cómo supiste dónde estaba?"

"Telepatía, visiones de larga distancia, satélites de espionaje. Aunque más probablemente, por tu mensaje…"

"¿Por mi mensaje?"

"El mensaje de texto que me enviaste".

"No... ¿estás segura?"

"Por supuesto. Recibí el mensaje de tu teléfono móvil hace un par de horas".

"Te refieres al que perdí, ¿verdad?"

"Sí, al antiguo. ¿Dónde lo encontraste?"

"Lo encontré..."

Joaquín sabía quién le había dado la información, pero no quiso explicárselo por teléfono.

"Marqué varias veces los dos números, pero no tuve suerte".

"Sí, no había señal en el lugar donde yo estaba".

"¿Pudiste encontrar lo que estabas buscando?"

"¿Qué estaba buscando?"

"Joaquín, ¿estás despierto? ¿Me estás escuchando?"

"Claro, claro; pero me siento muy cansado ahora".

"Está bien, descansa. Hablaremos mañana; ya es tarde".

"No cuelgues todavía. No encontré lo que quería...", comenzó a decir Joaquín, y entonces se llevó la mano al bolsillo para sacar la cinta que había robado en el archivo de Winkler. Era lo más cercano que tenía a una evidencia. "En realidad encontré algo. No estoy seguro si me ayudará, pero creo que el viaje no fue completamente inútil".

"Eso me alegra".

"Escuché el programa; oír tu voz fue lo mejor que me sucedió en todo el día", dijo, esforzándose por sonar cariñoso.

"Hoy no estuvimos al aire. Debió ser una repetición, aunque no creo que nuestro programa se transmita los domingos. Debe ser por algún asunto religioso, pero preguntaré. ¿Cuándo vas a regresar?"

"En el primer vuelo que encuentre".

"Está bien".

Joaquín la escuchó respirar, y percibió que ella quería decirle algo.

Él necesitaba contarle todo lo que le había sucedido, quería compartir lo que había visto y advertirle lo que podría ocurrir en un futuro inminente. Pero, ¿qué podría ser? No tenía la menor idea. No le sorprendió que no se hubiera transmitido el programa. La realidad se había transformado en un rompecabezas cuyas piezas se habían deformado y ya no encajaban.

"Te veré pronto".

"Sí, mañana. Adiós".

Colgaron.

La despedida escueta desanimó aún más a Joaquín. Se sentía cansado y adolorido. Se quitó la ropa, encendió la televisión y se metió en cama. Necesitaba dormir, pero la ansiedad se lo impidió; tomó el control del televisor y comenzó a cambiar de canales, recostándose contra el respaldo de la cama. En un canal apareció el pastor Yoong-Go-Chung, el tele-evangelista que seguía entonando el Gloria a Dios, nuestro Señor Jesucristo y único Salvador. Siguió pasando canales y J. Cortez apareció en la pantalla. Joaquín saltó de la cama al verlo. ¿Nunca terminaría su pesadilla? Cortez estaba sentado en una silla de oficina y el único decorado era un telón de fondo barato con símbolos aztecas y mayas, acompañados de otros símbolos prehispánicos, mezclados sin ningún orden en particular. Debajo de su rostro se leía en letras rojas: PASTOR CUAHTÉMOC ILLUICAMINA: 1-900-CHAMÁN1. Estaba predicando un sermón sobre el camino del guerrero tolteca.

"La realidad es sólo una ilusión", dijo, "un cúmulo de percepciones, emociones y espejismos".

En otras circunstancias, eso le habría parecido divertido a Joaquín, y no habría vacilado en considerar a Cortez como otro falso predicador que se enriquecía explotando a individuos insomnes y solitarios, deprimidos y desesperados.

Pero esta vez sus palabras le parecieron reconfortantes.

Escuchó con atención mientras el pastor continuaba:

"El tejido de la realidad se mantiene gracias a la tensión existente entre el territorio de los vivos y el de los muertos, que actúan como polos del dínamo universal, generando la energía que mantiene al mundo en equilibrio. Aunque están separados, pueden cruzarse por medio de portales, o por la alteración de las distribuciones en el orden de las cosas, originada por diferentes factores… Joaquín".

¿Qué? ¿El pastor había dicho su nombre?

"Factores como la agonía de las personas en su lecho de muerte, por ejemplo, la necrofilia o aquellos que han tenido experiencias cercanas a la muerte".

¿Experiencias cercanas a la muerte? ¿Era eso lo que había despertado todo esto?

"Si hay algo que compartan los vivos y los muertos, es la radio, la cual puede escucharse en el otro ámbito del mismo modo en que lo hacemos en el nuestro".

"Ya me explicaron eso", dijo Joaquín con sarcasmo. Si el mensaje televisivo estaba dirigido a él, ¿por qué no responderle?

"Lo que no te explicaron", dijo el chamán en la televisión, "es que en ciertos casos, las emisoras radiales pueden erigir portales entre los dos ámbitos".

Joaquín no necesitaba que le explicaran en detalle, pues sabía lo que había sucedido esa noche en la emisora, o al menos eso creía. Habían señales claras por todas partes, y él sabía que esa noche había atravesado un umbral, aunque no entendiera por qué.

"Pero para poder entender por completo lo que sucedió", dijo Cortez sin mirar a la cámara, como si estuviera leyendo, "debes ir al 123 Nyqvist Drive y recoger algunos suvenires que olvidaste. No deberías tener ninguna dificultad para reconocer el lugar".

Joaquín sabía muy bien a qué se refería el hombre de la televisión. Había una antigua instalación industrial en esa dirección, en la que él y Gabriel habían vivido como ocupantes justo antes del incidente de la toma de la emisora; nunca olvidaría esa dirección tan peculiar. Sin embargo, nunca había regresado después del incidente, ¿para qué? Era prácticamente imposible que hubiera quedado algo. Incluso si los otros ocupantes no le habían robado todo ya, lo más seguro es que el edificio estuviera ocupado ahora por inquilinos legales.

"Y si quieres seguir el camino del guerrero tolteca, llama en este momento y realiza una donación al Templo de la Redención Cristiana y Tolteca. Vamos, Joaquín, no seas tan tacaño. Llama de una vez".

Joaquín se puso de pie. Era tarde, pero tenía que ver qué le esperaba en el 123 Nyqvist Drive. Se vistió con rapidez, recogió sus pertenencias y salió de la habitación. Necesitaba dormir, pero no descansaría hasta resolver este nuevo enigma.

Los viejos recuerdos se mezclaban con las más recientes e inciertas imágenes, flotando en su cabeza con una velocidad perturbadora mientras se dirigía al estacionamiento. Condujo como un poseído y llegó a su destino sin ser consciente del trayecto. La edificación de dos pisos de ladrillos color ocre y barras negras de los balcones tenía el mismo aspecto y no había cambiado en más de veinte años.

Tocó a la puerta, sin saber qué diría si alguien le respondía. ¿Sería probable que eso sucediera a esas horas de la noche? ¿Quién se atrevería a hacerlo? En ese caso, seguramente verían a un perturbado en la puerta.

Entonces recordó la forma cómo Gabriel abría la puerta cuando olvidaban la llave en algún lugar. Bajó las escaleras del porche e inspeccionó el suelo, en busca de un alambre delgado pero sólido. Tanteó con los dedos y no encontró nada; entonces se dirigió hacia el andén y la alcantarilla que estaban cerca de allí.

Encontró un pedazo de alambre de cobre con el grosor y la densidad apropiados. ¿Alguien lo había dejado allí para él?

Tomó una piedra y regresó a la puerta. Introdujo el alambre en la cerradura y lo golpeó con la piedra. Forcejeó un poco, tratando de girar el pomo, y lo consiguió al tercer intento. Antes de entrar, una cacerola para freír se estrelló contra el marco de la puerta, muy cerca de su cara.

Una mujer gritaba, y Joaquín vio que un hombre se abalanzó hacia la puerta con la intención de cerrarla. Joaquín la empujó con tanta fuerza como pudo. La puerta se abrió y el hombre —que era bajito, macizo y con rastas rubias— rodó por el piso. La mujer siguió gritando y le lanzó un cuchillo de cocina a Joaquín, golpeándolo en el brazo, afortunadamente con el mango y no con la hoja de metal.

"¡Tranquilos! No pretendo hacerles daño", gritó Joaquín.

"¡Mátalo, Dash; mátalo!" gritó la mujer.

Pero el hombre no podía levantarse.

"¡Fuera de mi casa!" gritó sin mayor convencimiento.

Joaquín recogió el cuchillo del piso.

"¡Tranquilos! No les haré daño. Sólo quiero preguntarles algo".

La mujer le lanzó todo lo que tenía a su alcance. Joaquín esquivó el ataque con bastante éxito, se agachó y puso el cuchillo contra el cuello del hombre.

"¡Basta ya, o le cortaré la cabeza!"

La mujer quedó petrificada. Dash imploró algo así como, "No, por favor no".

"No vine a lastimar a nadie, sino a buscar mis cosas. Viví hace mucho tiempo aquí y dejé todas mis pertenencias".

Miró alrededor de la sala y señaló diferentes objetos:

"Estos estantes, esa mesa, esos cuadros, ese grafiti en la pared; todo eso es mío, pero lo único que quiero son algunos recuerdos, cosas que no tienen ningún valor para ustedes".

Sin embargo, él no sabía qué buscaba exactamente.

Bajó el cuchillo al ver que le prestaban atención y le ayudó a Dash a levantarse.

"Pronto me iré de aquí. Por favor, déjenme buscar mis cosas".

"Sí, es él, Lizzy", le dijo Dash a la mujer.

"Ya lo había reconocido", respondió ella.

"¿De qué están hablando?" se preguntó Joaquín. ¿Serían oyentes de *Radio Muerte?*

"Hay una caja con fotos y otras cosas. La guardamos por si alguien venía a buscarla. Apareces en la mayoría de las fotos y te reconocí de inmediato. Y entonces comprendí que no eras un psicópata".

"Esa caja es precisamente lo que vine a buscar".

"Ya te la traigo", dijo Lizzy.

"Siento haber entrado así, pero realmente necesito mis cosas".

"Creímos que eras un empleado oficial. Han tratado de desalojarnos algunas veces".

La mujer le entregó una caja de zapatos llena de fotos, papeles, sobres y otros objetos.

Pronto amanecería.

Joaquín sacó un puñado de Polaroids viejas y desvanecidas. Los recuerdos de Gabriel, los testimonios de sus experiencias y aventuras, se estaban borrando inexorablemente. Entre los papeles polvorientos había un sobre que parecía reciente. Lo sacó de la caja; estaba dirigido a él, y reconoció la letra de Gabriel.

"Es lo único nuevo que hay en ella", dijo Dash.

"Sí, tu amigo lo trajo hace algunos días".

"¿Cuál amigo?"

"Ese", dijo Dash, señalando uno de los autorretratos que se había hecho Gabriel.

"¿Él?"

"Lo encontramos sentado en el andén. Me dijo lo mismo que tú; que había vivido aquí y había dejado muchas cosas abandonadas. Creí que las quería y le dije que el lugar estaba vacío cuando nos habíamos mudado; él comenzó a enumerar todas las cosas que ustedes habían dejado, pero luego me aseguró que no me preocupara, que podíamos quedarnos con ellas. Sin embargo, me pidió que te entregara este sobre y el contenido de la caja cuando vinieras".

Joaquín tomó esta última aparición de Gabriel de modo tranquilo. Su capacidad de sorpresa había desaparecido. Vació el contenido del sobre en la mesa mientras Dash y Lizzy lo observaban con curiosidad.

Sonrió al ver los objetos que tenía frente a él. Era una avalancha del pasado: fotos, diagramas y notas, todas relacionadas con el último día de Gabriel en la tierra. Observó brevemente un plano arquitectónico de la emisora, y recordó el día en que Gabriel se lo mostró por primera vez y le dijo animado que podrían convertirse en leyendas de la radio pirata.

Pero su sonrisa se desvaneció; había un objeto que no encajaba: se trataba de una foto. La tomó con lentitud, con los dedos temblorosos, y un escalofrío le empezó a recorrer todo el cuerpo.

No puede ser, se dijo a sí mismo; esto es imposible.

Las manos se le paralizaron. La foto resbaló de sus dedos y cayó al suelo. Le sudó la frente y las rodillas le temblaron. Tuvo que agarrarse de una silla para no caerse.

Joaquín y Gabriel aparecían sonrientes y abrazados en la foto. Y al lado de Joaquín estaba Alondra, con una expresión seria en los ojos.

capítulo 48

LLAMADA 1288, LUNES, 2:13 A.M.
LA MANZANA DE LUCY

"¿Cómo te llamas?" preguntó Joaquín.

"Nell".

"¿De dónde llamas, Nell?"

"De San Francisco".

"Cuéntanos tu historia".

"Se la oí a un par de chicas que estaban hablando en una parada del autobús, y luego se la conté a mis compañeros de escuela. Algunas de las chicas se obsesionaron con ella y corrió el rumor de que yo había comenzado todo".

"¿Comenzado qué?"

La historia dice que podemos saber con quién vamos a casarnos si comemos una manzana verde con un tallo largo frente a un espejo, a la medianoche. No sé cuántos amigos míos lo intentaron, porque nunca dijeron si lo hicieron o no. Pero lo más importante es que a pesar de lo que pueda suceder, es imposible regresar. De cualquier manera, una noche estaba con mi prima Lucy, obsesionadas como siempre con los chicos.

Lucy tenía un deseo incontrolable de saber con quién se iba a casar, y estaba dele que dele con eso; si encontraría al hombre adecuado, si alguien la amaría, si tendría una boda fastuosa y ese tipo de cosas. Rara vez hablaba de algo diferente. Consiguió una manzana y esperó hasta la medianoche. Con sus padres y hermanos ya dormidos, entró al baño. Se paró frente al espejo, se con-

centró en pensar con quién se iba a casar, y empezó a comer la manzana. Masticó durante largo tiempo hasta terminar la manzana, sin retirar los ojos del espejo. Me dijo que estaba comenzando a ver un tipo en el espejo, cuando sintió algo detrás, como un arrastrar de pies o algo así. Cerró la puerta con seguro para tener la certeza de que nadie pudiera entrar. Como he dicho, este juego tiene una regla muy importante: por ninguna razón se puede apartar la mirada del espejo ni mirar hacia atrás. Si te das vuelta, el hombre con el que te ibas a casar morirá y entonces vivirás sola por siempre, como una solterona. A Lucy le aterrorizaba eso, pero no pudo controlarse. El sonido era asustador y no desaparecía, y ella se dio vuelta. Lo que vio… dijo ella, era como una figura oscura, como una persona desenfocada en el lente de una cámara o algo así, y se asustó mucho.

Gritó, y cuando sus padres lograron abrir la puerta, la encontraron sola. Ella les dijo que se había quedado dormida en el retrete y había tenido una pesadilla. No pudo dormir el resto de la noche. Había una gran conmoción en la escuela cuando fue al día siguiente. Todos los chicos murmuraban entre sí, y los profesores estaban completamente serios. Ella preguntó qué sucedía, y su mejor amiga le dijo que Mark Spencer —un estudiante— había muerto de manera instantánea la noche anterior, lo cual resultaba incomprensible, pues no sufría de enfermedad alguna. Lo encontraron muerto en la cama, con los ojos completamente abiertos, mirando hacia el techo. Los médicos no pudieron saber de qué había muerto, y cuando sus padres fueron a recoger las pertenencias del casillero, encontraron una foto de Lucy. El chico estaba enamorado de ella, y quería armarse de valor para pedirle que salieran juntos.

capítulo 49

RECUERDOS DE COLETT

Cuando vi la foto, mi mente se llenó de recuerdos de la chica que conocimos ese día en el desierto.

Recordaba a Colett.

Recordaba cuando entré a la emisora con ella.

Recordaba al mastín a un paso de morderme la nariz.

Recordé con terror a los perros que mordían a Gabriel mientras los rescatistas intentaban resucitarme.

La foto de Gabriel me desencadenó una avalancha de visiones, recuerdos y sentimientos en pugna, olvidados mucho tiempo atrás. Sin embargo, las imágenes me parecían reales y familiares. Y más que eso, se sentían reales, como si fueran la verdadera expresión de la verdad, a diferencia de las que lo habían atribulado durante los últimos dos días.

Despertaron en mí algo que había estado dormido desde hacía varios años, como si hubieran roto el sello de un encantamiento, algo así como si uno despertara después de un siglo de sueño. Yo estaba alterado, cambiado, transformado y nada volvería a ser lo mismo.

Pero esta foto no era de Colett, sino de Alondra.

En otras circunstancias, época y lugar, habría creído que era un engaño, algún montaje en Photoshop, pero a estas alturas yo ya estaba más allá de la lógica y la razón. Esto era innegable, y tenía que aceptarlo.

No podía moverme: las paredes respiraban en términos auditivos e hipnóticos, como un gato gigantesco que ronronea mientras duerme.

El pasado me rodeaba en el abrazo estrecho de los objetos íntimos y familiares; un sofá que aún tenía la forma de mi cuerpo, los estantes que una vez albergaron mis libros preferidos, las mesas con las marcas circulares de las tazas del café olvidadas y de los vasos de tequila. Además del miedo y la conmoción, otro sentimiento se albergaba en mí: se trataba de un llamado. El pasado parecía estar a un pestañazo. Podía deslizarme en él, sumergirme y dejar que los años se evaporaran.

Sentía muchos deseos de hacer eso, dejar que el presente se desdibujara, olvidar mi vida, mis relaciones, mi trabajo. Olvidarme del Internet, de los teléfonos móviles, de los DVDs, de *American Idol* y de la Guerra contra el terrorismo; olvidarme de todo el dolor y la alegría, y dejar que todo esto se esfumara en el éter, entre las ondas radiales perdidas en el espacio. Eso me parecía muy factible.

Pero esa sensación desapareció cuando vi que Dash y Lizzy me observaban boquiabiertos.

"Oye; no quiero ser brusco, pero ya tienes tu caja y estamos agotados".

"Sí, tengo que irme", dije. "Mañana volaré a casa".

Pero no podía moverme.

Mi deseo de regresar al pasado se desvaneció: sencillamente desapareció, y la inexplicable urgencia se transformó en duda. Desde la conversación que yo había tenido en el programa con el hombre que me recordaba a Gabriel, me encontraba oscilando entre el miedo y la curiosidad, entre el escepticismo y el deseo de experimentar personalmente lo que docenas de personas me confesaban todos los días en el programa. Por supuesto que yo antes creía que los fantasmas sólo existían en la imaginación de las personas, lo cual no los hacían menos reales. Pero al menos los alejaba así de mansiones encantadas, de prisiones, de callejones oscuros o de cualquier clase de espacio físico. Yo sabía que Gabriel, su fantasma, o lo que sea que haya aparecido, siempre había existido en mi cabeza como una especie de súper-yo que siempre me observaba, juzgando cada una de mis decisiones y debilidades. Hablar con él era simplemente otra forma de sumergirme en un diálogo interior y en otra forma de pensar.

Yo podía aceptar todo eso, al menos parcialmente.

Pero esta foto de Colett/Alondra era diferente.

¿Era posible que Alondra y Colett fueran la misma persona? Recuerdo la primera vez que conocí a Alondra en esa fiesta en Ciudad de México; la forma natural en que me abordó para hablarme de la ridícula tira cómica del zombi, o cuando salimos a cenar y dimos los primeros pasos inciertos hacia el amor. Intenté determinar si había algo en esa noche que me ofreciera una señal, si alguna de sus palabras o gestos me revelaban la clave, permitiendo que todas las piezas del rompecabezas por fin encajaran.

Mi tatuaje… ella se había intrigado con mi tatuaje. Me subí la manga de la camisa y lo observé, esperando que me transmitiera un mensaje.

Pero no lo hizo; tal vez era imposible.

La voz de Gabriel resonó en mis oídos, y me habló de recuerdos que habitaban en los lugares más recónditos de mi mente.

Para ti, los recuerdos son interiores, personales y frágiles.

Él tenía la razón. Eran frágiles como el papel de arroz.

Finalmente me tambaleé hacia la puerta. Todo eso me había dejado exhausto. ¿Cuándo había comido o dormido por última vez?

"Oye, ¿te sientes bien?" me preguntó Dash.

"Sí, pero necesito descansar".

Estaba amaneciendo cuando crucé la puerta.

Me imaginé confrontando a Alondra mientras conducía al aeropuerto. ¿Qué le diría? ¿La acusaría de haberme mentido todos estos años? ¿Le gritaría que ya formaba parte de una conspiración en contra mía? ¿La obligaría a confesar por cualquier medio los detalles de esta decepción tan cruel? ¿O tal vez sería mejor sacarle la verdad con sutileza, mediante algún engaño? Probablemente yo pudiera hablarle con sinceridad, explicarle lo que había descubierto, mostrarle la prueba y tratar de concluir a partir de su reacción si ella hacía parte de esa extraña comedia de errores o si, al igual que yo, era víctima de algo inexplicable.

No obstante, quizá la mejor opción era destruir la foto y convencerme de que todo lo que había vivido era una especie de delirio causado por el cansancio y el estrés. Me atraía esta última alternativa, pero no podía dejar de pensar que la finalidad de todo este viaje había sido descubrir esta foto. Me sentí como si mis actos de las últimas semanas hubieran sido programados meticulosamente y narrados como una especie de programa, como si yo estuviera siguiendo un guión en el que cada uno de mis pasos, decisiones y palabras ya se hubieran escrito. Recreé mentalmente esto una y otra vez mientras conducía, pero siempre llegaba a la misma conclusión, sin importar cuántas veces me dijera que me estaba comportando como un imbécil.

No podía concentrarme en la carretera, y de tanto en tanto me cruzaba al otro carril, acelerando o desacelerando alternativamente. A cada rato miraba la caja de fotografías y recuerdos que tenía en la silla de al lado. No quería mirar la foto de nuevo, pero sabía que tenía que hacerlo, pues debía estar seguro y no podía seguir adelante sin confirmar lo que había visto. Recordaba claramente a Colett mientras entraba a la emisora y se sentaba frente a la consola, comiendo tacos a mi lado y recibiendo la flor que yo le había dibujado.

Pero no había nada consistente con respecto a mis recuerdos, pues los personajes variaban, las locaciones eran diferentes, las palabras cambiaban y nunca se repetían dos veces de la misma manera. Mi forma descuidada de conducir no mejoró durante el trayecto. Los demás conductores se desviaban para esquivarme, haciendo sonar las bocinas de sus autos en señal de protesta.

Finalmente, el aeropuerto apareció en el horizonte como un oasis.

Pasé por el café que había visto cuando llegué a Houston. Recién había amanecido y un pequeño grupo seguía reunido en torno a la radio, escuchando atentamente. Nadie se movió, como si fueran las figuras de una pintura antigua. Disminuí la velocidad y bajé la ventanilla; sólo necesitaba oír unas cuantas palabras para completar la escena y tal como lo había sospechado, estaban escuchando *Radio Muerte*. Subí la ventanilla tan rápido como pude y aceleré hacia el aeropuerto.

La terminal estaba atestada de personas, especialmente de hombres de negocios que arrastraban pequeñas maletas mientras hablaban por sus teléfonos móviles o tecleaban sus Blackberrys. Conseguí un cupo en el primer vuelo. Tenía casi una hora libre, pero lo que realmente quería eliminar era la voz que no cesaba de sonar en mi cabeza. Compré un pequeño maletín para guardar la caja con el contenido de mis recuerdos recuperados. Me sentí tentado a olvidarme de todo y arrojarla a la basura o dejarla abandonada en la puerta de salida, pero inmediatamente imaginé que llegaba un escuadrón antiterrorista, enfundados en sus trajes especiales y acompañados por una jauría de perros y robots que paralizaban todo el aeropuerto mientras destruían el maletín con los recuerdos y revisaban las grabaciones de seguridad en busca del terrorista que había depositado el paquete allí.

No tenía sentido tratar de descansar, pues cada vez que comenzaba a relajarme, mi monólogo interior afloraba con un sinfín de conjeturas y propuestas, denuncias y acusaciones. La cabeza me daba vueltas. Entré al único café que estaba abierto, me senté en la barra y pedí un jugo de naranja.

Saqué mi teléfono y marqué el número de Watt mientras esperaba que la empleada —una joven atractiva de cabello oscuro y probablemente hispana— me atendiera. No me sentía preparado para hablar con Alondra, pero quería asegurarme de que no le hubiera sucedido nada en las últimas horas, o que la mera existencia de la foto en mi maletín no la hubiera transmutado en J. Cortez, en Dash o vaya a saber en quién.

"¿Aló?"

Su voz sonaba adormecida; me había olvidado que aún era muy temprano.

"Soy yo, Watt".

"¿Quién?"

El corazón me palpitó: ¿Se trataba de otro sueño en el que yo no existía?

"Soy yo, Joaquín".

"Ah, Joaquín. Hola", dijo bostezando. "¿Cómo estás? Alondra me dijo que no estabas en la ciudad".

"Siento molestarte a estas horas, Watt. Simplemente me estaba preguntando si has hablado con ella desde anoche".

"¿Con Alondra? ¿Están peleados o algo?"

"No, es sólo que tuve un presentimiento".

Su voz adquirió un tono reprobatorio; era obvio que estaba irritado. "¿Me estás llamando antes de las siete de la mañana, y justo en mi día libre, simplemente porque tuviste un presentimiento? ¿Te pasa algo, Joaquín? No, no he hablado con ella, pero estoy seguro que se encuentra bien. ¿No te dije que ni siquiera son las siete?"

"Está bien. Lo siento".

Sabía que él me perdonaría: los verdaderos amigos siempre toleran nuestras excentricidades. Yo estaba más preocupado por mí. Sin embargo, se me ocurrió algo.

"Oye, Watt. Sabes algo de ondas radiales, ¿verdad? Yo estaba hablando con…" Hice una pausa, sin saber qué decir a continuación, "…alguien. Hablé con alguien que conocí, y me dijo que tenía una teoría sobre nuestras transmisiones, que de alguna manera podían pasar más allá de nuestro mundo y llegar a… bueno, sé que suena disparatado… al mundo espiritual; tú sabes… al más allá".

Sentí que él se interesó un poco y su voz se hizo más alerta y menos gruñona.

"Joaquín, hay muchas cosas que ignoramos sobre el electromagnetismo".

Yo estaba advirtiendo gradualmente la certeza de tal afirmación, al escuchar la voz de Watt a cientos de millas de distancia, como si él mismo se estuviera esfumando en las ondas por las que hablábamos y emitíamos a través del aire, del éter, del espacio y del tiempo. No era un concepto tan absurdo, pero me golpeó con la fuerza de un martillo hidráulico. Advertí súbitamente que el aire a mi alrededor estaba lleno de voces. Todas las personas en el aeropuerto hablaban por sus teléfonos móviles, todos los presentadores en las pantallas de la televisión, los controladores aéreos y los guardias de seguridad con sus walkie-talkies. ¿Qué era eso que nos robaban estas ondas? Mi voz se difundía por todo el país durante cinco horas al día. ¿Qué diablos me estaban succionando?

"Cuando hablamos de ondas que no necesitan aire ni agua, estamos hablando de señales que pueden viajar a través del espacio vacío. Son señales de energía pura, y quién sabe a dónde pueden llegar. Si esperamos algún tiempo —cuatro o cinco años—, los habitantes de otro sistema estelar podrían escuchar *Radio Muerte*. Bueno, conociendo nuestro programa, ellos pueden ser algunos de nuestros participantes".

No pude dejar de sonreír, aunque me sentía intranquilo.

"Tienes razón. Oye, siento haberte molestado. Regresaré dentro de algunas horas. Hazme el favor y habla con Alondra cuando puedas".

"Por supuesto. Y no te tomes esto muy en serio. ¿A quién le importa a dónde va nuestra señal? Estamos preocupados por ti".

Watt colgó.

Casi había olvidado el café cuando la empleada me trajo mi pedido; intenté entablar una conversación con ella, pero parecía estar muy ocupada o cansada como para interesarse. Yo sabía que mi tema no le resultaba atractivo pero no pude dejar de hablar; me sentía como si hubiera tomado un ácido y me hubiera vuelto indiferente a todo lo que estaba a mi alrededor. Era obvio que esta empleada que ganaba un salario mínimo no necesitaba saber nada sobre las ondas electromagnéticas, pues tenía que satisfacer los pedidos de media docena de ejecutivos que habían pedido café, sándwiches, croissants y yogures sin desprenderse de sus teléfonos móviles.

No obstante, cambié de tema y empecé a hablar sobre las infructuosas medidas de seguridad que solo complicaban los viajes y no le brindaban seguridad a nadie, señalando la incompetencia de los inspectores de equipajes. Nadie se interesó en mis desvaríos. La empleada encendió una radio que había detrás del mostrador y le subió el volumen. Las palabras enmudecieron en mi boca cuando reconocí las voces. Era *Radio Muerte*.

"Ese soy yo", le dije a la empleada.

"¿Quién?" preguntó ella retirándose el cabello de la cara con el dorso de la mano.

"El tipo que habla en ese programa, en *Radio Muerte*".

La mujer permaneció impasible.

"El programa que estás escuchando; trabajo ahí".

"¿Sí? ¿Y qué haces?" me preguntó la empleada con una extraña curiosidad.

"Soy Joaquín, el presentador".

"Nunca he escuchado ese nombre y llevo años oyendo el programa", dijo dándome la espalda.

Podía ser una forma de demostrar su indiferencia o de poner a un cliente arrogante en su lugar, pues ella tenía mucho trabajo; o tal vez me estaba diciendo la verdad. Escuché las voces de la radio, pero sólo pude identificar la de Alondra. Había una voz masculina que podía ser la mía, pero no la reconocí con claridad. La empleada pasó de nuevo a mi lado e insistí.

"¿Me estás diciendo que no conoces a Joaquín, el de *Radio Muerte?*"

"¿Qué quieres que te diga? De acuerdo. Conozco a Joaquín, el de *Radio Muerte*", dijo irritada.

Era evidente que estaba tratando de zafarse de mí; volvió a darme la espalda y se dispuso a servir más café descafeinado y comida envuelta en plástico. Regresó al mostrador y no pude contenerme.

"Espere; usted no me entiende: yo soy Joaquín. Ese que está hablando en la radio, el que creó el programa".

"Querrás decir Gabriel", dijo la empleada mirándome fijamente a los ojos. "El presentador de *Radio Muerte* no es Joaquín, sino Gabriel".

Me pareció que el piso empezaba a moverse bajo mis pies.

La empleada fue a atender a los ejecutivos hambrientos y adormilados y yo reconocí la voz en la radio: era la mía y no podía ser de otro modo. La empleada estaba desvariando; el programa en cuestión databa de unos meses atrás, en el que un participante sostenía haber atrapado un chupacabras. Watt se había reído tanto ese día que casi se desgarra los músculos del abdomen. Quise contradecir a la camarera, decirle que estaba equivocada, que no había ningún Gabriel en el programa, y que si ella tenía acceso a mis pesadillas podía hacerme un favor yéndose al diablo, pero ya había desaparecido detrás de una puerta que decía: SOLO EMPLEADOS.

Dejé el dinero de la cuenta sobre el mostrador, recogí el maletín, caminé unos pasos y me detuve. Me di vuelta y regresé al mostrador. Intenté escuchar la radio en medio del bullicio del restaurante. Quería escuchar otra vez la voz de Alondra, pero, para mi sorpresa, transmitían un programa matinal. El anfitrión, con un estilo semejante al de Howard Stern, le sugirió a una joven actriz de porno que "estaría más cómoda desnuda". Se escucharon varias carcajadas. Una mesera pelirroja se detuvo frente a mí y me preguntó si necesitaba algo.

"No, nada. Gracias, ya me iba. Sólo que alguien cambió la emisora que estaba sonando hace un momento, ¿podría volverla a poner?"

"Esa emisora no se ha cambiado en años", dijo ella, señalando el espacio donde una vez había estado el botón del sintonizador.

"¡Pero si hace un segundo estaban transmitiendo *Radio Muerte*!" exclamé. "La mesera pelirroja me dijo que conocía bien al programa".

"¿*Radio Muerte*? Lo transmiten muy tarde en la noche".

"Lo sé; pero la otra empleada, la de pelo oscuro, me dijo…"

Pasé debajo del mostrador y abrí la puerta de los empleados; vi una pequeña despensa.

"¡Señorita!" llamé.

Una mano me sujetó firmemente del hombro y me sacó. Era la pelirroja; estaba furiosa.

"¿Qué esta haciendo aquí? La entrada está prohibida para los clientes. Voy a llamar al personal de seguridad".

"Disculpe", dije rápidamente. "Sólo quería preguntarle algo a su compañera, a la joven que me atendió".

"Yo no tengo ninguna compañera. Nadie más lo ha atendido: Yo trabajo sola. Salga por favor; ¿no ve que no tengo tiempo para esto?"

"Era una joven de pelo oscuro…", repetí torpemente.

"Soy la única empleada", dijo mirándome de un modo agresivo y me empujó hacia la puerta.

Los ejecutivos habían dejado de hablar por teléfono, de comer sus donuts y *bagels*, habían soltado sus maletines y PDAs. Me miraron con desagrado, como si hubiera avergonzado a toda la comunidad de viajeros al pedirle a la camarera otra cosa que no fuera comida. Intenté ignorar sus miradas, y me moví con discreción, pero sentí que me seguían con su mirada cuando salí del restaurante. Se escuchó el anuncio de mi vuelo, y tuve que hacer un esfuerzo para ignorar que la voz era idéntica a la de Gabriel.

Tomé mi asiento y recordé con claridad a Colett saltando la reja de la emisora con sus botas, concentrándose en la consola, bebiendo, comiendo, sonriendo y retirándose el pelo de la cara con el dorso de la mano.

capítulo 50

UN RIESGO DE SEGURIDAD

El viaje de regreso de Joaquín no fue particularmente cómodo.
El incidente en la cafetería del aeropuerto lo dejó demasiado intrigado como para poder dormir. Se preguntó si alguna vez podría volver a hacerlo y si recobraría su salud mental. La lista de amenazas potenciales era interminable. Ni siquiera la posibilidad de llegar a casa le ofreció consuelo. ¿Qué le esperaría a su regreso? ¿Qué día sería? ¿Qué semana? ¿Qué mes? ¿Qué año? Todo lo aterrorizaba, sintió que su salud mental era cosa del pasado cuando el avión se preparó para despegar.

Se esforzó en conservar un ápice de lucidez y en hacer que las cosas tuvieran sentido; tal vez fuera posible encontrar una explicación racional o científica para todo lo que le había sucedido. Pero, ¿dónde y cómo?

Se agarró de los brazos de la silla; estaba perdiendo la batalla para recuperar el sentido de todo. Se encontraba en medio de una deformación del tiempo, en un cruce de caminos temporales donde se entremezclaban diferentes fases de su vida futura, pasada y presente. ¿Por qué no? La física cuántica sugería que esto era posible; ninguna hipótesis parecía más creíble ni real que otra. Lamentó no tener algún conocimiento de los laberintos intelectuales, de las contradicciones lógicas propias de los viajes en el tiempo y de las dimensiones paralelas, pero concluyó que ya nada lo haría sentirse bien.

Nunca antes había sentido un vértigo tan intenso, y mientras el avión se dirigía a la pista, sintió que entraba a una sala de cirugías para ser sometido a una operación brutal. Pero al escuchar los anuncios de rigor solicitando apagar computadores, reproductores de CDs y teléfonos móviles, Joaquín comprendió que estaba en una especie de cápsula aislada, en un espacio libre de señales radiales. Si lo que Gabriel decía era cierto, las ondas radiales eran audibles más allá del mundo de los vivos, pero no podrían llegar hasta el avión. Durante el vuelo no pensó en *Radio Muerte*, en su contraparte, ni en los demonios de su cerebro que estaban demoliendo cualquier vestigio de sentido común. Sin embargo, regresaría pronto y tendría que confrontar al público, sus llamadas, visiones y apariciones. Tal vez lo mejor sería renunciar al programa y librarse así de los fantasmas, de la extraña alteración del tiempo hipotético de viaje y de su sonambulismo interminable. Más importante aún, quizá pudiera dispersar así el manto de confusión que ahora envolvía la única parte de su vida a la que no estaba dispuesto a renunciar: Alondra.

Se acomodó en la silla para intentar dormir, cuando de pronto sintió una mano en el hombro.

"¿Me puede dejar pasar? Esa es mi silla".

Joaquín saltó del susto; creía que ya habían cerrado la puerta del avión. Estiró las piernas, se frotó los ojos y dejó pasar al desconocido. Pero al mirarlo, descubrió que no era un desconocido, sino Gabriel.

"¡Qué coincidencia! Tantos puestos que tiene este avión, y justo nos toca sentarnos juntos", dijo sonriendo de oreja a oreja, y mostrándole a Joaquín su pasabordo mientras se sentaba en la silla de la ventana.

"No creí que lo necesitaras para poder volar", dijo Joaquín.

"No quería perder la oportunidad de encontrarnos de nuevo. Tenemos que hablar de muchas cosas, compañero".

"¿Qué quieres de mí?"

"No mucho, amigo. Te queda poco para ofrecer. De hecho, soy yo el que te está dando cosas, como los souvenires que tienes en la maleta. Fueron días felices, ¿verdad?" dijo sonriendo de nuevo y con su mirada amenazante.

"Será mejor que no hablemos. Necesito dormir".

Sacó una revista de la silla que tenía enfrente y la hojeó.

"Creí que tenías algunas preguntas", dijo repentinamente.

Yo permanecí en silencio.

"Sobre Alondra por ejemplo".

"¿Qué hay con Alondra?" pregunté, incapaz de permanecer en silencio.

"Dije 'Colett'. Parece que confundes los nombres, ¿no es así?"

"Dijiste 'Alondra'. Te escuché muy bien".

"¿Quieres devolverte en el tiempo para ver lo que te digo?"

Sacudió la revista y cayó la foto de Colett.

Él la recogió y la observó.

"Hmm… ¿cómo apareció esto aquí?"

Lo miré con furia.

"¿La quieres?" me dijo, ofreciéndomela de nuevo.

Estiré la mano, pero él retiró la suya. Luego dio vuelta la foto y la observó.

"Es extraño, creí que esta foto era de Alondra. Pero mira lo que dice".

Miré el respaldo de la foto, y el nombre de Colett estaba escrito con marcador negro.

"Dice Colett", dije con desgano.

"No, lee de nuevo".

Leí otra vez el respaldo y vi que las letras cambiaban y se reacomodaban hasta formar una palabra diferente: *Tolteca*.

"¿Qué significa esto?" le dije devolviéndole la foto. "¿Estás tratando de decirme que Colett es tolteca?"

"¿Colett? ¿Quién es ella?"

Gabriel me mostró el respaldo de la foto: ahora decía "Alondra".

"¿Realmente quieres vivir ciego y vulnerable ante un pasado que ni siquiera puedes recordar, un pasado que todavía está agazapado en las sombras, listo para saltar y morderte el trasero?"

"Creo que he aprendido a recibir todo lo que viene de tu lado, Gabriel".

"Tienes razón; lo recibes bien".

Aunque era un gesto amable, Joaquín decidió no entusiasmarse y poco después se le ocurrió algo. Era una idea brillante y afortunada, y por primera vez en varias horas sonrió.

"Está bien; tengo que hacerte algunas preguntas".

"Ajá", dijo Gabriel, mirando la revista de nuevo.

"Dijiste que desde el otro lado no puedes escucharnos ni oír nada, ¿verdad?"

Gabriel asintió sin mirarlo.

"¿Cómo estamos hablando entonces?"

"Aquí dice que Lindsay Lohan está dispuesta a aparecer desnuda en una película si es 'integral para el argumento'. ¿Puedes creerlo?"

"¿Escuchaste la pregunta que te hice?"

"No me sorprende que aparezca desnuda, sino que conozca el significado de la palabra 'integral' ", dijo Gabriel sonriendo.

"Te hice una pregunta".

"Ya sé. La escuché".

"¿Y?"

"¿Acaso no sabes la respuesta?"

Joaquín suspiró profundamente.

"Hubiera preferido no habértelo dado".

"¿Haberme dado qué?"

"*Radio Muerte*".

"No me diste *Radio Muerte*. Ese programa lo creé sin ti".

"¿Lo creaste? Ni siquiera sabes de qué se trata".

"Es un programa radial".

"No, Joaquín. No es un programa radial; nunca lo fue. Es una máquina".

capítulo 51

UN FANTASMA EN LA MÁQUINA

Joaquín se despertó de repente en el avión pero Gabriel ya no estaba, y se distrajo con una aeromoza que venía por el pasillo.

"¿Ese asiento está ocupado?" preguntó.

"No señor. Todos los pasajeros han abordado y la puerta está cerrada. Tiene suerte. Puede estirarse y descansar".

"¿Vio a alguien aquí hace un momento?"

"No, sólo a usted".

"Discúlpeme", dijo Joaquín, levantándose.

"Señor; vamos a despegar. Tiene que permanecer sentado".

"Se trata de una emergencia".

Salió rápidamente al pasillo y miró a todos los pasajeros. Sabía que no encontraría a Gabriel, pero estuvo alerta a cualquier señal sospechosa. Una parte de él aún se negaba tercamente descartar la posibilidad de que todo fuera una broma. Sabía que era imposible que alguien bromeara de ese modo, pero no descartó la posibilidad.

La aeromoza lo siguió con nerviosismo.

"Señor, necesito que tome asiento".

Joaquín la ignoró y siguió caminando con rapidez, observando los rostros de los pasajeros sorprendidos, algunos de los cuales vieron que ya había sido expulsado de la cafetería por su comportamiento extraño. Joaquín advirtió que lo miraban con reprobación, pero no le importó. Llegó a la parte posterior del avión y abrió las puertas de todos los baños, esperando desenmascarar al impostor disfrazado de Gabriel. Otra aeromoza fue tras él.

"Señor, tendremos que aplazar el despegue si no regresa a su asiento", dijo en voz alta para que los pasajeros oyeran y lo presionaran.

"¡Maldita sea! ¡Siéntese ya!" gritó un pasajero.

"Sáquenlo del avión. Está loco", añadió un anciano de visera.

Joaquín llegó a la cocineta, y dos aeromozas le dijeron que regresara a su silla. Miró a su alrededor, regresó al pasillo y se encontró con sus perseguidoras.

"Ya voy, ya voy", dijo apartándolas.

Sin embargo, siguió caminando hacia delante en vez de regresar a su silla y observó atentamente a todos los pasajeros, pero tan pronto llegó a la sección de primera clase, un hombre le pasó el brazo alrededor del cuello y se lo apretó con fuerza. Joaquín sintió el cañón de una pistola en la sien.

"¡No te muevas, desgraciado! ¡Policía Federal!" le gritó un hombre al oído.

¡Qué suerte la mía!, pensó Joaquín. *Esto solo sucede en las películas.*

Escuchó gritos y luego una oleada de voces. Quiso liberarse pero no pudo, pues cada vez que respiraba, el oficial le apretaba más el cuello.

Sabía que le estaban aplicando una llave letal que había utilizado la policía de Nueva York la en los años 80, causándoles la muerte a muchas personas. Se relajó, esperando que el policía dejara de apretarlo, pues no quería convertirse en otra víctima.

Sin embargo, tenía dificultades para respirar y su visión se nubló.

Las voces de las azafatas pidiéndoles a los pasajeros que regresaran a sus asientos retumbaron en su cabeza. Éstos se negaron a hacerlo y expresaron su preocupación. Joaquín escuchó claramente la palabra "bomba" en varias oportunidades. El piloto anunció por el intercomunicador que un sospechoso había sido detenido.

"No hay motivos para preocuparse", dijo, "pero tendremos que regresar a la puerta de embarque".

Los pasajeros estaban intranquilos. Joaquín escuchó que las voces eran cada vez más fuertes, exigiendo que los dejaran bajar del avión. Varias personas lo miraron boquiabiertas y él percibió la desconfianza. ¿Lo habrían confundido con un árabe? A veces les sucedía a algunos hispanos.

"Suélteme por favor", logró decir. "No soy un terrorista. Sólo estoy buscando a alguien".

"Dígaselo al FBI".

La puerta del avión se abrió y varios agentes se acercaron para esposarlo y conducirlo a un pequeño cuarto con una mesa y dos sillas. Tan pronto lo sentaron, intentó describir lo que le había sucedido con la mayor calma posible, pero comprendió que su explicación era completamente descabellada.

"Buscaba a un hombre sospecho que me está chantajeando. Lo vi en el avión, pero me distraje y desapareció".

"¿Estás seguro? ¿Cómo se llama esa persona? ¿Qué relación tiene con él? ¿Qué motivos podría tener?"

Cada explicación era más absurda que la anterior, y su cansancio tampoco le ayudaba. No iba a salir de ésta con facilidad, y parecía claro que pasaría la noche en una celda.

Vio a sus captores inspeccionar su maletín. Examinaron las fotos de Gabriel y todos sus objetos.

"¿Qué es todo esto?"

"Mi vida… en fotos", dijo Joaquín, esforzándose para sonreír.

Pero los agentes no estaban de buen humor y el hecho de que el maletín fuera su único equipaje despertó más sospechas. Joaquín explicó que todo había sido un error, que realmente estaba arrepentido y sólo quería regresar a casa. Juró que nunca volvería a comportarse así. Los oficiales lo escucharon como autómatas, repitiendo las mismas preguntas una y otra vez.

"¿Tiene vínculos con organizaciones terroristas? ¿Tiene intenciones de cometer actos criminales contra ciudadanos norteamericanos?"

Uno de los agentes recibió una llamada telefónica y salió del cuarto para hablar en privado. Joaquín y los demás agentes esperaron a que regresara.

"Cálmese por favor; lo enviaremos en el próximo vuelo".

Joaquín no podía creerlo. ¿Le iban a perdonar que hubiera alterado el orden? ¿Por qué iban a pasar por alto el hecho de haberse comportado como un lunático y obligar a un agente encubierto a revelarle su identidad? Su comportamiento había causado pérdidas que podrían ascender a centenares de miles de dólares. Pero él no iba a contradecir las únicas palabras amables que había escuchado en todo el día y de hecho, durante todo el viaje, así que les agradeció a sus interrogadores cuando le quitaron las esposas.

"Me temo que tendremos que demandarlo si esto sucede de nuevo".

Los agentes lo escoltaron hasta la puerta de embarque, y uno de ellos le ofreció un Xanax para que se calmara. Joaquín aceptó la pastilla y la guardó en el bolsillo de la camisa por si las cosas se ponían color de hormiga.

Esperó en la sala de embarque, custodiado por los agentes. Poco más de una hora después los pasajeros comenzaron a abordar el vuelo y tuvo un momento de sosiego. Uno de los agentes se despidió con frialdad y le hizo una advertencia de mal agüero.

"Si vuelves a hacerlo, te prometo que me encargaré de joderte".

"Nunca volverás a verme", dijo Joaquín.

Se sentó en su silla. Había escuchado muchos casos de pasajeros que terminaban inmersos en situaciones kafkianas a causa de su comportamiento por decir lo menos, pues permanecían varios meses o incluso años en prisión simplemente por un ataque de pánico o por actuar de manera sospechosa. Se había comportado como un imbécil, y sabía que las autoridades habrían podido enviarlo incluso a la cárcel de Guantánamo. Suspiró aliviado y se abrochó el cinturón, sintiéndose tan relajado como si se hubiera dado una ducha después de un sueño profundo. Sin embargo, el teléfono que estaba en el respaldo de la silla de enfrente repicó: la anormalidad no había terminado.

Oprimió el botón y se llevó el auricular al oído.

"Sólo quería decirte que te deseo un buen viaje".

Parecía ser la voz de Gabriel, y Joaquín le colgó.

Miró alrededor: el avión era idéntico al anterior, lo cual no era nada inusual, pues todos los Jumbos 767 tienen el mismo aspecto. Sin embargo, reconoció a varias de las personas que habían estado en la cafetería, y a otras del vuelo anterior, quienes lo miraron con indiferencia; simplemente se veían cansados y ansiosos, típico de los viajeros frecuentes. Las aeromozas también exhibían la misma displicencia. Sin embargo, una de ellas se detuvo a su lado y le sonrió.

Joaquín cometió otra imprudencia al decirle: "Quiero disculparme".

"¿Por qué, señor?"

"Por la forma en que me comporté anteriormente".

"Lo siento, pero no sé de qué está hablando".

"No importa, me equivoqué al pensar que usted era otra persona", se apresuró a señalar.

Extrañada, la aeromoza fue a recibir a los pasajeros que acababan de abordar. Joaquín había soñado de nuevo y sonrió al recordar las palabras de Gabriel:

Realmente no entiendes los sueños.

Se tocó el bolsillo de la camisa: el Xanax seguía allí. Lo observó un momento y luego se lo tragó sin agua.

capítulo 52

JOAQUÍN ESTABA DORMIDO CUANDO
EL AVIÓN ATERRIZÓ

Una aeromoza se acomodó la falda, se inclinó ante Joaquín y le dijo:

"Señor, hemos aterrizado".

Todos los pasajeros habían salido y ella lo llamó de nuevo.

"Señor, despiértese por favor. Hemos aterrizado".

Pero Joaquín no respondió.

Ella pensó que tal vez estaba muerto. No sería la primera vez que sucediera, y le preocupó lo que seguiría a continuación: policías, paramédicos, papeleos interminables. Ella lo sacudió de nuevo.

"¡Despierte! ¡Señor, levántese!"

Las otras aeromozas se acercaron visiblemente preocupadas.

"No reacciona. ¿Llamamos a los servicios médicos?" le dijo una compañera.

"Tuve un mal presentimiento con este pasajero desde el momento en que abordó", señaló ella, y luego le gritó de nuevo: "¡Oiga, despierte!"

"¿Está respirando?"

Una de las azafatas le pasó la mano debajo de la nariz y Joaquín abrió los ojos.

El Xanax le había producido un efecto maravilloso: se sentía descansado y listo para enfrentarse a cualquier situación. Miró alrededor ligeramente confundido; tres azafatas lo observaban preocupadas, y eso le pareció divertido.

Las apariciones inexplicables y sus alucinaciones demenciales por fin se habían esfumado. Y las pesadillas no parecían manifestarse ahora que estaba despierto.

Palpó el espaldar de la silla que tenía enfrente; después hizo lo mismo con la suya y con su equipaje. La sensación de normalidad lo sumergió en una ola de placer. Se estiró sonriente, aunque sabía que seguramente sus problemas no habían terminado. Se levantó, tomó su equipaje y salió del avión tan pronto como pudo. Una voz mental le dijo que había llegado a un punto de quiebre. Su auto estaba en el estacionamiento; el olor familiar del cuero de las sillas y el acto de posar sus manos sobre el volante fueron sensaciones reconfortantes y familiares. Se dirigió a casa a toda velocidad; los vehículos se desplazaban por la autopista, los conductores hablaban por sus teléfonos móviles, y los niños peleaban en los asientos traseros. El sol resplandecía tanto que se sintió mareado, y por poco olvida la ruta.

No podía negar lo que había experimentado durante su viaje: cada situación extraña, cada encuentro, cada golpe y amenaza le pesaban todavía como una roca a cuestas. Si esa no era la realidad, entonces nada lo era.

En términos retrospectivos, la mayor parte de los últimos días parecían pertenecer a una película de terror o de serie B. Había visto decenas, centenares y tal vez miles de películas de terror, y sintió como si fuera el protagonista de varias de ellas, mezcladas en un mosaico de escenas y clichés, como si su memoria estuviera reviviendo una compilación dislocada de los archivos cinematográficos que tenía en su cabeza. Las apariciones y desapariciones, su identidad trastocada, los saltos en el tiempo y en el espacio podían relacionarse con movimientos cinematográficos concretos, no solo de películas de terror, sino de todas las que él había visto.

Joaquín había reflexionado sobre el horror que suponía vivir en el limbo de una vida que no era lineal. La muerte equivalía a una ausencia de narrativa, y nada de esto se reflejaba con mayor contundencia que las anécdotas disparatadas de la cultura popular.

Si lograba reconstruir la historia, tal vez podría detener la maquinaria del caos y las fuerzas que fragmentaban la realidad, o lo que esta pudiera ser.

Joaquín estaba pensando detenidamente en esto cuando llegó a su edificio, a la segura y agradable crisálida donde esperaba encontrar a Alondra, la persona a la que más quería ver y a quien más le temía, pues actualmente todo parecía depender de ella. Si la realidad de ambos se alteraba, sería el fin de todo y no podrían volver a llevar una existencia normal.

Por otra parte, ¿cuál era el significado de la foto si se tratara de la misma persona? ¿Era solo un parecido extraño y casual, una coincidencia? Su viaje caótico y febril a Houston sería una historia interesante en el programa. Pero pensó que eso era albergar demasiadas esperanzas.

Cerró la puerta del auto y se dirigió al apartamento… en busca de respuestas.

capítulo 53

LA CONFRONTACIÓN

Joaquín entró al apartamento y caminó con cuidado, como si el piso de madera pudiera venirse abajo en cualquier momento. Sujetó firmemente la pequeña maleta, temiendo que desapareciera o se abriera de par en par y las fotos se propagaran por todas partes como un virus. Alondra salió de la habitación y lo abrazó, algo que no acostumbraba hacer. Permanecieron en silencio y ella lo estrechó con fuerza. Joaquín sintió que Alondra se había relajado. Se besaron con vigor y placer, y con cierta desesperación. Pasaron varios minutos antes de que pudieran articular palabra alguna. Se miraron fijamente a los ojos, palpándose cuidadosamente con las yemas de los dedos, como si cada uno fuera un ser frágil que pudiera desintegrarse al menor roce. Era como si Alondra supiera lo que le sucedía a Joaquín y comprendiera las profundidades de sus dudas y temores. Él no tuvo necesidad de contarle nada.

No obstante, le seguía preocupando algo: ¿Ella era realmente Colett? ¿Era una tolteca que lo estaba alejando de una verdad fantástica para arrastrarlo hacia los mecanismos despiadados de la cotidianidad o el eje que lo ataba a esa realidad? Joaquín sabía que no podía responder estos interrogantes. Se preguntó si podía planteárselos y exigir que le respondiera, pero no estaba muy seguro. Tenía que describir todo de la mejor manera posible, y luego pedir o suplicarle que le explicara ese misterio, confirmando así sus sospechas.

Alondra siempre lo recibía con afecto, pero esta vez había sido mucho más intensa. Joaquín tuvo la impresión de que algo andaba mal. Ella, que nunca perdía su compostura, estaba al borde de la histeria. Él no sabía por dónde empezar, pero el vacío que sentía en el pecho le impidió desahogarse.

"Todo saldrá bien", le dijo Alondra, rompiendo el prolongado silencio.

Pero sus palabras no eran reconfortantes, sino una declaración militante; el desafío de una combatiente. Y a medida que sus palabras flotaron en el aire, la frase se convirtió en una pregunta.

"¿Te pasa algo?"

"Sí. Hay muchas cosas que no entiendo".

"Pensé que no regresarías, que algo se había roto y no podíamos solucionarlo".

Esas palabras lo tomaron por sorpresa.

"Pero… aquí estoy. No sé muy bien qué sucede, o por lo menos qué me está pasando, pero sé que debe haber alguna forma de ponerle fin y de revertir esta situación".

"Explícamelo; estoy dispuesta a escucharte".

"Siento como si la realidad estuviera colapsando a mi alrededor, como si el pasado, el presente y el futuro estuvieran entremezclados como una especie de anillo de Möbius".

Sin embargo, no mencionó los hechos más desconcertantes: la aparición de Gabriel o su extraño viaje a través del desierto, pues sabía que eso le parecería completamente descabellado a ella.

"Lo que dices no tiene sentido".

"Lo sé, pero estoy seguro de que algo sucede con mis percepciones, y tal vez con las tuyas también".

Abrió la maleta, tomó la foto de Colett y se detuvo. El miedo se apoderó de él: ¿Podría mostrarle esa foto? ¿Qué sucedería? Todo era posible en ese momento: la implosión del universo, la desaparición de Alondra, y hasta la ruptura de la continuidad del tiempo-espacio.

"¿Qué tienes ahí?" le preguntó Alondra.

"Recuerdos antiguos y desagradables. Nada importante".

"Déjame ver".

"Después".

"No, quiero verlo ahora. Recuerda que estamos buscando todo aquello que pueda darnos pistas o señales".

"Preferiría no hacerlo en este momento".

"¿Por qué? ¿Qué hay en la maleta?"

"Fotos y recuerdos; pero aquí tengo otra parte interesante del rompecabezas", dijo, recordando la cinta.

La sacó de su bolsillo.

"¿Es una cinta de audio?"

"Sí. Una grabación de *Radio Muerte*, fechada en 1983".

"Ya veo..."

"Tiene que ser la transmisión que escuché con Gabriel cuando estábamos en el hospital, la que te dije que me inspiró para crear nuestro programa".

"No sabía que tenía el mismo nombre: ¿lo copiaste?"

"No recordaba el nombre del programa; lo había olvidado".

"¿Y por qué te parece que esa cinta de un antiguo programa es tan importante ahora?"

"Porque nosotros participamos en ese programa que supuestamente grabaron hace veinte años".

"¿Veinte años...?"

Joaquín le describió su visita a los archivos de Winkler.

"Perdí la cabeza, y con ello la posibilidad de saber más sobre esto. El tipo era un bicho raro; de eso no hay duda, pero no tenía motivos para engañarme ni para ser tan descuidado como para no clasificar debidamente decenas de grabaciones en las que yo estaba interesado".

Alondra insistió en que había varias explicaciones posibles, lo cual era frecuente en el manejo de archivos y le citó ejemplos de documentos mal clasificados, incluso en las bibliotecas más prestigiosas del mundo. Joaquín la escuchó con paciencia y luego le habló de la primicia.

Alondra sintió un gran impacto. Se agarró a la silla y respiró profundo varias veces.

"Algo extraño está pasando, pero sabes que tendemos a dejarnos llevar por nuestra imaginación. Todo lo analizamos tanto que terminamos confundidos y nos complicamos las cosas".

"Gabriel se me apareció varias veces; lo vi y hablé con él así como lo estoy haciendo ahora contigo. Es como si yo estuviera sintonizando su emisora en una especie de frecuencia espiritual. No puedo pensar en otra explicación posible, a menos que esté completamente psicótico".

"¿Se trata de sueños?"

"Eso fue lo que dijo él. Pero si son sueños… pertenecen entonces a un mundo diferente a cualquiera que yo haya conocido".

"¿Qué pretende él?"

"No lo sé. Dice que he desperdiciado mi vida, y que no es justo que yo haya sobrevivido y él no".

Joaquín no quería entrar en más detalles, pues se sentía extraño al hablar de esto.

"¿Estás diciendo que Gabriel quiere hacerte daño?"

"No estoy seguro. En verdad no lo sé".

"Pero hablaste con él. ¿No te quedó claro qué quería?"

"No, pero dijo que estaba interesado en ti".

"¿Qué dices? ¿Estás bromeando?"

"No".

"Eso significa que he cumplido todos los sueños de cualquier chica gótica: ser una pretendiente de ultratumba", dijo con sarcasmo.

"Y hay más", dijo Joaquín, ahora que Alondra parecía estar receptiva. "Quiero que veas esta foto".

Sacó la imagen en la que él aparecía al lado de Alondra-Colett una hora o dos antes de la muerte de Gabriel.

"Hace muchos años, en una noche decisiva, conocí a esta mujer que se parece mucho a ti".

Joaquín estiró el brazo para mostrarle la foto y Alondra volvió a sonreír. Aquello que le había preocupado durante la ausencia de Joaquín pareció eclipsarse. Ella tomó la fotografía, y su expresión cambió desde el instante en que la vio; su rostro pareció desmoronarse y sus ojos se llenaron de lágrimas.

"El parecido es asombroso, ¿verdad?"

Alondra no respondió. Estaba petrificada como si no pudiera escucharlo y jadeó en busca de aire; Joaquín tuvo que sostenerla entre sus manos. Estaba completamente pálida, tenía el pulso débil y los ojos en blanco. Joaquín susurró su nombre y la sacudió con delicadeza. La Polaroid cayó de sus manos; él se arrodilló frente a ella y la recogió. Aunque la foto era muy antigua, mostraba con una claridad sorprendente a Alondra-Colett tendida en el piso de la emisora con los ojos desorbitados: parecía muerta.

Sin embargo, no llevaba sus ropas góticas, sino una antigua túnica mesoamericana que le confería el aspecto de una sacerdotisa tolteca.

Joaquín recostó a Alondra en el sofá y sopesó en la situación. Parecía como si su vida se desvaneciera a cada segundo, como si él la hubiera confrontado con la prueba de su propia muerte. Llamó al 911 y vio a Gabriel en la ventana, al otro lado de la sala.

"No pierdas tiempo", le dijo. "Los paramédicos y los médicos no pueden hacer nada por ella".

"¿Qué le hiciste, desgraciado?" le gritó Joaquín, colgando el teléfono con brusquedad.

"No hice nada. Sigues sin entender".

"¡Déjala en paz! Hazme lo que quieras, pero déjala en paz".

"Las cosas no son así, Joaquín. Tienes que entender. Yo no tengo ningún poder sobre Alondra, sobre ti, ni sobre nadie. Puedo hacer algunas escenas o trucos gracias a tu ingenuidad, o mostrarte cosas interesantes, trágicas y morbosas. Pero no soy yo quien mueve las cuerdas. Y no te garantizo nada cuando Alondra viaje a mi mundo".

"¿Qué le ha sucedido? Colapsó al ver la foto que me diste. ¡Me tendiste una trampa!"

"Tú viste la misma foto que yo te di, pero ella vio otra cosa".

"¿Qué contiene entonces la foto?"

"En ciertos casos, el observador incide en los fenómenos simplemente con su presencia".

"¿Qué?"

"Ya lo sabes: es el efecto del observador, como el experimento de Schrödinger con el gato: el animal no está vivo ni muerto hasta que alguien lo vea. O para decirlo de un modo más comprensible, una señal de radio no existe hasta que alguien la escucha".

"Alondra está agonizando, ¿y sales con esa teoría de mierda?"

"He adquirido un gran interés por la ciencia. Es fascinante".

"¿Qué tengo que hacer para salvarla? Haré lo que esté a mi alcance".

"Ya te dije que las cosas no funcionan así. Esta no es una película de Wes Craven. No puedo influir en nadie, sin importar en qué lado se encuentre".

"Estás mintiendo. Tú me sacaste del hospital; y si eso no es intervenir en el mundo de los vivos, ¿dime entonces qué podría serlo?"

"Las cosas no sucedieron así", dijo Gabriel sonriendo.

"¿Quién lo hizo entonces?"

"Era algo que estaba en tus manos, al igual que ahora".

Joaquín regresó al sofá y palpó el cuerpo frío de Alondra. Buscó a Gabriel, pero había desaparecido y entonces pensó en las últimas palabras que le había dicho. *En mis manos...* repitió Joaquín para sus adentros mientras sostenía a Alondra en sus brazos. Tomó el teléfono y marcó el número de Watt.

"Watt, necesito que vengas a mi apartamento de inmediato. Alondra está muy mal, apresúrate. Trae la llave que te di".

Joaquín colgó antes de que Watt alcanzara a responderle; el tiempo apremiaba y no podía desperdiciar un solo segundo. Pensó en llamar otra vez al 911, pero una voz interior le dijo que no serviría de nada, que sólo él podía salvarla. Y en ese preciso momento pensó en la extraña semejanza entre el caótico apartamento del chamán y el altar punk y pseudo-religioso instalado en la emisora en compañía de Gabriel, al que los medios mexicanos catalogaron como "narco-satánico": la extraña sensación que había tenido en el apartamento del chamán cobró sentido ahora. Tomó las llaves del auto y salió corriendo.

Condujo como un demente sin reparar en los demás autos, subiéndose a los andenes y avanzando en contravía a riesgo de sufrir un accidente, y pocos minutos después llegó a la calle donde estaba el templo-apartamento del pastor Cuahtémoc J. Cortez. No sabía muy bien cómo encontrar el apartamento, pero supo, casi por atracción magnética, adónde tenía que ir. Se estacionó rápidamente, bajó del auto y corrió al edificio. Las escaleras le parecieron interminables; tocó la puerta, primero con timidez y luego con fuerza, frenéticamente. Nadie le abrió pero escuchó voces adentro. Giró la chapa y estaba sin seguro. El apartamento estaba tal como lo recordaba, salvo que no había rastros del cadáver de J. Cortez. La radio estaba encendida; había una discusión y alguien vociferaba insultos. Joaquín analizó el caos reinante y los diversos objetos con una creciente sensación de certeza: eran los mismos objetos que Gabriel había utilizado para erigir su altar, pero no pudo recordar la forma en que estaban acomodados.

Radio Muerte *no es un programa. Nunca lo fue: es una máquina.*

Las palabras de Gabriel retumbaron en su mente. Era una máquina que había detonado todo lo que había sucedido en los últimos dieciocho años.

Pero, ¿cómo podía hacerla funcionar?

Mientras pensaba en esto, el reproductor de CDs se encendió y la canción "Matar a los pobres" de los Dead Kennedys se escuchó a todo volumen.

Escuchó la letra y comprendió que la canción se podía considerar como un grito tolteca de guerra. Matar imperialmente a los pobres, matarlos con un sentido falso de nobleza, con la búsqueda de tecnología y con todo tipo de máquinas.

Se acercó al reproductor, encontró el librito del CD con la letra de la canción. La leyó y descubrió una clave:

La eficiencia y el progreso son nuestros otra vez
Ahora que tenemos la bomba de neutrones.
Es rápida, limpia y cumple con el objetivo
Elimina a los enemigos excesivos

Pero no devalúa la propiedad
No hay sentido en la guerra sino en el hogar.
El sol resplandece en un día completamente nuevo
No hay que pagar más impuestos de asistencia social
Los desagradables tugurios desaparecen en un instante
Millones de desempleados abatidos
Finalmente tenemos más espacio para jugar.
Todos los sistemas matarán esta noche a los pobres

Matar, matar, matar, matar, matar a los pobres: Esta noche

Observa las burbujas del champagne
La tasa de crímenes ha desaparecido
Siéntete libre de nuevo
El sueño de la vida está contigo, señorita Lily White
Jane Fonda aparece hoy en la pantalla
Convencida de que los liberales tienen la razón
Vistámonos entonces y bailemos toda la noche

Mientras ellos
Matan, matan, matan, matan, matan a los pobres: Esta noche

Miró la letra de la canción un largo rato sin entender nada. Caminó de un lado al otro del apartamento, renegando a gritos de la locura reinante. Volvió a mirar las letras con detenimiento y vio algo: las letras iniciales de las dos primeras estrofas. Joaquín se miró el tatuaje: las letras eran iguales y estaban alineadas del mismo modo.

Pero, ¿cuál objeto correspondía a cuál letra?

Analizó la primera frase ("La eficiencia y el progreso son nuestros otra vez"), observó el apartamento en busca de algo que correspondiera, y mientras lo hacía, los recuerdos del altar de Gabriel desfilaron por su mente. Luego vio algo que sobresalía debajo de un libro.

Era un periódico con el titular: LA EFICIENCIA Y EL PROGRESO SON LA CLAVE PARA EL ÉXITO DE INTERMEDIA. Tomó el periódico amarillento y lo dejó en el suelo.

La segunda frase decía: "Ahora que tenemos la bomba de neutrones".

"Bomba… bomba", murmuró para sus adentros mientras observaba los objetos a su alrededor.

¡Ah! ¡Eso es!, pensó, colocando un cohete de juguete debajo del periódico. Los dos objetos comenzaron a resplandecer. Los zarcillos de luz centellearon, uniendo a los dos objetos. Joaquín iba por buen camino.

La siguiente frase decía: "Es rápida, limpia y eficiente".

Era una pista fácil; tomó una de las botellas con aspersor y la puso debajo del cohete.

La luz resplandeció en el exterior, pero no era una luz normal, pues tenía un tono rojizo.

El cuarto renglón decía: "Elimina a los enemigos excesivos".

Hmm… enemigos excesivos… enemigos excesivos. Joaquín pensó detenidamente en el posible significado:

¿Qué significa exceso? Abundancia, superávit, demasía. Algo que te sobra.

Un enemigo adicional, una Némesis adicional, numerosos oponentes.

Se rascó la cabeza mientras intentaba atar cabos.

El resplandor adquirió una tonalidad carmesí.

Joaquín tomó un abecedario de cubos de madera que estaba sobre la mesa y mezcló las letras mientras seguía pensando en la intrigante estrofa. Se acercó a la ventana, dejó el cubo en el alféizar y miró hacia fuera.

Un mundo cambiante se anunció con relámpagos explosivos de un color sanguinolento, y una lluvia extraña pareció desgarrar el tejido mismo de la realidad. Los avisos de los edificios se metamorfosearon en otros, y las calles adquirieron un nuevo trazado.

Una familia se apresuraba por la calle, protegiéndose con periódicos de la lluvia. Un camión atravesó la calle y los bañó con una ráfaga de agua; la familia desapareció a excepción del padre, quien avanzó derrotado y solitario, indiferente a la lluvia.

Un fuerte viento lo golpeó y el hombre apareció acompañado de una familia diferente. La otra esposa tenía el cabello oscuro y la nueva era rubia. Y en lugar de los dos hijos, tres hijas caminaban con ellos.

Joaquín hizo un gesto negativo, incapaz de descifrar la nueva realidad. Aunque las últimas veinticuatro horas habían sido muy extrañas, los hechos más recientes alcanzaron un nivel inusitado y se sintió trastornado y emocionado al mismo tiempo.

Había pasado del mundo conocido a un territorio de posibilidades ilimitadas e impredecibles. Tomó una de las letras de madera que estaban en el alféizar; la *E* parecía observarlo con una mirada casi infantil, confortándolo y centrando su atención. De repente, el edificio —y quizá el mundo entero— se estremeció. Joaquín cayó al otro extremo de la sala; derribando los cubos al piso al chocar contra la mesa. Una de las letras llamó su atención: era otra *E*. Miró la primera letra y se le ocurrió una idea. Se arrodilló, vio otras dos —una *M* y una *N*— y concluyó que el último renglón era un acertijo, pues en lugar de "enemigos excesivos" realmente decía "exceso *N*, *M*, *Es*".

Recogió los cubos y los puso debajo de la botella con aspersor.

El siguiente renglón decía: "Pero no devalúa la propiedad".

Está fácil, pensó mientras tomaba el catálogo de una firma inmobiliaria y lo ponía debajo de los cubos. Sólo le faltaba descifrar el último renglón de la primera estrofa: "No hay sentido en la guerra, sino en el hogar".

"Hogar", murmuró para sus adentros, tomando una casa de juguete y poniéndola debajo del catálogo.

Los objetos resplandecieron con una hermosa luz azul celeste. Había completado la primera estrofa.

La segunda comenzaba: "El sol resplandece en un día completamente nuevo".

Repasó los objetos y no tardó en advertir el que necesitaba: la réplica de una piedra solar, esa extraña mezcla de calendario y retablo mítico que honraba a Tonatiuh, el dios del sol. La recogió y la dejó en el suelo.

El edificio se estremeció de nuevo; un relámpago refulgió en la ventana y atravesó el piso. Joaquín trastabilló sin entender lo que sucedía.

El piso se desmoronaba y grandes rayos de luz carmesí se filtraban por las grietas que se expandían lentamente. Joaquín se vio obligado a resguardarse en un rincón de la sala, pues el piso colapsó y todo quedó cubierto por una luz enceguecedora.

Cerró los ojos para evitar el resplandor que se coló por sus párpados, penetrándole las retinas y el cerebro. Gritó de dolor, la pared que había detrás de 'el se desplomó, y Joaquín cayó a un abismo.

La luz se disipó al cabo de varios segundos y abrió los ojos con cautelo. Debajo se extendía una selva, un paisaje verde y antiguo que se perdía más allá de su campo visual. Y al acercarse, distinguió una ciudad entre el follaje. Era una ciudad de pirámides y enormes plazas de piedra: una ciudad tolteca que parecía dispuesta a recibirlo, y entonces vio a una multitud dirigiéndose hacia una de las plazas centrales donde un objeto enorme resplandecía bajo una luz azul cerúlea. Finalmente llegó al centro y vio a través de la luz unas figuras vistosamente ataviadas que construían una gran máquina, ensamblando objetos metálicos ante el clamor de la multitud.

Joaquín notó algo extraño: aunque podía ver a los sacerdotes toltecas y el artefacto, al mismo tiempo percibió otra imagen en la que él cons-

capítulo 54

EL OTRO LADO

Joaquín deambuló confundido y desorientado por el intrincado laberinto de cambiantes pasillos y corredores serpenteantes que circundaban el mundo de los vivos. Buscó una puerta, una salida para abandonar este mundo que le era extrañamente familiar y al mismo tiempo desconocido. Creyó observar un acuario sin agua donde los difuntos ven todo cuanto sucede en el mundo y vislumbran instantes públicos y privados, aunque reservados y silenciosos. Y tal como le había anunciado Gabriel, Joaquín oyó los asimétricos compases de las señales radiales. Bastaba apenas con rozar ligeramente el dial para sintonizar una emisión y abandonar otra. No era fácil resignarse a una soledad a medias ni habitar indefinidamente un espacio aislado y transitorio. Joaquín, que había renunciado a todo, tuvo al menos el consuelo de saber que siempre podría escuchar la voz de Alondra gracias a las transmisiones incorpóreas de *Radio Muerte*.

Finalmente, y luego de cautivar al público y al estudio de grabación durante un lapso casi indefinido, la voz que había hablado por el teléfono guardó silencio. Entonces, el presentador intervino:

"Gabriel, debo decirte que tu historia nos ha dejado en trance. Gracias; desafortunadamente no tenemos más tiempo. Así que, amigos, los dejamos con el eco de esta historia resonando en sus oídos, en la que un presentador de radio se convierte en un vampiro de energía que rompe con el ciclo de la muerte al ofrecer su vida por la de una mujer. A todos

truía un altar al lado de Gabriel en aquella emisora clandestina, y a la cual se le superpuso la imagen de los objetos resplandecientes del apartamento que acababa de abandonar.

Se encontró de nuevo en el apartamento del pastor y acomodó rápidamente los objetos restantes. Una antigua moneda ("No hay que pagar más impuestos de asistencia social"); una linterna ("Los desagradables tugurios desaparecen en un instante"); una batidora de metal ("Millones de desempleados abatidos"); una postal con niños jugando ("Finalmente tenemos más espacio para jugar"); y el disco compacto ("Todos los sistemas matarán esta noche a los pobres").

El apartamento entero quedó inundado de luz y él sintió que se esfumaba.

Watt estaba sentado al lado de Alondra, quien se frotaba los ojos y sonreía como si acabara de despertar. Joaquín se acercó a ellos, pero al estar a un paso, paró. No pudo seguir. No podía tocarla; no podía escucharlos y era evidente que ellos no podían verlo, pues estaban separados por algo que parecía ser la ventana de una tienda o las paredes de cristal del serpentario de un jardín zoológico. Joaquín permaneció inmóvil; la normalidad era absoluta, salvo por un hecho: había pasado al otro lado.

ustedes los noctámbulos, —sufran o no de insomnio—, y a quienes acaban de sintonizarnos, queremos darles las gracias por escucharnos. Los esperamos mañana, desde las doce de la noche hasta las cinco de la mañana. Permanezcan en sintonía para las noticias matinales.

"Que tengan un feliz día".

capítulo 55

DESPUÉS DEL PROGRAMA

Alondra apagó el micrófono, se recostó en la silla, y le lanzó una sonrisa cansada a Watt. En otra parte del edificio, el equipo de las noticias matinales ocupaba las ondas radiales con la información dirigida a los atareados ejecutivos, a los cocineros que preparaban comidas para llevar y a las amas de casa tradicionales. Era una experiencia que ella y Watt compartían todas las mañanas con una alegría humilde y liviana, semejante a la de un habitante del Himalaya que descarga su equipaje luego de coronar un desfiladero, o a la de un caballo que pasta en la pradera después de ser liberado de su fardo mientras su amo levanta su tienda de campaña. Incluso cuando las historias les producían sentimientos inquietantes al filo de la medianoche, los minutos finales en que apagaban los equipos les producían una agradable sensación de alivio.

Era difícil ser la única presentadora del programa; de eso no cabía duda. Gracias a Dios que Watt conocía su oficio, a tal punto que Alondra nunca dejaba de preguntarse en dónde lo había aprendido, pues Watt incorporaba las voces de decenas de participantes, mezclándolas de tal forma que sonaban como si estuvieran en el estudio: era todo un maestro.

"Una noche memorable, ¿verdad?"

"Sí. Ha sido una de las mejores".

"¿Alguna vez habías pensado que una de nuestras historias estaría basada en un DJ?" Ella sonrió un poco, en parte para sus adentros. "Tal vez necesite prestar más atención a lo que sucede a mi alrededor. No me extrañaría contar una historia de fantasmas sin darme cuenta".

< < < *agradecimientos* > > >

A mi familia extraordinaria —Caitlin, la esposa más bella que un hombre podría tener, y mis chiquitos: Inés Celestia y Leopoldo Valerio (en una semana crecieron diez años y los amo). A mi madre Andrea Valeria: todas las ondas radiales aman su voz, incluyendo los poderes astrofísicos que la emiten. A toda mi gran familia —mi papá, León García, Gwendollyn, Christianne, Everardo, Joseph, Robert, Eloise, Roman, Tula, Magali, Alexis, Guillermo, Jane, Solveig, Jim, James, Sophia, Christina, Norbushka, Hubbaba— y a todos los demás en este mundo y el otro.

Watt la miró de reojo, como lo hacía siempre que estaba de buen humor.

"Bien; si la mujer que llamó hace un rato está en lo cierto, será mejor que cierres bien la puerta de tu habitación, pues el 'demonio acariciador de muslos' del que habló, podría acecharte a ti".

Ella sonrió de un modo indulgente aunque un poco incómodo, y recogió sus cosas. Estaba cruzando la puerta cuando se dio vuelta.

"¿Qué dijiste?"

Watt estaba agachado, revisando los cables debajo de la consola de mezclas, y casi se golpea la cabeza al incorporarse. "¿Qué?"

"Creí que habías dicho algo".

"No; no he dicho nada".

Ella lo miró de un modo extraño y la piel se le erizó; creía haber escuchado una voz masculina y lejana diciéndole: *Recuérdame en un rincón de tu mente*, aunque no parecía ser la voz de Watt. Alondra tuvo la extraña sensación de haber olvidado algo; lo tenía en la punta de la lengua, pero no encontró las palabras.

Watt la observó, y ella supo que él también había percibido algo. Durante un instante ambos miraron hacia el interior de la cabina, en busca de algo desconocido y quizá incognoscible.

"¿Estás bien?" le preguntó ella al cabo de un momento.

"Sí. Fue un déjà vu".

Ella asintió lentamente, aunque a nadie en particular, con la mano aún en el pomo de la puerta.

"Te veré esta noche".

Él le guiñó el ojo.

"Ni el mismo diablo podría impedírmelo".

Alondra cerró la puerta absorta en sus pensamientos, y avanzó por el corredor como si fuera un río en el que ella nadara lentamente contra la corriente pero con determinación.